U0782476

有度文化

于凡 著

月光酒店

Yueguang Jiudian

山西出版传媒集团 北岳文艺出版社
·太原·

图书在版编目（CIP）数据

月光酒店 / 于凡著. 一太原：北岳文艺出版社，
2023.6

ISBN 978-7-5378-6722-1

Ⅰ.①月… Ⅱ.①于… Ⅲ.①长篇小说－中国－当代
Ⅳ.①I247.5

中国国家版本馆CIP数据核字（2023）第099071号

月光酒店

于凡 / 著

出品人
郭文礼

选题策划
刘文飞

责任编辑
左树涛

书籍设计
张永文

印装监制
郭　勇

出版发行：山西出版传媒集团·北岳文艺出版社
地址：山西省太原市并州南路57号　邮编：030012
电话：0351-5628696（发行部）　0351-5628688（总编室）
传真：0351-5628680
经销商：新华书店
印刷装订：山西新华印业有限公司

开本：787mm×1092mm 1/32
字数：231千字
印张：8.625
版次：2023年6月第1版
印次：2023年6月山西第1次印刷
书号：ISBN 978-7-5378-6722-1
定价：58.00元

月光升起，会把这个城市打扮得细腻纯粹。一轮明月点燃这个城市所有的幻想，甚至很多人的欲望。随着夜幕的降临，挣扎了一天的人们，脱去光鲜的外衣，卸掉脸上的粉底，褪去各种各样僵硬的笑容。月光为这个城市镶上一个银边儿，掩盖掉生活里所有的瑕疵。

　　月光酒店。

　　这个名字，充满遐想。

一份文案，以及秦晓卉的特别说明：

这是一个游戏。一份关于情人节游戏的不是文案的文案——《月光之夜》：

你可以理解为，这纯粹只是一个两个人的游戏，只是夫妻之间的偶尔浪漫；你也可以把它当成一个无聊的情景剧，一个有关爱情婚姻家庭的情景剧；或者，还可以把它上升为一个拯救家庭的治愈系游戏。这个游戏，从情人节开始；这个游戏，因我而起。我叫秦晓卉，三十二岁，是一家公关策划公司的创意总监，这个游戏的始作俑者。游戏中，我兼具编剧、导演、制作人、观众、旁白叙述者等多重身份，同时饰演包括自己在内的三个不同女性角色。也就是说，在游戏中，我不是我、我不光是我、我是三个女人。

"两个人的化装舞会，你能否敞开心扉？情人节的夜晚，我愿化作一朵玫瑰，为你美丽绽放。"

制作人/编剧/导演/女主演：

秦晓卉(扮演雪儿、秦晓卉、女护士)

情人节游戏，准备开始——

目 录

双脚踩在落叶上，嘎吱嘎吱，这种声音和振动从脚底一直蔓延到全身，最后传到耳朵里。这是一种诚惶诚恐的嘎吱嘎吱的声音。

每一次心里恐惧的时候，都会听到这种嘎吱嘎吱的声音。每次听到这种嘎吱嘎吱声音的时候，生活中总会出一点儿意外或者差错。

嘎吱嘎吱的声音愈发密集，声音变得更加清脆。

秦晓卉说要和他做一个游戏的时候，张大光并没有反对。

秦晓卉要做游戏，要过情人节，那就过吧。

反正，秦晓卉的脑子里总是充满稀奇古怪的想法。

雪儿——

那是很久很久以前的事情了。

生活不是写剧本，生活的真实和残酷，很多时候会超越任何一部电影里面的情节。就是这样，糟糕，而且不仅仅是糟糕，是糟糕到了极致，糟糕到了毫无秩序、不可理喻、杂乱无章，就像一碗烂菜熬成的汤，毫无征兆劈头盖脸地扣在了脑袋上，红色的

西红柿、绿色的油菜、白色的虾皮、黄色的蛋花儿，从头顶一直
流淌下来……

张大光说："我们两个面前，不光隔着一座看不见的大山，
还有成群结队的跳蚤。"

张大光说，在这个城市里，自己就像一只老鼠，为了生存，
整天翻垃圾桶到处找食物吃的老鼠。

"我就是一只老鼠！"

雪儿用筷子挑起饺子馅儿，飞快地抹在饺子皮儿上，然后迅
速捏合，一个饺子在雪儿白皙的双手间呱呱坠地，整个动作娴熟
自然，包出的水饺模样玲珑精致，就像眼前的雪儿一样娇小可人。
雪儿低头把包好的饺子放在案板上，案板上一排排的饺子，整齐
地排好队，仿佛等待一个盛大的仪式。

雪儿端着一盘饺子，从厨房里走出来，画面温馨自然。张大
光一时记忆模糊，感觉是在做梦或者穿越了时空。

在这个雄性动物主导的世界里，秦晓卉感觉，面对男人的各
种惦记，自己就像误入狼群的一只羊，尤其是在生意场一通拼杀
下来、已经红了眼睛的狼，在狼空虚的表达和炫耀的嗥叫中，这
只羊只能躲躲闪闪，只能夹紧尾巴戴着面具四处躲避，悄无声息
地偷偷寻找能够填饱肚子的一片青草。

时间无法用尺子丈量，拘留所里的日子，每一天都被抻长。时间被抻长之后，人的思维方式就会发生变化。如果没有秦晓卉导演的情人节游戏，张大光绝不可能到这里。

动物世界的规则是弱肉强食，相对于动物来说，人类社会的规则温婉含蓄得多。但是无论动物世界还是人类社会，这个世界的本质并没有改变，无非是身处的环境由丛林变成了高楼林立的城市。

一天的忙碌之后，秦晓卉盼望着一顿热腾腾的火锅。一场婚姻，何尝不像这个火锅呢，各种蔬菜，各种情绪，各种各样的事情，一股脑儿地丢进锅里。慢慢熬，慢慢煮，煮成一团熬在一起，各种味道交织，各种矛盾，各种妥协。红的黄的绿的，白菜豆腐粉条儿，你中有我，我中有你，就像珍珠翡翠白玉汤，杂乱没有条理，才会更有味道。

月光酒店，情人节之夜（楔子）

月光酒店，根本就不是想象中的样子。

有些时候，名字很迷惑人。就像"月光酒店"这个名字，很小资，听起来很朦胧，很高冷，很有些情调。然而，走进大堂却是另一番景象：两面红砖砌起来的墙壁，省去了装修；布满裂纹的红砖之间，沙子水泥搅和在一起之后不断膨胀，龇牙咧嘴。粗糙的墙壁上，随便钉上几个胶片盒、电唱机、破自行车、军用水壶，又挂上几张谁也说不清楚究竟画的是什么东西的油画。更任性的是，角落里，一块厚木板和几根长短粗细不一的木头棒子，用麻绳胡乱捆在一起，就充当起大堂里的沙发来。

这是一家网红酒店，被网友吹捧得天花乱坠，说这家酒店很文艺，很有腔调，来了之后，才发现一切都很散漫。所谓文艺，不过是掩饰穷酸的一个借口罢了。确切地说，这里根本不像一家酒店，更像一个青年旅社。

所以，很多事情不能凭空想象就觉得完美。很多事情还是眼见为实更好。

好在房间还比较宽敞，男人习惯性地打开电视机。

走廊里一阵嘈杂，一张粉红色的小卡片，从门底下的缝隙里塞了进来。

男人弯腰捡起小卡片，卡片上除了一个衣着暴露的美女外，还有一行醒目的字：

情人节的夜晚，我愿化作一朵玫瑰，为你美丽绽放。

按照卡片上的电话号码，男人拨通了电话。

敲门声响起的时候，斜躺在沙发上的男人一跃而起，开门的动作胆怯而快速。

女人打扮妖艳，黑色丝袜吊带背心，穿着打扮明显与这个季节不符，抱着羽绒服，拖着一个巨大的皮箱进屋。女人随手把皮箱放在门口，蹬掉高跟鞋，换上酒店的拖鞋。

月光酒店的卫生间，是用玻璃隔断隔出来的。透过玻璃，男人看见女人一件件地除掉身上的衣服，吊带、短裙、胸罩，最后是内裤，又一件件地用晾衣架挂在毛巾杆上。

拧开淋浴头，女人甩了甩长发，双手往头上和身上涂抹洗发水沐浴露，洁白的泡沫四散开来，随着揉搓的动作，双乳欢乐地颤动着。玻璃隔断上结了雾，女人在卫生间里面扭来扭去，像是一台演出即将开始之前的热场。

稀里哗啦的淋浴声音终于停止了，女人开始用酒店的吹风机，小心翼翼地吹头发。许久之后，卫生间的玻璃门打开了，女人穿着一件式样简单的白衬衫，黑裙子，头上梳了两根辫子，衣服的式样和发型透着一股土气，又有一点儿小清新的感觉。衣服里面明显是真空状态，水珠儿顺着女人白净的脖子，淌在浴巾上。

女人打开自己的皮箱，从里面拿出一个球形的物体放在床头柜上。男人看清楚了，那是一盏灯。女人随手关掉房间里的灯，按了一下手里的遥控器，球形的灯发出了粉红色光芒，房间里瞬间变得暧昧。"氛围很重要，我们开始吧。"

"好。"男人低声说。

女人弯腰，在皮箱里翻动一番，摸摸索索，拿出一张纸片，按在脸上。男人仔细看过去，原来女人在自己的眼角贴上了一张瓢虫贴纸，瞬间脸上多了一分妖媚。

那只瓢虫很动感，像是在女人的脸上爬，爬得男人心里痒痒的。

"准备好了吗？"女人柔软的双手在男人的身体上滑过。

"嗯，准备好了。"

"那你还等啥，我不够漂亮吗？"

"嗯，抓紧。"男人伸手去拽女人的衣服，女人躲了一下，抖了抖身体，白衬衫瞬间滑落，女人关掉床头粉红色的灯。黑暗中也能看清楚女人的身体，女人的身体白皙得像星空中的月亮，迅速使整个房间明亮了，瞬间，月光酒店更像月光酒店了。月光酒店的名字，因为有了女人的身体贴切了起来。

女人躺在男人身边，男人的呼吸变得短促，女人把胳膊搭在男人的肩膀上。男人转过头来，躺在女人怀里，伸出一只手，顺着女人的后背向下抚弄。

"等一下。"

"咋了？"男人惊愕地停止动作。

"今天是情人节，给我带礼物没有？"女人起身打开床头灯，"没带的话，发个红包也行。"

"完事儿再给嘛，现在哪里还顾得上？"

"你这人咋这么抠门儿呢？没见过你这么抠门儿的男人，勾引女人就得付出代价。"女人一脸嗔怒。

灯光下，女人的身体更显饱满，男人直接把她扳倒在床上，粗暴地熄灭灯光。

屋子里依然明亮，窗外月亮升起，月光洒在床上，映在女人洁白的身体上，为女人的裸体勾勒出更加清晰的轮廓。顾不上拉窗帘，顾不上盖被子，两具已经发烫战栗的身体，迅速合二为一，在月光酒店的房间里，在洒满月光的洁白床单上，来来回回上上下下分分合合地蠕动，制造出此起彼伏的亢奋和清晰的节奏。热浪升腾，月光皎洁，时光停滞，两个人一起潮起潮落。时而温婉呢喃，时而冲刺呐喊，这是一场两个人的战争，每个人都想征服对方，一定要拼个你死我活，一定要分出输赢胜负，每个人都调动起浑身上下所有细胞的力量，投入这场纷争、这场战斗。冲锋的号角已经吹响，两个人不知疲倦不停地冲锋陷阵。一阵高潮接着一阵战栗，之后，疲惫袭来，两具身体迅速瘫软。

"我是雪儿，你不认识我了嘛，我是你的雪儿。"女人伏在男人耳边轻声说道。

男人抽动了一下肩膀，身体瞬间凝固成一尊雕像，慢慢寻找失去的记忆。

"十年前，你就没给钱。今天，不会又想赖账吧？"女人的双手在男人的身体上滑过。

男人摸索出手机。

"今天可以发520的哦。"女人在他耳边吹了一口气，痒得男人哆嗦了一下，把"恭喜发财"几个字，恶狠狠地改成了"嫖资520"。

屋子里响起了鼾声。

女人缓缓推下覆盖在自己身体上面的男人，男人翻动身体，继续蜷缩在女人的怀里，伏在女人的胸前，脸颊紧紧贴着女人的身体，就像一个婴儿，在母亲的子宫里的样子。男人呼出的温热的气体，搅动着女人的心，女人用双臂环抱着男人的头，轻轻地抚摸男人的头发、脖子、耳朵，一颗冰冷的水珠儿，沿着女人的身体跌落下来。

女人缓缓放下男人的头，起身，轻手轻脚来到卫生间。洗过澡，散开了头发，换上一身西服裙装，按了按手里的遥控器。床头柜上的灯，变成淡淡的蓝色，暖蓝色的光照亮了房间，女人身材挺拔，举止优雅，脸上写满了自信。

男人停止打鼾，揉揉眼睛，女人眼角的瓢虫不见了。或者，眼前的女人根本就是另外一个女人——和刚才那只瓢虫毫无瓜葛的一个女人。

女人俯下身子，把脸颊贴在男人的脸颊上："亲爱的，我是谁？"

女人真是奇怪的动物。月光酒店的房间，更像是一个小剧场的话剧舞台。男人一脸困惑，从床上坐了起来。

"也许有一天，你会把我也忘了。"女人从皮箱里拿出一瓶红酒，拉着男人坐在房间的沙发上，打开手机里的音乐，"我陪你喝酒吧，有酒有故事，这个夜晚才算完美。"女人脱去身上一本正经的职业装，扎起长发，搂住男人的肩膀。

两个人开始喝酒。不同的环境下喝酒，感受会完全不同。暖蓝色的背景光，让人内心安静，这种氛围会让所有的故事变得客观纯净。

一瓶红酒很快就喝光了。

"我们继续吧。"女人站起身来。床头灯切换成紫色，鲜艳的紫色。女人穿着一身护士服，从卫生间里走了出来。白色的护士服，被灯光照成淡紫色。湿漉漉的头发，压在护士帽下面，白皙的面孔更显得性感。

女人笑眯眯地看着男人说："亲爱的，今晚，我是你的，我的身体是你的，我的一切都是你的。"

整个夜晚，恍恍惚惚，就像一个童话，也像一个梦境。

紫色的灯光，让房间里充满了暧昧。欲望再一次被撩拨，趁着酒意，两个人重新拥抱在一起，倒在床上。

床头柜上，那盏发出紫色灯光的灯罩上，赫然趴着一只瓢虫，瓢虫似乎在光滑的玻璃灯罩上爬来爬去。男人轻拍了一下女人的肩膀，女人的身体停顿下来，男人伸手从灯罩上揭下那张瓢虫贴纸，一只手抚摸着女人的头发，另一只手把那只瓢虫贴在了女人脸上靠近眼角的地方。

"那我……现在是谁？"女人一脸诧异。

"一会儿，你就知道了。"男人的表情有点儿怪异。

咚咚咚。

"开门，开门，警察！"月光酒店的走廊一片嘈杂。

"有人举报，这里有卖淫嫖娼！"房门被直接踹开。

"情人节的夜晚，我愿化作一朵玫瑰，为你美丽绽放。"卡片上性感的女人，一脸嘲讽地看着眼前的情景。

接下来，一只大脚直接把卡片踩在了脚底下。

第一章

张大光的血光之灾

01.足球事故

月光酒店的夜晚，静谧安详。房间里两个人紧紧缠绕在一起，有一种酒醉后的朦胧，头脑变得迟钝，记忆模糊。

虽然只是一个游戏，但是秦晓卉彻底进入了角色。

制定游戏规则的时候，秦晓卉强调说，所有的场景都必须真实。既然做一个游戏，两个人就得进入游戏的境界，全力以赴。

在游戏的场景里，必须忘掉自己是谁——这样，才能真正投入到游戏的角色当中。

"刚才，你做了一个梦，梦见你和另外一个女人在一起。"灯光变成淡淡的蓝色，秦晓卉换上一身西服裙装，标准的写字楼白领打扮。

张大光有些恍惚，感觉自己像一个智障人士，或者一个暂时失去记忆的病人。

分分秒秒间，眼前这个女人，完成了两个女人之间的切换，从魅惑虚幻的场景回到现实。这绝不仅仅是去掉了一张瓢虫贴纸，换了一身衣服和发型这样简单。

不仅仅是两种时空，这完全是两个女人。这两种味道的女人，无论形象气质还是言谈举止，都被秦晓卉拿捏得恰如其分。

"现在，女主角换人了！"秦晓卉散开了头发。

"现在开始转场，故事，发生在六年前——"

来北京之后，张大光的第一份工作，是在一家建筑设计事务所做助理设计师，这个工作一直做了很多年。

张大光留着长长的头发，身穿一件卡其色的工装夹克，迎着落叶，就像一只蚂蚁，在秋风中沿着街头一路奔走。和蚂蚁不同的是，蚂蚁在找食物，而他在到处找房子。双脚踩在落叶上，嘎吱嘎吱，这种声音和振动从脚底一直蔓延到全身，最后传到耳朵里。这是一种令人诚惶诚恐的嘎吱嘎吱的声音。

走在路上，张大光心里有一丝隐隐的不安。他不明白，自己在恐惧着什么。每一次心里恐惧的时候，都会听到这种嘎吱嘎吱的声音。每次听到这种嘎吱嘎吱声音的时候，生活中总会出一点儿意外或者差错。

嘎吱嘎吱的声音愈发密集，声音变得更加清脆。

秋天的北京，街边一片萧瑟。走在路上，人们都习惯性地缩着脖子。张大光放慢了脚步，尽量不去踩踏那些散落在地面上的落叶。

已经很小心，双脚几乎不会去触碰那些飘浮在空中、一息尚存垂死挣扎的树叶，或者已经躺倒在地下苟延残喘的残枝败叶。但是根本没有用，嘎吱嘎吱的声音并没有因为自己的小心翼翼减弱，而是顽强地在他的耳边响起。

嘎吱嘎吱，嘎吱嘎吱。

眼前是一片破败的楼群，路侧是一排排挺着胸脯的法国梧桐。甩了甩双肩包的背带，继续小心翼翼躲避着满地金黄色的落叶，张大光走进小区的院子。

一切的一切，从一个足球开始。

砰！

张大光的头部遭到重重的撞击，眼前一黑，一下子失去了重心，整个身体差点儿跌坐在马路牙子上。一个足球从张大光的头顶弹了出去。准确地说，是一个特殊的穿着一条粉红色内裤的足球，从他的头顶弹跳到马路边的甬道上，又沿着黄色的甬道蹦蹦跳跳向前。足球的后面，跟着一群十多岁的男孩儿，看着张大光狼狈的样子，他们笑得前仰后合，追赶足球而去。

"小兔崽子！"张大光揉揉脑袋，朝着那个足球和孩子们奔跑的方向追了过去。

恰在这时候，一个笨重的呼啦圈从楼道里面愤怒地跑了出来，不偏不斜，套住张大光刚刚抬起的脚。张大光的一条腿被呼啦圈套住，另外一条腿还保持着奔跑的姿势。结果可想而知：像体育比赛中奔跑的跨栏运动员一样，张大光两脚腾空，一跃而起之后却重重地摔下来，头部磕在马路牙子上。

"秦晓卉来了，秦晓卉来了！"

"快跑，快跑！"

周围一片混乱。张大光的耳朵变得异常灵敏，慌乱的脚步声、奔跑的喘息声，夹杂着一个女孩儿的谩骂以及额头在地面摩擦的声音，各种声音汇聚在一起，清晰地传入耳朵里。女孩儿说话的声音非常好听，即使在骂人，嗓音也清脆悠扬，从很远的地方传过来，音高音色明显和周围的嘈杂声具有不同的属性。伴随着女孩儿清脆甜润的嗓音，耳朵里一片嘈杂混乱。额头在地面摩擦的声音，那种吭哧吭哧的声音，沉闷单调，由强变弱。

孩子们一哄而散，终于听不到额头在地面滑动摩擦的声音了。

眼前一片通红，一个足球，就是刚才砸在自己头上那个穿着一条粉红色蕾丝内裤的足球，不知道撞击到哪里又弹射回来，在张大光眼前摇摆。

张大光想不明白，足球怎么会穿上一条粉红色的女式内裤呢？痛苦地扭动一下脖子，确认自己的脖子没有摔断。

穿着粉红色女式内裤的足球，在距离他额头不足十厘米的地方，龇牙咧嘴摇头晃脑。除了穿着粉红色的内裤之外，足球上还用碳素笔歪歪扭扭地写着几个字。

再往前望去，足球的后面，是两只穿着白色运动鞋的脚。

"我怎么摔倒了？"张大光的头晕晕的。

"哎呀，流血了！"女孩儿弯腰去拉张大光。很显然，她就是刚刚那个肇事呼啦圈的主人。

"你为什么，为什么用它套我？"

女孩儿咬了咬嘴唇没有吭声。

张大光按着足球，撑住身体，缓缓地站起身来，顺势捡起足球，拿到眼前，终于看清了足球上的三个字。

"秦晓卉。"念出这三个字的时候，张大光的双手正捧着足球上的内裤。那是一条粉红色的蕾丝内裤，是一条女人穿过的内裤。张大光觉得有些不妥，慌忙把足球扔在地上。

"去医院吧。"女孩儿满脸通红手足无措。

"我没得罪你们，你们为啥……为啥捉弄我？"额头一片黏稠，顾不上疼痛，张大光质问女孩儿。自己只是从这里路过，为什么先是用足球砸，再用呼啦圈套，把他弄得这样灰头土脸鲜血淋漓。

"真晦气，还套了个女人的内裤，脏兮兮的，真见鬼了。"

女孩儿红着脸，捡起地上黄色的呼啦圈，靠墙放下，又摸了摸张大光的额头。

"我又不是故意的。"

"不是故意的，那你套住我？"

"我和他们……不是一伙儿的。"女孩儿结结巴巴地说。

"秦晓卉是谁，你们这是做的什么游戏？"张大光的头晕得厉害，想不明白足球和内裤之间的逻辑关系。

"我……我叫……秦晓卉。"

这就是张大光和秦晓卉的初次见面，场景有点儿尴尬。

那天的秦晓卉刚刚下班回来。整洁的西服裙装，惊慌的长发胡乱垂在肩头，唇红齿白，眼睛明亮，一副清纯可爱的写字楼白领模样。张大光愣愣地看着她，忘记了头痛。后来的日子里，张大光对秦晓卉说："之前我肯定在哪里见过你，或者梦里，要不第一次见面，怎么会对你一点儿也不陌生呢？"秦晓卉说："拉倒吧，别跟我套磁。"

可能因为受了惊吓，秦晓卉脸色惨白，强打精神扶墙站稳道："对不起，你看，还是先去医院吧，你脑袋流血了。"

"又不是第一次打破脑袋，没事儿，死不了。"张大光摸摸脑袋，确认脑壳没有碎，也没啥大问题，嘴巴里嘟囔出一句，"真是的，下手够狠。"

想起那条内裤，张大光又气又恨，如果在老家，男人的脑袋沾了女人用过的东西，会被认为是一件很不吉利的事情。

"离这儿两站地，有个民航医院，咱俩打车去处理一下吧。"秦晓卉真的吓坏了，可怜兮兮地看着张大光。

后脑勺儿虽然钻心地疼，但去医院未免有点儿兴师动众。额头虽然流血了，但相对于刚才的惊吓，不算个事情，也就是头皮擦破了，脸颊有点儿浮肿。别人看到自己这个模样，肯定觉得是被人揍了一顿，明天去公司上班，还得费口舌解释一番。

秦晓卉的家在一层，她扶着张大光进到客厅，找出酒精、碘伏和纱布，为他简单处理了伤口。

秦晓卉再三问他："要不要去医院？"

头有点儿晕，不是疼，而是那种胀胀的感觉。张大光不怕疼，就是觉得行动有点儿迟缓，脚踩在地上像踩着棉花一样，有一种不真实的感觉。

"你们这是做啥游戏？"张大光好奇地问。

"你觉得，我和他们……在做游戏？哦，也算是吧。"

"足球穿着内裤，我还是第一见到，学的电影里的超人？"张大光扑哧一声笑了出来，之后额头钻心地疼了一下。

"很好笑吗？"

"挺好玩儿的。"

"我没见过你，你来这里瞎晃悠什么？"

"我来找房子。"张大光想找个房租便宜的房子。这个老旧小区，是隔壁一所大学的家属楼，地段偏僻而且房子格局比较差，价格便宜。在同事大胖的极力推荐下，张大光趁着周末溜达到这里。刚刚进院子，就被足球迎头一击，然后又被秦晓卉别了马腿。

"还是先去买彩票吧，你这运气也算可以了。"秦晓卉笑了。

"喝口凉水都塞牙。"张大光站起来，准备离开。

秦晓卉掏出两张一百元的钞票递给他："我最近穷，这个月还没发工资，你看，赔你这么多，行吗？"

"这算劳务费，还是……"张大光看了看钱，"又不是汽车追尾。"

秦晓卉笑出了声："给你点儿钱吧，出门右拐有个彩票站。"

"算了，我也没有那么好的运气，还是告诉我，小区里哪儿有房产中介吧。"说话的时候，额头一跳一跳地疼，张大光伸手按了按额头。

秦晓卉告诉他，这个小区都是公租房，没人敢明目张胆地往外出租。房东出租房子的话，一般都是在楼道里写个小纸条，或者邻居租客们互相介绍。想租的话，她可以留意着，等找到房子再给他打电话。

张大光执意不收秦晓卉的钱。

秦晓卉说："要不就一起吃饭吧，请你吃晚饭，否则心里过意不去。"

女孩儿一脸诚恳。张大光说："吃饭就算了吧，我这个倒霉样子，去饭店吃饭，不知道别人看了咋笑话呢。"

女孩儿说："那还是赔你钱吧，如果你嫌少，可以多赔你点儿。"

"算了吧。"张大光忍着头痛，拉开房门，准备回家。

"你这样，能行吗？"

"能问你一个问题吗？"已经走出屋子的张大光，回过头来看着秦晓卉。

"你的问题，我可以不回答吗？"秦晓卉关上了防盗门。

02.谁让你这么倒霉呢

这件事儿的确很奇葩。

走路的时候，不小心被砖头砸一下，算不得稀奇。即使被足球砸了一下脑袋，这样的事情，大马路上也经常会发生，但是被穿着蕾丝内裤的足球击中脑袋，这绝对是一件令人匪夷所思的事情。

"你小子要走桃花运了！"第二天上班，和同事大胖说起昨天的遭遇，大胖笑得直不起腰来。

初到北京不久，张大光就找到这份建筑设计事务所的工作。在单位，周边的同事对他都很冷淡，只有大胖经常跟他聊聊天儿。中午的时候，两个人经常一起去吃饭，或者在大堂外边抽烟。大胖长得胖胖的，圆脸上一双狡猾的小眼睛，说话的时候喜欢瞪大眼睛咬文嚼字，因为肥胖，走起路来屁股像女人一样扭来扭去。

"还不是因为你，北京这么大，非让我去那边找房子！"

"那个足球，为啥穿着女人的内裤？"

"我哪儿知道啊？"

"真笨，你也不问问？"

"张不开口。"

"肯定有故事，哎哎，留电话没有？"

"留了，她帮我找房子呢。"

"有点儿意思，不过——"大胖忽然皱起眉头，"按照迷信的说法，这叫褰衣袭头，会有血光之灾的。"大胖拍拍张大光的肩膀，又说："兄弟，多保重吧！"

说话间，张大光的手机铃声响了，看看号码是老家的区号，便跑到楼道里，接起电话。

"大光啊，你好好的，没事儿吧？"电话里，母亲的声音有点儿奇怪。

"没事儿，我好着呢。"

"你在外边，别毛手毛脚的，做啥事，都注意点儿安全。"

张大光越发感觉母亲的话说得啰里啰唆，有点儿前言不搭后语。"家里，是不是出啥事儿了？妈，你快说，咋了？"

电话里一阵沉默。

"你爸,给人家盖房子,不小心摔了。"母亲告诉他,"也没啥大事儿,就是从墙头上掉了下来,断了两根肋骨。没事儿,你爸说,不让我告诉你。"母亲打这个电话的原因,是昨晚做了个噩梦,梦见他被警察抓走了,一上午心惊肉跳的,还是瞒着父亲跑到镇里,给他打电话。

张大光询问母亲,自己要不要回去一趟。母亲说,不用,听到他的声音,她就放心了。张大光叮嘱母亲照顾好父亲,家里啥事儿也要注意安全。

想起刚才大胖说的话,张大光起了一身鸡皮疙瘩,挂断电话,立马拉着大胖到楼道里问:"大胖,那得咋破啊?"

"啥咋破啊?"大胖接过张大光递过来的烟,一脸迷惑。

"就是你说的,裤头儿砸脑袋那事儿!"

"真想知道,一根烟就打发了?"大胖眯起小眼睛,扭头看了看门口的自动贩卖机。

"趁火打劫!"张大光撇了撇嘴,掏出一张十元纸币,丢进贩卖机。咣当咣当,两听可乐瞬间滚了出来。

"这个有点儿难度啊。"

"有多难?"

接过可乐,大胖眯起小眼睛,盯着张大光一字一句地说:"你得把她睡了,才行!"

砰!张大光手抖了一下,易拉罐拉环拉到一半儿断了,锋利的金属直接割进手指,血一下子冒了出来。

"血光之灾!"两个人同时惊呼。

可乐掉在地板上,褐色的液体和气泡吱吱吱喷射出来,张大光把手指放在嘴里吮了一下。

"而且,接下来,可能还会有很多倒霉的事情。"大胖小心翼翼地拉开拉环,喝了一口可乐。

张大光没有把父亲肋骨摔断的事情告诉大胖,他更愿意相信,这不过是一个巧合,绝没有大胖说得那么玄乎和严重。但是,今天的事情,多少也让人心里有点儿隐隐的不安。

"没别的办法？"

"再有就是，你得把那条内裤拿回来，半夜找个没人的地方，给它烧掉，这个坎儿就过去了。"大胖说，"无缘无故的，女人的内裤不会穿在足球上。足球套着内裤，任凭一群男孩子踢来踢去，这里边一定有事儿！"

"这里边一定有事儿？"张大光自言自语。

睡了那女孩儿，没这胆量；跟她要一条内裤，貌似简单却也难以启齿。

认识秦晓卉的整个过程，不过是一个概率极低的巧合。虽然被穿内裤的足球砸了脑袋，然后又被呼啦圈致命一击，但人家女孩儿也不是故意的，又是道歉，又是赔钱，还帮着找房子，这件事也就该告一段落了。两个人的偶遇，就像足球弹跳的时候，偏巧旁边的梧桐树上掉下一片落叶，非常巧合地和弹跳起来的足球在秋风里来了个亲吻一样，纯粹是自然界的一个偶然。亲密接触之后，故事就应该到此结束了，两个毫无关联的物体，沿着各自的轨迹，继续自己的生命历程。

有些时候，有些事情，貌似支离破碎毫无关联，但是生活有生活的逻辑，很多事情偶然中肯定有着必然。

人类总是自以为聪明，对任何事情都充满好奇。张大光也是如此。

其实，好奇是愚蠢的。

那天之后，张大光迫切需要解决的房子的问题解决了。又交了三个月房租之后，房东同意让他继续住在原来住的地方。短时间内，张大光不用搬家，不用再为房子的事情心急火燎了。其实，也就没有再见秦晓卉的必要了。

如果不是张大光非要窥探足球穿内裤背后隐藏的秘密，如果秦晓卉不是一个热心肠的姑娘，那么故事真的就到此为止了，两个人也再无瓜葛了。

如果把生活比作一个游戏的话，那么一旦游戏开了头，就要继续下去。

三天后，秦晓卉打来电话，告诉他找到了房源。

秦晓卉说："你过来看看吧。"

"不敢去了。"张大光在电话里说。

"为什么啊？"

"你们城里人会玩儿，老欺侮我们村里来的，我怕再被你们捉弄。"

秦晓卉在电话里笑出了声。

老板不在办公室，下午的时候，建筑设计事务所里没啥事情。正闲极无聊，秦晓卉刚好打电话过来。想起那天的足球，张大光摸摸脑门儿，脑袋还在隐隐作痛。

"那个足球，你有没有收起来？"那天秦晓卉带他进屋的时候，张大光狠狠地把那个穿着内裤的足球，踢进了秦晓卉家的客厅。

"你什么意思？"电话里，秦晓卉的声音警觉起来。

"你留着没用的话，能不能把它送给我？"张大光小心翼翼地说。

"我可以买个新的，直接快递给你。"秦晓卉的语气变得不太友好。

"没别的意思，我就是想……把它收藏了。"

"如果想看房子，你就过来找我，如果不看房子的话，我就挂了。"

"看啊，肯定看啊，我现在就出发。"

秦晓卉住的地方属于城乡接合部，坐地铁的话，五块钱就能快速到达，非常方便。看时间还早，张大光没有选择地铁，而是慢悠悠地上了公交车。

虽然不是晚高峰，但公交车上仍然挤满了人。

阳光透过车窗，照在张大光的额头上，纱布已经揭掉，额头结了痂。一路上想着那个倒霉的场景，穿着内裤的足球，写着秦晓卉的名字，也不知道是谁的创意。回想起秦晓卉给自己涂药的时候，一脸慌张的样子，张大光还是想笑。电话里,张大光和秦晓卉约好,看完房子,晚上一起吃饭。吃晚饭的时候，一定要和她一起喝点儿啤酒，酒精能使人兴奋，有酒才能有故事。

公交车进站，下了公交车准备给秦晓卉打电话。摸口袋的那一刹那，张大光想起了一个词：乐极生悲。

倒霉的事情，总在不经意间发生，除了手里攥着的公交卡外，钱包和手机早已不知去向。

　　电话号码记在手机上，没有手机就无法联系秦晓卉。最要命的是到了她住的小区，面对一群一模一样的老式楼房，实在想不出她住哪个单元了。

　　那天的情节惊险刺激，张大光只记得秦晓卉住在一楼，根本没有注意具体是哪一幢楼哪个单元。失魂落魄的张大光，头上呼呼地冒着热气，挨门挨户地敲门寻找秦晓卉，见到秦晓卉的时候，已经是晚上七点了。

　　"你这人，咋这么不靠谱？"秦晓卉瞪大了眼睛。

　　"我……找不到你家了。"

　　"你不会想请我吃早餐吧？"

　　"那，晚餐你来请？我请早餐也可以啊。"

　　"你这人，太无耻了吧？"

　　"每次见到你，我的运气都不是很好。"

　　"你的意思是，我是扫帚星呗？"

　　张大光耸了耸肩膀，告诉她自己的钱包和手机都被偷了。

　　之后，两个人去吃饭。

　　小区门口只有一家餐馆，秦晓卉找了个靠窗的位置，窗户外边，正对着秦晓卉住的小区的大门。

　　"我再也不来你这边了。"吃饭的时候，张大光还是一脸郁闷。

　　"不会是出门故意不带钱包吧？"秦晓卉冲他眨眨眼睛。

　　"其实，我不是来吃饭的。"

　　"专门来请我吃饭，却不带钱包？"

　　"我就是好奇。"张大光看着秦晓卉。

　　"好奇什么？"

　　"那天见我进了院子，你们是不是故意整我，那个足球为啥写着你的名字？"

"能不能别提这件事儿了？"

秦晓卉拿起酒瓶，给自己倒了一杯啤酒，端起了酒杯，看了看张大光，又看了看玻璃杯上的啤酒泡沫。

"光有酒，还得有故事。"张大光也端起酒杯。

秦晓卉问："非要打听？"

"反正闲着也无聊。"张大光喝了口啤酒。

"那个内裤是我的，我挂在阳台上的，结果就丢了。"秦晓卉看着张大光。

"就这？"

"你还想怎样？"秦晓卉瞪着他。

"随你。"

秦晓卉告诉张大光，她本科和研究生都是在旁边这所大学读的，在这边住久了习惯了，毕业后，一直还住在学校附近。读研的时候和老师关系不错，老师是一个风趣的人，是个青年才俊或者说是中年才俊。秦晓卉从心底里喜欢老师，那是一种默默的崇拜，是发自肺腑的喜欢，是那种两个人可以一起聊天儿、一起吃饭的那种关系，一种精神上的默契。

"但是很不幸，老师的夫人，是一个更年期提前的神经质女人。"秦晓卉喝了一口啤酒，"有一次，老师在我家喝茶，我们被'抓奸'了。"

"抓奸？"

"其实，我们什么也没有做，就是在客厅里坐着喝茶、聊天儿而已。"

"然后呢？"

"那老女人不依不饶，老女人说我长了一副狐狸相，你看看，我像狐狸吗？"

"有点儿像，不不不，我不是那意思。"看着秦晓卉微微泛红的面孔，张大光的眼神有点儿慌乱，"我是说，你长得挺好看的。"

"老女人说，我看老师的眼神里，写满了暧昧。"

"那到底有没有暧昧？"

"能不能别这么庸俗，"秦晓卉继续说，"隔三岔五，那个老女人就来找我的麻烦。"

"然后呢？"张大光看着秦晓卉。

"从那以后，噩梦不断。"

"有多暧昧呢？"

"没有！"

"绝对暧昧。"

"我家在一层，阳台不是封闭的。那天，老女人收买了那几个男孩儿，偷走我的内裤，在足球上写上我的名字，故意羞辱我。"

"这样啊，那我也是够倒霉的。"

"让你赶上了。"秦晓卉笑了笑，"谁让你这么倒霉呢。"

"咋不报警？"张大光问她。

"反正也无所谓了，我脸皮厚。"

两个人碰杯，继续喝酒。

"没有钱包，没有手机，今天还得你结账了。"张大光有点儿不好意思。

"你这人脸皮也够厚。今晚我请，下次你请。"秦晓卉的目光在张大光的脸上停留许久，"你说，我算不算很倒霉？"

"你老师很帅吗？"

"帅不帅不重要，男人和女人，重要的是气味相投。"

"气味……"

"这件事儿，有点儿麻烦，说不清。"秦晓卉叹了口气说。她这几天精神高度紧张，也许，这仅仅是一个开始，足球事件只不过是一个序幕。她感觉那个有着大把时间的老女人，绝不会善罢甘休。谁知道，这位大妈接下来还会搞出点儿啥事情呢。

酒喝到半夜。

张大光知道了秦晓卉是个成都姑娘，比自己大三岁，从小学艺术，现在在一家传媒公关公司工作。秦晓卉对张大光出生的农村很感兴趣。秦晓卉说，自己从小就想背着画夹去农村，到那种真正的大山里去写生。

酒喝了不少，这顿饭直接吃到饭店打烊。末班地铁和末班公交车肯定是没有了，钱包也没有了，想回家只能打车了，打车回家只能跟秦晓卉借钱。

"跟你说个事儿。"张大光红着脸说，"能不能借……"

"借钱？我跟你又不熟，你真好意思，咱俩才见过两次。"

"这个……"

"你不是说，明早，请我吃早餐吗？"

"不回家的话，早餐也没钱请啊。"

"那我不管，你现在就得进入角色。"

"啥角色？"

"保镖啊。"

秦晓卉站起身来，隔着窗户看了看外边，然后挽住张大光的胳膊，两个人走出餐馆。

03.噩梦才刚刚开始

秦晓卉住的房子是个一居室，稍显凌乱的客厅里摆着一套布艺沙发，秦晓卉指了指沙发说："今晚你住这里。"

"唉，总比流落街头强吧。"张大光身上所有的财富，只剩下一张公交卡了。

"但是，别胡思乱想，别打我的主意，你的身份证给我看看。"秦晓卉一脸严肃。

"身份证……"摸摸口袋，张大光庆幸，身份证拿去办驾照了，没有装在钱包里。

酒虽然喝得有点儿多，但是张大光的头脑异常清晰。连续的几件事，让他对同事大胖的话开始将信将疑，先是父亲摔断了肋骨，接着自己的手指被割破，今天手机和钱包又被盗，再加上那天摔破额头，种种事情叠加在一起，算是倒霉透顶了。难道真是因为穿着内裤的足球，砸到脑袋上带来的厄运？

如果真是这样，那无论如何也得想办法破解，除去头上的霉运。今晚留宿在秦晓卉家，两个人都喝得半醉，对于大胖指点的破解方法来说，肯定是绝好的机会。

秦晓卉开始刷牙洗脸。

"除非睡了这个女人。"眼前这个典型的南方女孩儿，面容姣好，身材也非常不错，两个人共处一室，难道是天意？随随便便留自己过夜，也许对自己有想法？女孩儿近在咫尺，睡了她，厄运就会到此为止。

张大光不敢再往下想。

"你想啥呢？"洗完脸的秦晓卉，扔给他一支一次性牙刷，"我这屋里，可没留宿过男人，咱俩刚见过两面，你不会是坏人吧？"

"也不是啥好人。"

"我从小练跆拳道。卧室的房门很结实。这里离派出所步行也就五分钟的路程。"秦晓卉笑了笑。

张大光吐了吐舌头，抓起牙刷去洗手间。

很快，秦晓卉的卧室熄了灯。

半夜溜进秦晓卉的房间，根本没有这勇气。躺在沙发上，张大光翻来覆去怎么也睡不着。想干脆打车回家，可是没有钱包，也没有手机，没法儿用微信、支付宝支付车费。一分钱难倒英雄汉，明天早晨还得和秦晓卉借钱。

倒霉的事情，都是从那个足球开始的。

穿着内裤的足球，在张大光眼前晃动。他开始想象秦晓卉穿着那条蕾丝内裤的样子，顿时热血沸腾，幻想着冲进秦晓卉的卧室，扑向秦晓卉的床，会是怎样一番情景。想到这些，他暗骂自己流氓。

还是退而求其次，执行第二方案吧。

干脆去洗手间，偷走秦晓卉的一条内裤，然后把内裤烧掉，破了这血光之灾。

秦晓卉刷牙的时候，张大光观察了一下，那只足球静静地躺在客厅的阳台上，只是没有穿内裤。

砰砰砰，砰砰砰！

想入非非、迷迷糊糊之际，疯狂砸门的声音，打破了夜晚的宁静，张大光噌地翻身坐了起来。

秦晓卉的屋子里亮起了灯光。

"怎么回事儿？"张大光紧张地问。

"谁呀？"秦晓卉朝着门口嚷，外面的人继续砸门。

秦晓卉说："你去问问。"

张大光起身，拉开门。一下子涌进来好几个人，手里还拿着手机和相机。

"你们要干什么？"秦晓卉厉声问道。

"你还问我？"一个手里举着手机的老女人冲向卧室。

"你们给我出去！"秦晓卉跟了进去。

老女人一把薅住秦晓卉的头发，把她按在地上。"奇怪，人呢？人藏哪里了？你们还等什么，还不把这小贱货给我扒光了？"

另外一个女人蹲在地上，拉扯秦晓卉的衣裳，犹豫道："大姐，你看，姐夫也没在。"

"不用管，在不在一样，把她脱光了给我拍！"老女人的情绪失控了。

秦晓卉在地上挣扎，三个男人拿着手机和相机在拍摄，两个女人合伙扯掉秦晓卉的睡衣。

秦晓卉的上半身几乎全裸，盯着秦晓卉裸露的身体，张大光的大脑一片空白。

秦晓卉的身体，在地板上扭动，她发出绝望的号叫："帮帮我，快帮我！"

张大光终于反应过来，秦晓卉遇到了麻烦。

"你们干吗！"张大光冲上前，给了老女人一巴掌，又抬起腿踹倒一个拍照的人，"你们干什么？"

"我们抓奸！你谁呀？"两个女人放开秦晓卉，过来挠他的脸。

"我是她男朋友，你们想干吗，晓卉，打110！"张大光一跃而起，把倒在地上的男人死死摁住。另外两个男人冲了上来，张大光抓起自己的皮鞋，朝着两个男人狠狠地抽过去。

对方是三个男人两个女人，张大光很快就陷入了被动。

场景混乱，一塌糊涂，甚至有点儿惨烈。

张大光死死地压住身子底下的男人，另外两个男人开始揪他的头发，打他耳光。

秦晓卉被两个女人摁在地板上，睡衣上衣完全褪去，露出光洁的身子。两个女人一边漫骂，一边往她身上吐口水，老女人顺势抽了她两个耳光："你这个贱货，让你偷人，让你勾引我老公。"

张大光抵挡不住，被两个男人拉扯起来。地上的男人爬了起来，朝着他的胸脯就是一记老拳。张大光被三个男人死死地缠住。

"干吗呢，还不快拍照，拍拍这个小骚货！"两个女人又去拽秦晓卉的睡裤，睡裤被拉到膝盖下面。秦晓卉身上只剩下一条内裤，和足球上那条内裤的款式和颜色一模一样。

"住手！"张大光一声怒吼，挣脱了三个男人的拉扯，从茶几上拎起个啤酒瓶子，瞪大眼睛看着三个男人。

"抓紧啊，录像啊！"老女人回过头来。

张大光举起啤酒瓶，三个男人开始后退。啤酒瓶重重地砸下，砸在自己的头顶，鲜血缓缓地流下来，眼前一黑，张大光想起大胖那句话：血光之灾。

三个男人愣在那里。不知道谁嘀咕了一句，三个人同时退后，一起退出了客厅。两个女人看了看秦晓卉，夺路而逃。

秦晓卉顾不上整理衣服，裸露着上身坐在沙发上，把张大光的脑袋抱在胸前。

秦晓卉浑身颤动，眼泪噼里啪啦地砸在张大光的脸上。血从张大光的头上流下来，流到秦晓卉的大腿上。眼前的场景清晰，但不真实，感觉自己在做梦，但是又似梦非梦。张大光伸出手，在眼前挥了挥，想努力抚摸这个梦境。手在空气中画了半个圈，然后有气无力地落下。

"你不会死掉吧。"秦晓卉吓坏了，哭着说。

"死不了，"张大光艰难地转动脖子，双手抱住秦晓卉的腰，"我还没娶媳妇呢。"

"等我叫救护车！"秦晓卉把张大光的头放在沙发上，想去找手机。

"这样挺好。"张大光搂紧秦晓卉，"我有点儿头晕。"

顾不上报警，也没有叫救护车，胡乱换了一身衣服，秦晓卉搀着张大光出门，打上一辆出租车。

"去民航医院！"坐在出租车上，秦晓卉一直抱着张大光的脑袋，两只冰凉的小手哆里哆嗦，不停地在张大光脸上抚摸着。张大光浑身瘫软，大脑一片空白。

挂过急诊之后，秦晓卉带着哭腔对医生说："大夫，求你快点儿啊。"

"两口子打架，也不能这么狠啊。"医生和护士为张大光清理了伤口里面的碎玻璃，伤口缝了八针。医生告诉他们，今天只能先处置伤口，明天还得过来拍个 CT，看看有没有脑震荡和其他问题。

回到家里，秦晓卉哭着把张大光扶进卧室，给张大光脱掉衣服，又打来一盆热水，帮他擦去脸上的血迹。

"你怎么这么傻啊，干嘛砸自己的脑袋啊！"

"我也不知道该咋办。"

秦晓卉拉了一把椅子，坐在床头，摸摸张大光的额头问："还疼吗？"

"头晕。"

"你先睡吧，睡一会儿。"

"他们为什么对你下这么狠的手啊？"

秦晓卉的眼泪唰地流了下来，俯下身子，趴在床头说："我害怕。"

张大光伸出手，摸了摸秦晓卉的脸颊，安慰道："没事儿的，一切都过去了。明天早晨，我请你吃早餐。"

"都三点了。"

"哦，那就是今天早晨。"

早晨睁开眼睛，张大光看了一眼躺在旁边的秦晓卉，翻身起床，结果头疼得厉害，又跌回床头。

"怎么了？"秦晓卉被吵醒，摸了摸张大光缠着一圈纱布的脑袋，"疼吗？"

"疼。"

秦晓卉轻轻把张大光的脑袋揽在怀里，抚摸着他的耳朵道："这样还疼吗？"

"好多了。"伏在秦晓卉的胸前，仔细回想着昨天的情景，张大光说，"这算是因祸得福吗？"

秦晓卉不说话。

"你不怕我是坏人了？"

"不怕。"

"他们为什么？"

"再睡一会儿吧。"秦晓卉伸手，轻轻拍拍张大光的肩膀，然后哼起了歌儿，"睡吧，睡吧，我的宝贝……"

张大光心底涌起一股暖流，泪水顺着眼角流到了秦晓卉的手上。秦晓卉吃了一惊："你怎么了，很疼？"

"没。"

"那是怎么了？"

"我想我妈了。"

"真没出息。"秦晓卉继续抱着张大光的脑袋,"谢谢你。"

"我想,问你一个问题。"

"还在好奇?"秦晓卉喃喃地说。

"你说,昨天……"

"昨天的事儿,你也看明白了。"

"咱俩睡在一张床上了。"张大光欲言又止。

"你都这样了,再让你睡沙发,"秦晓卉看着张大光,"说不过去吧。"

"咱俩睡在一张床上了。"张大光自言自语。

"对。"秦晓卉若有所思。

"你说,是不是,这就算……"

"算什么?"

张大光盯着秦晓卉:"昨晚,这算不算……我睡了你?"

"流氓!"秦晓卉推开张大光,翻身下床,"脑袋都砸烂了,还胡思乱想。"

张大光头痛欲裂,说:"我得去上班了。"

"拉倒吧,都这样了,还能去上班?"

"不去上班,又得扣工资。"

笃笃笃,两个人正说着话,有人轻轻敲门。

秦晓卉做了一个别出声的动作,轻手轻脚走到门口,往猫眼儿看了一下,然后拉开了门。

"你来干吗?"

没有人进来。张大光听到秦晓卉在楼道里和别人说话,还有压低嗓门儿争吵的声音。

几分钟后,秦晓卉眼圈红红地回到屋子里,坐在张大光对面,看着他也不说话。

"我该走了。"张大光努力地撑起身体,秦晓卉伸手拦住他。

"你为啥占我便宜？"

"我没有。我问你的意思是……咱俩啥也没有，我就是随口问问，不是想占你便宜。"张大光憋红了脸。

"你说，你是我男朋友。"秦晓卉注视着他的眼睛。

张大光说，那话就是脱口而出，当时的环境来不及仔细想，他意识到秦晓卉遇到了麻烦，所以就脱口而出。

秦晓卉不说话，趴在床沿睡着了。

张大光挣扎着翻身下床，披上自己的衣服，在客厅的沙发上坐了一会儿，琢磨着是不是该离开了。昨晚的事情有点儿蹊跷，作为局外人，即使再笨也能看明白十分之八九，这时候再不离开，肯定有点儿不合时宜。

头阵阵地疼。折腾了一宿，肚子也饿了，张大光翻了翻秦晓卉的厨房，只找到了大米，索性用电饭锅熬了粥，又在冰箱里找到两个鸡蛋和一袋榨菜。

做好饭，张大光往秦晓卉的房间里张望，再一次走进卧室。秦晓卉的脸上有了一丝红润，睁开眼睛看着他。

"吃早饭吧。"这场景，感觉真的成了她的男朋友。

坐在餐桌前，秦晓卉端起张大光递过来的大米粥，默默地开始吃饭。粥喝到了一半儿，她放下了饭碗，问张大光："还疼吗？"

"小时候天天打架，经常被人开瓢儿，习惯了，没事儿的。"

"都流血了，还说没事儿。"秦晓卉剥开一个鸡蛋，递给他。

坐在餐桌对面，秦晓卉身上飘过来一股淡淡的香味儿，不是香水的味道，而是一种很好闻的气息。

"除了我妈之外，没有人给我剥过鸡蛋。"

"优待一下病号吧。"

"好吧。这顿，算我请你吃的早餐。"

"我请假了，一会儿咱俩去医院，拍个片子。"

"没事儿的，我是钢铁侠。"张大光头上缠满了纱布，喝粥的时候，一阵阵地胀痛,"吃完饭我就走,是非之地,不可久留。"又看看秦晓卉:"来一次,受一次伤,以后不敢来了。"

执意不去医院拍片子,临走时,张大光问秦晓卉:"借我二百块钱行吗?我不想坐公交车了,这个样子,怕吓着人。"

秦晓卉告诉张大光,刚才来的男人就是自己读研时候的老师,外表温文尔雅,出了这么大的事情,老师依然温文尔雅地劝她,不要报警,报了警这事儿不好看。刚才的情景,让秦晓卉觉得像是吃了个苍蝇:"平日里温文尔雅的老师,出了事儿如此唯唯诺诺、道貌岸然,简直不是一个男人。"

那天晚上,给张大光留下深刻印象的,不是疼,也不是鲜血淋漓,而是秦晓卉温暖的怀抱。那一刻的情景,永远定格在张大光的脑海里。张大光甚至觉得,那一刻的秦晓卉才是真实的秦晓卉,或者说是秦晓卉应该有的样子。以至于很多年后,秦晓卉盘腿坐在床上,怀抱着张大光的脑袋,两个人一起说话,成为生活中的一种仪式。每次吵了架,发生了不愉快,最终都会以秦晓卉抱住张大光的头,轻轻抚摸他的脸颊和头发,这种方式结束战争。秦晓卉的怀抱,温暖芳香不可替代,仿佛具有某种魔法。张大光喜欢秦晓卉的怀抱。但是也很奇怪,结婚后的秦晓卉,变得风风火火、忙忙碌碌,那一刻之外的秦晓卉,仿佛是另外一个人。

告别秦晓卉,打车来到公司,张大光没有急着上楼,而是先给同事大胖打电话,两个人在楼下的麦当劳里见面。

"这算不算睡了?"说了事情的经过,张大光问人胖。

"你俩这算刻骨铭心了。"大胖意味深长地说。

"那我的霉运,结束了没?"

"也许,噩梦才刚刚开始。"

"你什么意思啊?"张大光瞪着大胖。

"又不是我让你招惹那女人的。"大胖还是不紧不慢,"是福不是祸,是祸躲不过,不过你小子还真是有桃花运。"

"我没想明白，是咋个回事儿啊？"

"真傻还是假傻，这还不明白？"大胖继续说，"这女的，被他老师潜规则成了小三儿，老师家里的母老虎不干了，老师被吓傻了，多简单的狗血剧情啊，平时你不看电视剧啊。"

"我看，你是垃圾剧看多了！"

"昨晚，你究竟干了没有？"大胖死死地盯着他。

"差点儿就死了，哪还有色心，手都没顾得摸。"

"那就好。兄弟，到此为止吧。这女的，不是个省油的灯，还是收手吧。"大胖拍拍他的肩膀，继续说，"红颜祸水，这个女人，天生就是来祸害人的。作为兄弟，我只能劝你这么多了。"

脑袋连续两次遭遇重创，思维变得有些迟钝。如果没有住在秦晓卉家，昨天晚上，该是怎样一番情景呢？

04.霉运并没有结束

整整一天，都是昏昏沉沉的。胡乱吃了几口晚饭，躺在床上，张大光感觉浑身乏力。

按说秦晓卉的事情，和自己没有半点儿关系，偏巧都被自己赶上了。也许，这个女人，真的天生就是个害人精。事情的轮廓很清晰，这个秦晓卉是个小三儿，用村里话说，是个破鞋。这样的女人不能搭理，搭理她一定会给男人带来霉运。这样的女人，躲得越远越好。

几天来的种种遭遇，如同电影画面，在他脑海里一遍又一遍地播放，最后定格在秦晓卉被两个女人剥光上衣的画面上，张大光的目光停留在秦晓卉的胸前。

流氓！

虽然心里暗自骂自己，却又实在忍不住，无法控制这种遐想。在意识深处，目光还是在秦晓卉的胸前瞄来瞄去，那个场景实在过目难忘。都说四川姑娘身材好，秦晓卉更是波涛汹涌。而且，秦晓卉身上有一股好闻的味道，尤其是给他唱歌的时候。

恰在此时，秦晓卉的电话打过来了："头还疼吗？"

"不疼了。"顿了一下，张大光又说："其实还有点儿疼。"

"明天该拆线了。"秦晓卉说，"我陪你去医院，明天上午九点在医院门口见。"

张大光说："你好好上班吧，没必要专门请假，这点儿事情，我自己去就行了。"

秦晓卉说："已经和公司请好假了。刚才加了一会儿班，把明天要做的工作，都做完了，必须陪你去医院。"

虽然不想再跟秦晓卉有啥纠葛，但又推脱不掉，索性由着她吧。张大光昏昏沉沉地睡着了。

半夜里口渴，起身找水喝，看见手机屏幕亮起，点击屏幕，有十几个未接电话，都是秦晓卉打过来的。这丫头那边，不会又出事情了吧。

回拨过去，电话瞬间接通了。

"怎么，想我了？"张大光问。

电话里是嘤嘤的哭声。

"怎么了？"张大光莫名地心慌。

"我进不去屋了。"

"怎么回事儿？"

"钥匙插不进去。好像，锁眼儿被堵住了，呜呜呜。"电话里秦晓卉大声哭起来。

"你现在在哪里？"

"在院子里坐着呢。"

"咋不给物业打电话，让物业给你想办法啊？"还以为是那个老女人又去找她麻烦了。

"这个小区，老旧小区，没有物业……"

"那你等着，我去找你！"

半小时后，张大光赶到了秦晓卉住的小区。

秦晓卉坐在院子里的长椅上，表情麻木，小脸儿冻得煞白。

俩人也不说话，一起走进门洞里。秦晓卉递过钥匙，张大光点亮手机屏幕。锁眼儿明显被堵住了，钥匙怎么也插不进去，仔细看看，门锁周边有胶水的痕迹。

"肯定是被人灌了502，得找开锁公司。"

楼道的墙上，密密麻麻地贴满了各种各样的小广告，找了一个开锁的电话号码，张大光拨了过去："师傅，我想开一下锁，家里的门锁坏了。"

"都几点了，你打110吧！"电话里的人口气极不耐烦，匆匆挂了电话。

手机屏幕显示，时间已经是夜里十一点。

"跟我走吧。"看看瑟瑟发抖的秦晓卉，张大光叹了一口气，拉着她走出楼道，走出院子，一直走到临街的马路上，拦住一辆出租车，回到自己的家。

张大光住的是群租房，和别人合租。前不久房东嚷着要涨租金，不同意就得滚蛋，经过一番软磨硬泡讨价还价，房东同意按照之前的价格，继续租给他三个月。三个月之后，再交房租就得涨价了。

"在我这里，凑合一下吧。"张大光把秦晓卉让进卧室，又去厨房烧了开水，翻遍厨房找出一袋子黑乎乎的红糖，给秦晓卉沏了一杯红糖水。

"先暖和一下，早点儿睡吧。"屋子很小，除了一张双人床之外，几乎没有其他的空间。"单身狗的家，肯定不如你那里舒服。"

看看脏兮兮的床单，秦晓卉皱了皱眉头道："还好，比流落街头强。"

"只能凑合。洗手间出门右拐，洗澡的话现在可以，不过明天早晨上厕所就得排队了。"张大光接过秦晓卉喝完的水杯，"你住这儿，我出去一下。"

"你去哪里？"

"我去公司住吧，明早我过来找你。"说完，张大光起身准备出门，秦晓卉拽了拽他袖子，"这么晚了，这里，我谁也不认识。"

"没事儿，隔壁都住着人，这里安全。"

"明早，别人问我，我怎么说？"

"放心，没人会问你的，只要你不长时间占着卫生间，没人管你是谁。"

秦晓卉还是拉住张大光道："别走了。"

很明显，这几天秦晓卉都没有睡好，一副受了惊吓的样子。看得出来，她不愿意张大光离开。张大光停住脚步，脱掉外衣，靠着床头坐下。

秦晓卉蜷缩在床铺一角，眼睛里充满无奈和惊恐地说："陪我说说话吧。"

"你咋总被人欺侮？"

"我怎么知道，这两天公司里的事情特别多，特别忙。可是到了晚上，我又害怕，害怕回家。"

"你做亏心事儿没？"

"没有，真的没有，为什么所有的人都不相信我？"秦晓卉转过身去不再说话。

过了几分钟，张大光起身准备关灯睡觉，秦晓卉那边已经响起了鼾声。

绕到床的另一侧，张大光帮她脱掉鞋子，盖好被子。

张大光上班的建筑设计事务所里，一群单身汉，每天抽烟聊天儿的时候，聊得最多的话题都是关于女人的。一个人在北京的日子，到了晚上回到出租屋，百无聊赖寂寞难耐，会更想女人。那种想，是想得睡不着觉的想，想伸手挠墙的想。终于身边有了个送上门来的女人，张大光睡不着了。

昨天晚上，脑袋还躺在她温暖的怀抱里。现在，女人近在咫尺，伸出手来，就可以尽情抚摸这个女人的身体，转过身就能亲吻到她的双唇。

大脑异常活跃，张大光根本无法进入睡眠。

"睡了她，才能解除厄运。"大胖的那句话，可能只是一句玩笑，但是，张大光躺在床上，满脑子都是昨晚的画面，有关秦晓卉身体的画面。

张大光住的屋子，窗户朝东，清晨一缕阳光打进来，照射在秦晓卉的脸上，那是一张精致的面孔，因为一夜的睡眠，恢复了白里透红。

窗外，一阵清脆的鸟鸣，夹杂着来来往往公交车的嘈杂声，秦晓卉伸了一个懒腰舒展开身体，把一条腿搭在张大光身上。

张大光吃了一惊。秦晓卉的身上只穿着内衣内裤，牛仔裤和外衣被胡乱地丢在了地上。

张大光清清楚楚地记得，昨晚睡觉的时候，只帮她脱掉了鞋袜，没有脱她的上衣和裤子。再看看自己，严严实实地穿着衬衣和牛仔裤。

此刻，秦晓卉几乎赤身裸体，躺在自己的床上。这些天，这个和自己毫无瓜葛的女人，严重干扰了自己本来平静的生活，还带来这么多的麻烦。

秦晓卉伸出双手，把张大光的头抱在了胸前。秦晓卉呼吸的节奏均匀而有力，气息温暖芳香。张大光瞬间开始浑身燥热，身体里的每一个细胞都在亢奋，都在跃跃欲试。

秦晓卉翻了一下身，被子随着秦晓卉翻身的动作滚到一边。张大光打了个冷战。

这会不会是一个圈套？

生活里怎么会有这么多巧合，一连串的事情，难道真的只是巧合吗？这背后会不会隐藏着一个巨大的阴谋？等一会儿她醒过来，发现身上只剩下内衣内裤，如果她说自己对她图谋不轨的话，那后果不堪设想。

张大光翻身下床，跑出了房间，点着一支烟，开始回忆昨天夜里的每一个细节，最终确定，衣服肯定不是他脱的。但是，两个人同居一室，睡在一张床上，如果秦晓卉反咬一口，这件事儿还真说不清楚。

这个秦晓卉，夜里干吗要脱光衣服呢，难道是……她对自己有意思？

真是个麻烦。要不要干脆一不做二不休，返回卧室，按照大胖说的方法，彻底破解那个血光之灾？

浑身燥热。张大光丢掉手里的烟蒂，出门，在路边买了两份早点，拎着油条豆浆不紧不慢地往回走。事到如今，所有的事情，完全不在他的控制之下，有啥算啥吧。又想，会不会真的是自己色胆包天，昨晚乘人之危脱了秦晓卉的衣服，甚至做了更过分的事情。会不会是自己选择性失忆了。

孤男寡女共处一室，不会真的把人家给睡了吧？

回到租住的房子门口，张大光轻轻敲门。

屋子里，秦晓卉已经穿好衣服，白T恤牛仔裤，扎着马尾辫，浑身上下清清爽爽。

"我上卫生间的时候，他们问我，是谁的女朋友。"秦晓卉笑嘻嘻地说，"我就指了指你这屋子。"

张大光一时无语，把手里的早餐递给她。

"我陪你去医院拆线。"秦晓卉摸了摸张大光的头顶。

出门之后，秦晓卉在路边拦出租车，张大光说："不着急，坐快速公交吧，省钱。"

秦晓卉说："我没有坐公交车的习惯。我出打车的钱，还不行吗？"

一辆出租车停下，两个人上了车。

"你为啥说是我的女朋友？"张大光心想，晚上回去，那帮坏小子又该调侃自己了。

"上次，你不也说是我男朋友吗？"

"那是没办法。"

"那你让我怎么说，说我是你找来的……"

出租车司机转过头来，看了他俩一眼。

砰！

"完了！"张大光惊呼。

的确，霉运还没有结束。

张大光的鼻子撞在前排座椅上，秦晓卉尖叫一声，紧紧抓住张大光的胳膊。

司机叹了一口气，打开车门下车，前面一辆公交车紧急刹车，出租车撞在公交车的屁股上。

倒霉的时候，喝口凉水都塞牙。这个秦晓卉，真是一个扫帚星。张大光摸摸脑袋，活动活动脖子，脑袋和颈椎都没啥大问题。

到了医院，拆线的过程很简单，五分钟就完事儿了。

"昨天晚上，谢谢你收留我。"在医院大厅，两个人道别。

"没事儿，没事儿。"张大光看着秦晓卉，说，"我还想跟你商量一件事儿，看看你能不能帮我一个忙。"

"没问题，你为我都打破脑袋了，说吧。"

"我想和你借……算了，回头再说吧。"

"想和我借钱？"秦晓卉打开背包，在里面寻找钱包。

"不是，不是。"张大光承认，自己天生胆小。之前有那么多绝好的机会，都没睡成秦晓卉，看来，只能和她商量，按照大胖的第二个办法，跟她借一条内裤。话到嘴边，实在说不出口，脸涨得通红，想想还是算了吧。

"那是什么？"

"咱俩，以后能不能……不再见面了？"彻底放弃和秦晓卉借内裤的念头，趁着秦晓卉愣神儿的工夫，张大光匆匆逃出医院大厅。

张大光吞吞吐吐的表现，秦晓卉百思不得其解。

多少年后，张大光问秦晓卉："如果当时直接和你说，想要你的那条内裤，你给不给？"

"肯定给。"秦晓卉说，"但是会觉得你是个变态。"

05.派出所里的较量

从医院回来，张大光刚刚在座位上坐好，大胖就悄无声息地凑了过来。

"印堂发暗啊，兄弟。"大胖朝他挤挤眼睛，一脸的阴阳怪气。

"没睡好。"

"没睡好？"

张大光和他说了昨晚的事情。

"孤男寡女，孤魂野鬼，混了一个晚上，怎么样，爽了呗？"大胖狡黠地冲他一笑。

"我哪儿敢啊。"

"但我觉得，你俩是人鬼情未了。"

"什么人啊鬼啊的，听起来瘆得慌。下次不见她了，行了吧？"

"我只是打个比方，这个女人，不是你能驾驭的。"

张大光告诉大胖，早晨起床后，秦晓卉不慌不忙地穿好衣服，根本没有提起脱光衣服的事情，也没有丝毫的不好意思。"你说，这衣服，咋脱了呢？"

"那还用问，肯定是你脱的呗。"

"我？"

"不是你，难道还是我脱的？"大胖一脸鄙夷，"色胆不小！"

或许真像大胖说的，自己就是一个卑鄙小人。张大光越来越怀疑，自己可能真的乘人之危，趁着秦晓卉睡熟了，半夜脱光了人家的衣服。

午后的阳光慵懒，张大光坐在工位上犯困。手机忽然响了，上面是一个陌生的号码，估计是出租车司机打来的。因为追尾后，急着去医院不想耽搁时间，就和司机互留了电话号码，司机嘟嘟囔囔地说，如果身体有不适，早点儿通知他，反正有保险，有问题一起跟保险公司说。

"张大光吗，还得麻烦你一件事儿。"走到楼道里接通电话，是秦晓卉的声音，"麻烦你，来一趟大黄庄派出所。"

"现在吗？"

"现在。"

不容思考，那边已经挂断。再打过去，电话没人接听。拨打秦晓卉的手机，始终无法接通。

真是没头没脑，说好再也不见了，还没过半天时间，又打电话，这个秦晓卉可真是个冤家。电话里，秦晓卉说话的声音慌里慌张，不知道又遇上了什么事儿。又拨了两次秦晓卉的手机，还是无人接听。算了，不管她了。

这些天，请假太多。每次请假，部门经理的脸都拉得好长。

写字楼里乱哄哄的，各种声音杂乱无章。脑袋昏昏哈欠连天，坐在电脑前，张大光心不在焉地画着设计草图。经理走过来，在他身后站了好久，居然毫无察觉。

快下班的时候，大胖跑过来，敲敲桌子，提醒他："看看你，魂儿都丢了？"

张大光伸了个懒腰，收拾好书包，决定去找秦晓卉。

毕竟吃过人家请的饭，还拿过她二百块钱，又在一起睡了两次，虽然没有实质性的内容，但也睡在了一张床上。老话说得好，百年修得同船渡，千年才修得共枕眠，两个人能够相遇，又有这么多的交集，这就是一种缘分。秦晓卉那边肯定又出了事情，遇到了麻烦，打电话过来，这是对自己的信任。所以无论发生什么事情，肯定不能不管，即使还是倒霉的事儿，就算最后再帮她一次吧。

派出所里，张大光吃了一惊，秦晓卉的上衣被撕破，旁边坐着一个戴眼镜的中年妇女，眼镜歪歪斜斜地戴在脸上，只有一个镜片，头发凌乱。

"怎么了？"

"打架。"旁边坐着一个警察，"你是她什么人？"警察面无表情地瞪着他。

"我是，我是她男朋友。"

"在这里签个字。"警察扔过来一张表格，"吃饱了撑的，俩女人下手都够狠。"

秦晓卉坐在一旁始终没有说话。张大光看清楚了，坐在旁边的女人，就是那天跑到秦晓卉家里带头拉扯秦晓卉衣服的女人。

张大光领着秦晓卉出了派出所，秦晓卉没有说话，一脸无辜的样子。

"怎么回事儿？"张大光问。

秦晓卉告诉他，从医院分手之后，她匆匆忙忙地赶回家，叫了一个开锁的师傅帮忙开锁。和张大光分析的一样，开锁师傅说，锁眼儿被人灌了胶水。

换完门锁，秦晓卉正准备进屋，就看到门口有个女人贼头贼脑，不怀好意地往这边张望。秦晓卉一眼就认出来，这就是那天带人来欺侮自己的老女人。想一想这几天的遭遇，秦晓卉气愤不过，过去和她理论，没想到这个女人上来就给她一个耳光，抓住她的头发，一边骂一边打，两个人滚在地上互相拉扯。

秦晓卉和张大光说话的时候，一个男人急匆匆地冲进派出所，秦晓卉看了他一眼，没有说话。派出所里面，传出女人的咆哮："前天晚上，你到底去哪儿了？"

没听清男人说话的声音，女人继续咆哮："我从你包里，找到一张酒店发票，前天晚上的。你也忒不要脸，这么大岁数了，还祸害人家小姑娘。"

张大光听明白了，刚才冲进派出所的男人，肯定是秦晓卉的老师了。

秦晓卉拉了一下张大光，返回派出所。

"那我就告诉你一下，你老公有没有和别人睡，我不知道，但是我有男朋友，那天你去我家捣乱，也看到了我和我男朋友在一起。你砸了我的家，打破我男朋友脑袋，我没有报警，我告诉你，没有下次了！"秦晓卉用鄙夷的眼神看了看眼前的老师，一脸嘲讽地继续不紧不慢地对女人说，"砸我东西、打人、堵我家锁眼儿，这些我都可以不追究了。刚才你也说了，前天晚上，你老公住在酒店里，你却到我家去找人，这事儿拜托你们俩说清楚。"

对面的男人和女人一脸尴尬。"我说师母啊，我秦晓卉也不是没有男人，我尊重我的老师，但是如果找人睡觉，我还不至于找个糟老头子。老师，拜托你也管好你的女人。"秦晓卉扭头看看张大光，又看看老师，"老师啊，也拜托你，再找学妹促膝谈心，您也技术含量高点儿，理由编充足一点儿啊。"

警察张大了嘴巴，男人和女人面如雕塑。秦晓卉牵着张大光的手，两个人缓缓走出派出所。

秦晓卉告诉张大光，发生了这些事情之后，原来在她眼里风流倜傥的老师，之前她对老师的崇拜和所有的好感，都已经荡然无存了。老师在她的眼睛里，变得异常油腻，就是个秃头猥琐的渣男。

"你是不是觉得，我是一个很随便的人？"秦晓卉一脸认真地看着张大光。

"没有，不是。"

"随你怎么想吧。"

"真没有。"

"你上午说了，再也不愿意见到我。"

"不是，不是。"

"所以，"秦晓卉说，"不管你怎么想，既然你说了，你肯定觉得我……算了，我们以后可以不再见面。"

"我是觉得，每次见你，都遇见倒霉事儿。"张大光涨红了脸。

"你自己运气不好，和我有什么关系？"

"嗯。"

"谢谢你，今天帮我忙。"

秦晓卉说，她和那个女人被警车拉到派出所，警察说要她俩反省，把两个人丢在了屋子里,谁也不搭理她俩。两个人很无趣地待了几个小时,后来也聊了聊。通过种种细节的表述,老女人也觉得,把秦晓卉作为假想敌人是个低级错误。派出所里,两个人沟通得差不多了,就让她俩各自打电话,找人过来领人。秦晓卉不想惊动单位,就拨了张大光的电话。

秦晓卉说:"你已经是我的亲人了。"

"那我们以后还见面吗?"张大光问。

"你怕见到我倒霉,就不见了呗。"

"那还算啥亲人啊。"

"我饿了,我想吃火锅。"秦晓卉喜欢吃火锅。

张大光还没有开工资,前两天又买了个二手手机,花掉一千多块钱,所以钱包里没有几张钞票。请秦晓卉吃饭,又不能太吝啬,两个人开始沿着街道寻找吃饭的地方。

这条街不是很宽敞,路边都是小餐馆。找到一家看着还算干净、价格不是太离谱的老北京铜锅涮肉。

秦晓卉点了一盘羊肉、一份肥牛,还有一个蔬菜拼盘,冲着张大光一笑:"今天,你请客哦。"

"嗯,服务员,给来一壶开水。"

热气腾腾的火锅端上桌,秦晓卉夹起羊肉,放在沸腾的铜锅里。

"我想喝酒。"秦晓卉看着张大光说,"可不可以再要一瓶酒?"

"喝酒?"张大光想起来,没有点酒水。

"嗯,想喝,而且想喝白酒。"秦晓卉说。

"你平时喝啥酒?"

"我自己不喝酒,客户请吃饭的话,一般喝茅台或者五粮液,遇到抠门儿的喝剑南春什么的。"秦晓卉看了看张大光,继续说,"不过,一般情况下我都不喝,看心情吧。"

"那好吧,我可买不起太贵的酒。"张大光吐了吐舌头。

"二锅头就行,十块钱一瓶的。"

服务员拿来一瓶46°绿瓶牛栏山二锅头，秦晓卉一口喝干了杯子里的白开水，倒满白酒。"你得陪我喝。"

"我怕喝醉了。"张大光坏笑一下，"喝醉了，容易做坏事儿。"

秦晓卉把张大光的杯子也倒满了，两个人看着窗外街道上来来往往的人，边吃火锅边喝酒。

"你是不是一直觉得，我是个小三儿？"

被冷不丁这么一问，张大光不知道该怎么回答。

"我爸是公务员，我妈是老师，我出生在一个非常传统的家庭里。"秦晓卉喝了一口酒，"他们从小就要求我，一定要做个正派的人，我也一直努力去做。可是，有时候我也困惑，这个社会究竟怎么才算正派呢？上大学时，我们寝室有个女同学考试挂了科，老师要那个女孩儿晚上十一点以后去办公室找他。那个女孩儿去了，夜里也没有回来。我的那个同学只是长得漂亮，成绩一直不咋的，但是本科毕业后直接保研了。"

"可能是运气好吧。"

"屁，运气好，谁信？"

"我信。要不怎么会保研呢，我上学咋没人给我保研呢？"

"你是真傻，还是装傻啊？"秦晓卉瞪着他。

"我上学的时候，老师对我们都很好啊。我觉得，学校里比起社会上的人好很多啊。"

"你真不明白，她为啥保研了？"

"我觉得，你们女孩子，喜欢争风吃醋捕风捉影，就不能把生活想象得美好一点儿，那你不也是读研了吗？"

"你不会觉得我也是……我和她不一样，算了，不和你说这个了，喝酒吧。"

秦晓卉的父母一直希望她毕业后回成都工作，做个公务员或者找个学校当老师。秦晓卉执意留在北京，原本想到电视台做个记者，实习的时候去了电视台。在节目组，有个很出名的男主持人总是对她动手动脚，并且言语暗示，如果给他做情人，就能留在电视台。有一次在化妆间，这个男主持人直接摸她的胸，想脱她的衣服，正好有个相声演员推门进来，帮她解了围。秦晓卉狠狠甩了他一个耳光，再也不去电视台实习了。

"表面光鲜，实际就是个畜生窝。"秦晓卉淡淡地说。

"有那么严重吗？"

"我一直想靠自己的努力养活自己，靠自己的努力有所作为，我不想参与任何潜规则，也不愿意被潜规则。"秦晓卉认真地看着张大光。

那时候，秦晓卉已经在一家传媒公司工作了，但还不是后来的紫标公司。秦晓卉告诉张大光，工作里接触到各种各样的客户，有着各种各样的诱惑。这个圈子其实就是一个名利场，光鲜的表面背后是各种龌龊。

一瓶酒喝到一半儿，秦晓卉的脸色有些苍白，夹菜的手也有点儿哆嗦。

"怎么回事儿？"张大光关切地问。

"没事儿，有点儿头疼，估计是这屋子里缺氧。我有点儿冷。"

张大光伸手摸了摸秦晓卉的额头。

"哎呀，你发烧了！"秦晓卉的额头滚烫。

"可能着凉了。"

"去医院吧。"

"不去，回家洗个热水澡就好了。"

结过账之后，张大光打车送秦晓卉回家。

"你家里有药吗？"把她送到家门口，张大光问。

"有吧。"秦晓卉紧紧抓着张大光的胳膊。

"洗个热水澡，吃点儿药，有事儿随时给我打电话。"放下秦晓卉，张大光继续打车回家。

出租车刚出院子，秦晓卉就打过电话来："我想跟你走，你能不能回来接我？"

"好好洗个澡，睡觉吧。"张大光安慰她，"明天早上就好了。"

"我有点儿害怕。"

"怕什么啊？"

"就是怕。"电话里没了声音。

张大光让司机掉头，回到秦晓卉住的小区。秦晓卉拎着一个包，站在院子里等他。

上了出租车，秦晓卉浑身软绵绵地斜躺在张大光身上，摸摸额头还是滚烫。张大光和司机商量，在药店门口停车，进去买了冰袋和退烧药，然后回到了自己住的地方。

给秦晓卉吃了药，让她躺在床上，又给她在额头敷了冰袋，半小时后，试了试体温表，秦晓卉的体温降到了 37.5℃。

"要不，我帮你刮刮痧吧？但是得脱了上衣。"

秦晓卉点了点头。张大光让她翻身趴在床上："刮痧能迅速退烧。"

上大学的时候，张大光在一家洗浴中心打过工，学会了刮痧，还从洗浴中心顺手牵羊，拿了一块刮痧板和一瓶刮痧油。这东西虽然没啥用，但也没扔掉，来北京的时候，就随手扔进了行李箱。找出刮痧板和刮痧油，张大光让秦晓卉脱掉外衣。

"能不能先关了灯？"秦晓卉有点儿难为情。

关了灯，张大光摸黑儿帮秦晓卉脱掉外衣和衬衫，顺势解开她的乳罩，开始在她后背上熟练地涂抹刮痧油。

"现在，得开灯了，要不，没法儿刮。"张大光重新打开屋里的灯。

"有点儿凉。"秦晓卉说。

"一会儿就好了。"张大光又脱掉她的牛仔裤，"把衣服脱了，能舒服点儿。"秦晓卉没有反对，张大光开始在她光滑的后背上揉了几下，然后开始刮痧。

"刚开始，会有点儿疼，一会儿就好了。"

张大光动作轻柔，秦晓卉肩膀颤动，估计是哭了。

秦晓卉告诉张大光，她在学校附近住习惯了，加上房租便宜，交通也还算方便，工作后就没有搬走。现在租的那个房子，其实就是老师租给她的。

"这样啊,那肯定是金屋藏娇了吧,我说呢!"张大光瞪大眼睛。

秦晓卉说自己是一个单纯的女孩儿,对于男女之间的关系没有经历过,也没太多的考虑,平时一直觉得那个老师性格开朗、学识渊博,心里挺崇拜他。现在想来,这不过是一个涉世未深的小女孩儿对男人的模糊认识。

这些天,那个老女人的纠缠,让她心里始终忐忑不安,也一直没有睡好。这件事儿对她打击很大,摧毁掉她内心中很多美好的东西,超越了她的认知,让她觉得很恶心。

"所以,你走了,我觉得一个人挺害怕的,就给你打电话了。"

张大光拍拍她的肩膀说:"刮完了。刮痧之后,不能着凉,不能洗澡。"张大光为她盖好被子。

"我冷,你能不能……"秦晓卉顿了一下说,"能不能抱抱我,跟你借个拥抱。"

"借了,想着以后得还啊。"张大光穿着衣服,钻进被子,轻轻抱了抱秦晓卉,秦晓卉顺势抓住他的肩膀。

"你把衣服脱了,衣服太硬,也不干净。"

张大光脱掉外衣和里面的 T 恤,然后重新钻进被子。

"好暖和。"

秦晓卉抱紧张大光的身体问:"你愿意,为我取暖吗?"

张大光没有说话,只是轻轻地抱住秦晓卉的肩膀。

06.你偷我内衣干吗?

情人节之夜,月光酒店。

窗外月光皎洁。房间里,暖蓝色的灯光飘忽不定。透过窗子洒进来的月光和屋子里的灯光，重叠缠绕在一起。时空变得模糊起来，一切的一切混沌暧昧。

秦晓卉端起红酒，碰了碰张大光的杯子道："你说，咱俩从认识到结婚，我咋感觉，就像历史课本一样干干巴巴呢？"

"你还想咋样？"淡蓝色的灯光充满整个房间，张大光一口喝干杯里的酒，"所以，你想出这么个馊主意？"

这个情人节之夜，注定要刻骨铭心。

人的一生难免会有各种失误，犯各种错误。现在的这个游戏，也许是自己一生中犯过的最严重、最愚蠢、最致命、最不可饶恕的错误。

仿佛没有秋天，直接进入了冬季。北京的冬天，永远是寒冷刺骨。

想不明白，当初为什么选择来到这个城市。

那时候，张大光觉得北京是首都，是全国最好的城市，稀里糊涂就来了，稀里糊涂找了份工作。没有想到，北方的冬季这样寒冷。白天待在公司里，冷冷清清，尽管同事之间彼此客客气气，但是这种冷清能让人从头凉到脚。晚上回到家里，依然是冷冷清清，房间冰冷空洞，毫无生气。这个城市到处高楼林立，晚上到处灯火通明，每天走过繁华的街道，却没有一盏灯属于自己。

那天，加班到深夜的张大光拖着疲惫的脚步，回到租住的群租房，却惊奇地发现，那个能够让自己栖身的家已经被夷为了平地。

房子没了，眼前一片瓦砾，到处是坐在地上发呆的人。各种家具和行李，被凌乱地扔在地上。几个穿着保安制服的人拿着高音喇叭，挥舞着橡胶棒在驱赶人群。

高音喇叭里面反复播报着："根据政府文件精神，这里属于违章建筑，已经被镇政府拆除，希望大家配合，立即离开，立即离开，我们马上要清场了！"

找不到家的张大光彻底傻了。

深更半夜，张大光伸出冻僵的双手，摸出电话，拨通大胖的手机："我得到你那里凑合一晚上了。"

"开什么玩笑。"电话里传来大胖慵懒的声音，"我家只有巴掌大，我跟女朋友，我俩都胖，快把屋子撑爆了。你来了，咱仨睡一张床，夜里一起睡？神经病！"然后啪地挂断电话。

总不能夜宿街头吧。张大光想起了秦晓卉，这会儿不知道秦晓卉睡了没有。

那次秦晓卉发烧，给她刮痧刮到一半儿，秦晓卉就睡着了。第二天，退了烧的秦晓卉，睡醒之后，高高兴兴地上班去了。之后，两人再也没有联系过。

张大光咬咬牙，拨通了秦晓卉的电话。

"怎么了，想我了？"秦晓卉笑嘻嘻地说。

"我想在你那里……暂住几天。"张大光实在是冻得够呛，话说得结结巴巴的。

"什么意思？"

"我没地方住了。"

"没地方住？"

"房子被拆了。"

"编，继续编。"

"真没有，我……"

"想来找我，不用编故事。"电话里，秦晓卉继续开着玩笑。

"我无家可归了。"冷风刮过来，张大光几乎快被冻哭了。

"你的意思是，我必须收留你？"

"我可以付房租。"

"不会是想找我做你女朋友吧？"秦晓卉说，"房租就不用了，反正也是睡沙发，每天帮我买一份早餐就行了。"

张大光狼狈地搬进秦晓卉的公寓。

见到秦晓卉，张大光说："自从认识你，倒霉的事情一件接着一件。"

"那你还不躲我远点儿？"

"实在没有别的办法，走投无路了。"张大光吸溜着鼻涕，一脸无奈。

"从现在开始，你就会好事儿不断了。"秦晓卉给他倒了一杯热水。

先是受了惊吓，又冻了半宿，张大光躺在沙发上，怎么也睡不着了。半夜上厕所的时候，看见秦晓卉搭在卫生间浴巾架上的内衣，开始脸红心跳，最后还是拿起一件，偷偷去了厨房，放在洗碗池里用打火机点燃。看着火苗由旺而衰的过程，张大光笑了笑，也许，秦晓卉说的没错，好日子会从明天开始。

"什么味道，好像有东西烧煳了！"早晨，秦晓卉起床后开始大呼小叫。

"我想给你做早餐，不小心把锅给烧煳了。"张大光伸了个懒腰，"要不咱俩还是去外边吃吧，我请你吃早餐？"

"好像你是我男朋友似的。"秦晓卉白了他一眼，"别打我主意。"

不得不说，两个人认识的过程很有戏剧性。但是我们必须承认，很多时候，巧合不光是一种缘分，也是一种宿命，是两个人生命里的一种必然——张大光遭遇秦晓卉，两个人的故事开始了。

后来的事情就比较庸俗了。

两个人同在一个屋檐下，秦晓卉每天早晨睁开眼睛，早餐都会如期而至。有时候是买来的烧饼油条，有时候是张大光熬的大米粥外加咸菜。时间充裕的时候，张大光偶尔还会做个烩面。

有一天早上，秦晓卉说："早餐给我煮两个鸡蛋吧。"

张大光把刚出锅的热乎乎的鸡蛋端到餐桌上，秦晓卉说："今天是我生日。"

"你生日啊？"张大光说。

晚上的时候，张大光特意订了一个蛋糕。

秦晓卉在外边和朋友吃过晚饭才回来，到家已经是晚上十点多了，张大光点起蜡烛，切好蛋糕，秦晓卉把奶油涂抹到张大光的脸上，对他说："没想到，理工男也懂这个。"

每个月发了工资，张大光总会拿出一些钱，交给秦晓卉，说是这个月的房租。秦晓卉不要，说房租已经被她吃了，每天的早餐就是房租，如果张大光觉得心里不踏实，可以提高早餐的等级。

半年后的某一天。吃早餐的时候，秦晓卉若有所思地看着张大光说："你就不想娶个媳妇？"

张大光苦笑道："哪里有傻子会嫁我？"

"要不咱俩试试？"秦晓卉笑得一脸灿烂。

"咱俩……"张大光看看秦晓卉，"我下不去手啊。"

"天天住在一间房子里，你就没对我动过歪心思？"

"我是正人君子。"张大光脸红了。

"正人君子？那我的内衣，挂在卫生间里，被谁偷走一件？"秦晓卉瞪起眼睛看着他。

张大光的脸唰地红了，一直红到脖子根。

"开什么玩笑。别拿我开涮啊，你要是……看得上我,还会等到今天？"

"这事儿,不是都得男的主动吗？我毕竟是个大姑娘。"秦晓卉看着他。

"天上掉馅儿饼了吗？"张大光不敢看秦晓卉。

"我比你大三岁。"

"那怕啥，女大三，抱金砖。"

"真的？"

"我就想问一句，"张大光看着秦晓卉，很认真地说，"那天，你是不是故意抛绣球，套住我？"

秦晓卉捂住嘴，笑得前仰后合。

"我想问问，为什么？"

"与其剩下，不如降价处理。你没有女朋友，我没有男朋友，不如咱俩来个资源合理配置。"

"这个……"

"老实交代,你偷我内衣干吗!"

"这个,这个……"

"还不承认?天天偷看我,你以为我不知道啊。"秦晓卉调皮地看着张大光。

秦晓卉说:"每次遭遇困难的时候,都是我们两个相依为命。我们本该成为一个人。"

第二章

雪儿是谁？

07.一只球鞋的故事（上）

月光酒店，520房间。

秦晓卉刚在眼角贴上一张紫色瓢虫贴纸的时候，张大光甚至想笑，觉得眼前的秦晓卉，无论是衣着打扮还是发型，再加上床头那个粉红色的氛围灯，都和十几年前遇见雪儿的真实场景，相去十万八千里。

游戏开始，雪儿出场。

"我是雪儿，你的雪儿。"

一切，都是因为雪儿。

雪儿的眉毛旁边有一小块紫色的胎记，就像一只紫色的瓢虫，常年趴在雪儿的左眼角旁边。每次想起雪儿，总是先想起这只紫色的瓢虫。张大光曾经开玩笑说："将来你想离开我，就把这只紫瓢虫给我留下来吧。"

头痛欲裂。

嘈杂的声音让时间放缓，混乱逐渐散去。怦怦，怦怦，心脏跳动的声音，不断敲击着记忆。

魅惑的眼神，扭动的身躯，所有记忆支离破碎，又像是凭空想象出来的幻觉。房间里的灯光摇摆不定。时空像打散了的碎片，撒了一地，凌乱不堪。

"我是雪儿，你的雪儿。"

声音柔软却又生硬，从遥远的记忆中飘过来，那声音像一根鸡毛掸子，狠狠地抽在身上，令人浑身战栗。眼前的雪儿，面目清秀，穿着式样简单的白衬衫、黑裙子，头上梳了两根辫子，衣服和发型的式样透露出一股土气，很明显带有十多年前的年代印记，但这种印记又过于突兀和刻意。雪儿眼睛旁边，左眼角上是一只紫色的瓢虫，准确地说，那不是胎记，而是一张瓢虫贴纸。

"我是……雪儿。"

"雪儿……"张大光张了张嘴，吐出的声音含糊不清。

"雪儿，漂亮吗？"秦晓卉轻声问。

"漂亮。"

……

咚咚咚！猛烈的敲门声，刺痛了静谧的夜晚。

"开门，开门，警察！"月光酒店的走廊一片嘈杂。

雪儿是张大光的初恋女友。那是很多年以前的事情了。因为一只鞋子，张大光一夜成名。那时候，张大光还在省城读书。

出事儿的那天，张大光穿着一双最普通的球鞋，是那种老式的胶鞋，从学校外面菜市场花五块钱买来的。如果说这双球鞋还有特点的话，就是差不多有一年时间没有洗过。平时，张大光不敢把它放在宿舍里，每次打完球，就放在宿舍窗户外边。这样做有利于保持室内空气清新，而且能够通过阳光暴晒杀毒。

就是这双一年都没有刷过的球鞋，让张大光出名了。

事情过去了很多年，每次想起来的时候，依然觉得可笑。

仔细思考的话，就会觉出这个世界充满各种各样的游戏和游戏规则，年轻人有年轻人的游戏方式和游戏规则，老年人有老年人的游戏方式和游戏规则。但是，总有些愚蠢至极的人，喜欢用自己的思维方式左右游戏的方向，试图来干涉别人的游戏规则。比如那个穿西装打领带、戴着一副金丝眼镜的糟老头子，浑身油腻腻的，一脸龊龊无耻的表情，声嘶力竭地说："当代青年应该树立正确的理想和价值观，什么叫正确的理想和价值观呢，就是要认清形势，感谢生活，懂得珍惜，知道我们今天的幸福生活来之不易。"从那张干瘪的嘴巴里蹦出来的词汇，都是生硬的大道理，带着一股鸡粪的味道。

这个糟老头子完全沉浸在自己的游戏里。

全是屁话。

"老棺材瓢子，王八蛋。"张大光听见有人在小声地骂。

"旧社会我家有三口人都是活活被饿死的，那个年代啊，"糟老头子摇摇头极其夸张地叹了一口气，然后接着说，"你看看现在，我想吃肉，就让小保姆去买，我想吃鱼，就让小保姆去买，我想吃什么就让家里的小保姆去买。我退休了，一个月拿一万三千块退休金，老伴儿退休了，一个月也能拿九千多块。我俩住180平方米的房子，冬天有暖气，夏天开空调。我平时写写书，到处讲讲课，还能有稿费，还有授课费。我老伴儿平时打打牌，做做美容，还养了两只鸟儿。我们今天的生活来之不易啊。"说到激动处，老头儿拿起讲台上的水杯，咕咚咕咚喝完一杯水，用水杯重重地敲击着桌面。

糟老头子絮絮叨叨的时候，张大光想起了父亲。父亲每天起早贪黑地在田间劳作，冬天没有农活儿的时候，就去村里的养鸡场铲鸡粪拉鸡屎，拉一车两块钱，每天回家一身臭鸡粪的味道。一冬天三个月下来，能赚三千块钱。这些钱，都被自己交了学费。

想起这些，张大光感觉胸口发闷。

"年轻人，一定要珍惜啊。可是有些人，总是喜欢颠倒黑白，把社会说成或者是想象成很黑暗的样子，什么是颠倒黑白？我举个例子，你买了一双白球鞋，你总也不洗，还用它天天踢球，结果白球鞋被你穿成了黑球鞋，你就对别人说，这是一双黑球鞋。这就是颠倒黑白。"糟老头子重重地敲了敲桌子，台下一阵哄笑。

就在这个时候，一只球鞋，一只一年没有洗过的、由白色变成分不清颜色的球鞋，飞上了讲台。糟老头子在一片惊愕声中惊慌失措，双手抱头，脖子一缩。球鞋飞过头顶，砸到讲台后面的幕布上，又弹射回来。当的一声，打翻了水杯，不偏不斜落在讲台中央。

怦怦，怦怦，全场一片寂静，张大光听到自己心跳的声音。低头一看，右脚上的球鞋不见了，只剩下破了洞的袜子，大脚趾猥琐地躲在里面，一股熟悉的酸臭味道扑面而来。

"还挺臭，不讲卫生。"糟老头子扶了扶眼镜，嘟囔出一句话，立马全场爆笑。

接下来的情景就不那么令人愉快了，两个五大三粗的保安，骂骂咧咧地把张大光架了出去。

挣脱两个保安螃蟹钳子一般的臂膀，张大光迅速逃跑。一只脚穿着鞋，另一只脚上的袜子也不知道丢到哪里去了。走在空旷的校园里，张大光不知道今天的事情该怎么收场。阶梯教室后面是锅炉房，锅炉房的窗户上摆着几双鞋，大概是晾晒鞋子的人暂时忘了收起来。

张大光抓起一只套了脚上，大小正好合适。

那个糟老头子据说是院长的同学，是个教授，某某特种津贴获得者，什么学术委员会主席，还是青年道德修养塑造委员会秘书长，反正一堆乱七八糟的头衔，如果印成名片，肯定是密密麻麻的。张大光想送给他一个新头衔：道德骗子。这种人其实就是骗子，阿谀奉承卑躬屈膝，骗了一辈子，评了职称，混了职务，东拼西凑出了专著，拿着高额退休金，整天说瞎话，到处招摇撞骗。骗到最后，编出来的瞎话，自己都信以为真。

走出学校大门，想去找点儿吃的。

初秋季节，天气已经转凉，路上积满了落叶，双脚踏上去，发出嘎吱嘎吱的声音。嘎吱嘎吱，暮色中这种声音格外嘹亮。学校对面的一条街，叫斜街，里面林林总总充斥着各种大排档、小饭馆、网吧、发廊，平时没事儿的时候，宿舍里的那帮鸟人都喜欢到这条街上鬼混。

一碗烩面下肚，有了底气，不再想明天的事情。吃面的时候，邻桌的一个红衣服女孩儿一边吃面，一边往他这边瞄。张大光吃完烩面，那个女孩儿也吃完了。张大光站起身来，女孩儿也站了起来，跟在张大光屁股后面。

背后有人跟着，感觉浑身不自在。张大光加快了脚步，那女孩儿也加快了脚步。

难道是女孩儿看上了自己，想拉我回家不成？都落魄成这样子了，还想做梦娶媳妇呢。张大光嘲笑自己。

张大光停住脚步，猛然转身，女孩儿差点撞到他身上。

"为啥跟着我？"张大光问。

"没啥，好玩儿。"女孩儿笑了。

"有什么好玩儿的？"

"你的，你的鞋。"女孩儿指了指张大光的脚。

张大光低头一看，脚上的球鞋，一只是黑色的，一只是红色的。

"我没想跟着你，前面是我家店。"女孩儿往前一指，路边是一家发廊，里面亮着粉红色的灯光，门口坐着一个打扮光鲜的女孩儿，眼睛正往这边瞟。

"你是大学生吧？来吧，进来坐坐吧。"女孩儿拉了张大光一把。张大光跟着女孩儿，两个人一前一后进了门，在门口女孩儿的目送中，走进最里面的一个小屋子。屋子不大，只有一张单人床，铺着淡蓝色的床单，整洁干净。

"陪我说说话。我叫雪儿，你先坐，我去给你弄一杯水去。"

雪儿走出屋子，张大光坐下。屋外传来两个女孩儿嘻嘻哈哈说话的声音。

"你从哪里搞来的帅哥？"

"捡的呗。"后面说话的是雪儿。

雪儿端水进来，把水递给张大光，随手拍拍张大光的脸颊道："小哥，你长得真帅。"

张大光瞬间心跳得厉害。雪儿的手掌热乎乎的，从来没有女孩儿这样夸奖过他。

雪儿脱掉外衣，身上只剩下一条白色的吊带。雪儿的身材很好，张大光不敢看她的眼睛。雪儿又摸了摸张大光的耳朵说："小哥你应该懂规矩，进了我这屋子，要五十块钱。"

"啥规矩？"张大光有点儿摸不着头脑。

"俺这里是洗头房，也就是说，是个消费场所。你和我一起进来的时候，外面老板娘看得清楚。你进了我这屋，就算一个钟头，出去的时候，你要给老板娘五十块钱。你傻啊，这都不知道啊？"

"我，我……"

"你们那边的大学生，好多人都跑到我们这里要。咱这里，你想要的服务都有，官价五十块，都知道的。"

雪儿盯着张大光，叹了口气道："看来你是个雏儿，算我倒霉，你陪我聊一会儿天儿，钱我给你垫上吧，谁让我喜欢帅哥呢。"

"我……我有钱。"张大光拍拍裤子上的口袋。

"有钱就好，那还不快点儿。"雪儿抱住张大光的头，用吊带里胀得满满的胸口蹭了蹭张大光的脸。"那我就开始了啊。"

张大光浑身滚烫，张大光感觉身体里有一股火焰，要喷出来。

雪儿的手，从张大光的后背摸到前胸，张大光浑身哆嗦起来。雪儿轻轻摸着张大光的脸颊和头发，又轻轻地亲了一下张大光的眼睛。

"反正是五十块钱，做啥都是五十块，啥也不做也是五十块。"

雪儿开始解张大光的皮带，说："抓紧时间吧，如果赶上警察来了，咱俩提裤子就走。"

08.一只球鞋的故事（下）

秦晓卉精心设计了游戏里每个环节的灯光色彩。

当年的情节，来源于张大光的叙述加上合理的推断，但难以获取当事人真实的感受。

灯光只是一种道具，剧情不一定合理。

那屋子，也是粉红色的灯光。

很多年之后，再去回忆当年的情景，记忆有点儿模糊。

秦晓卉问："接下来呢？"

灯光昏暗。

张大光睁大眼睛，终于弄明白了眼前的处境：这是一场交易，用五十块钱换取一次苟合。张大光觉得这个交易有点儿不值，自己还是处男，花掉五十块钱，在这样肮脏的环境里完成这个龌龊的交易，简直是一份无法挽回的耻辱。而且，绝非他的本意。

记忆是混乱的，一只鞋子把他领到这间洗头房里。

所有的游戏背后的规则都是混乱不堪的，都会有人在幕后操纵，无论是赌场、足球、赛马、六合彩、网络游戏还是股票市场。这个世界不会有绝对的公平，没有真正的规则和秩序，大家在混乱的游戏里奔走厮杀，而规则制定者早已经挖好了陷阱。雪儿的游戏也是如此，其实雪儿的游戏里，有很多漏洞，张大光奇怪，当时自己怎么就没能看穿呢？

雪儿解开裤子的最后一颗纽扣，就在这时候，窗外传来警车警报的声音。

"不好了，警察来了！"

应该说，刺耳的警报声，成功地为张大光解了围。

真是缺心眼儿，要想抓妓女和嫖客，你开什么警报啊？如果不开警报警灯，直接过来，一脚踹开大门，那样的场景才精彩。

顾不得穿好衣服，雪儿噌地蹿起来，动作敏捷得像一只猴子，拉开窗户，两个人从窗户跳到了外边。窗外是一堆树枝，差点儿绊了个跟头，黑灯瞎火的，狂奔出很远，两个人互相看了看，禁不住一阵狂笑。雪儿光着双脚，一只手提着裤腰，另外一只手拉着张大光。张大光一条大腿露在裤子外面，一条裤腿甩在了身后，脚下一只红色的鞋子、一只黑色的鞋子。

"不拉你，就被警察逮走了。"雪儿不紧不慢地说，"五十块钱你省了，给我买双鞋吧。"

"买啥样的？我怕买不好，你和我一起去吧。"

"尿，我这样子，咋去买？随便啥样儿都行，36号的。"雪儿给了张大光一巴掌。

张大光摸摸口袋，发现一个严重的问题：口袋里的钱包不见了。准备买手机的一千块钱没了。

摸遍全身，只找到五块钱。

"没钱你还想嫖啊。"雪儿一脸鄙夷。

"我，我钱包呢，钱包里有一千块钱，暑假打工刚发的工资。"

"我跟她，谁更好看？"

结婚以后，张大光和秦晓卉讲述这段往事。讲到这里时，秦晓卉问他："故事讲完了？"

"讲完了。"

"就这些？"秦晓卉问。

"你还想听啥？"张大光一脸不解。

"你觉得，我的智商有问题？"

"真的没骗你。"

"你没有骗我，但你被骗了。"

"你咋知道？"

"你看到警车了吗？"秦晓卉盯着张大光。

张大光奇怪，秦晓卉为什么能够一针见血地找出这个关键点？

当时的张大光丝毫没有怀疑过雪儿。

时隔很久之后，一次喝醉了酒，雪儿才告诉他事情的真相：那天洗头房外边的女孩儿是她表姐，表姐的确是洗头房的小姐。警车的声音，其实来自一台儿童遥控汽车。真实的游戏规则是雪儿和表姐制定的。每次来了客人，脱裤子的时候，先想办法让客人的钱包掉在地上，然后，一边脱客人的裤子，一边分散客人的注意力，并且要不断地吓唬客人。两个人进屋五分钟后，表姐会准时打开遥控汽车的警报声。

就这样，张大光中了套。

钱包还有钱包里的一千块钱，丢在了洗头房里。

这都是雪儿和表姐计划里的情节。

秦晓卉说："不管怎样，你都做了一回嫖客。"

总之，这个故事因一只球鞋而起。

因为时间久远，尽管努力回忆，还是有些模糊。不知道这些情节里，有没有添油加醋的成分，或者说，因凭空想象而增加的内容。

那天晚上，的确很狼狈。

雪儿脚上没有鞋子，张大光口袋里也没钱，公交车已经收工了。经过刚才的一场狂奔，两个人都出了一身汗，夜风一吹，浑身冰冷不停地哆嗦。

"遇见你，算我倒霉。"雪儿愤愤地说，"还是我来拯救你吧。"

雪儿说没鞋走不了路，提议让张大光背着她，把她送回家。雪儿说："这段路差不多有三站地，平时打车不超过二十块钱，用你的劳动力抵了你欠我的五十块钱吧。"

真是倒霉的一天。

张大光咬咬牙，背起雪儿，一瘸一拐，一边走路一边回味整个晚上发生的事情。

雪儿住的是平房。雪儿从窗户缝隙里摸出一把钥匙，打开门锁。

屋子很小，一张床占据了屋子的三分之二，床边是一把竹椅。

雪儿是被扔到床上的。张大光双腿发软，一下子跪倒在床头。

"你想摔死我啊！"雪儿尖叫一声，之后冷冷地说，"咱俩两清了，你可以走了。"她脱掉吊带，拽掉牛仔裤，也不避讳张大光，像一条泥鳅一样钻进被子。

"我咋办？"张大光冒出一句。

"你问谁？我到家了，管你咋办？有句话听说过没有？"

"啥话？"张大光挠挠头皮。

"婊子无情，戏子无义。"雪儿拉拉被子，蒙住眼睛，"管不了你了。麻烦你帮我把灯关了，把门带上，我睡觉了，你可以走了。"

往哪儿走呢？宿舍早就关门了。

身上只有五块钱，去网吧的话，也不够一个晚上。

"还不滚，我喊警察了啊！没见过这样的，嫖也嫖了，爽也爽了，不给钱还赖着不走啊。不走也行，给我五百块！"

口袋里只有一张皱皱巴巴的五元钞票，另外的一只口袋里是一个安全套。

刚才逃跑的时候，居然把它装到了口袋里。摸到这个还没有开封的安全套，张大光彻底愤怒了。又不是老子想嫖，自己稀里糊涂地成了嫖客不说，还险些被警察抓走，深更半夜还要像驴子一样把她背回家，最后又要像丧家犬一样被赶出去。

不知道哪儿来的勇气，张大光一把掀开了被子，扑了上去。

雪儿长得不高，不胖，身体很筋道的感觉。张大光很笨拙，雪儿没有反抗。雪儿的手温暖柔软，抚摸着张大光的肩膀，张大光浑身僵硬，雪儿的身体柔韧灵活。张大光像一头野驴，雪儿像一条蛇，雪儿紧紧地缠住张大光的身体，一步一步引导着张大光，从亲吻开始，两个人的舌头纠缠到了一起，温热的气息，迎面而来，从头到脚，从外到内，心跳，由远及近，混沌而清晰。

一切回归静寂。狂风暴雨之后，就是浑身瘫软，张大光打起了呼噜。

半夜，张大光被一阵哭声吵醒。睁开眼睛，摸到旁边的雪儿，吓了一跳，才想起来自己在雪儿家里。见雪儿哭，张大光有点儿不知所措。

"别哭了，你哭啥？"张大光摸摸雪儿的脸。

"你强奸了我！"雪儿一脸愤怒。

"你是个小姐。"张大光打了个冷战，"我今天没钱，明天我给你钱，还不行吗？"

"不行！"雪儿斩钉截铁地说。

"那咋办？你，不会报警吧？"

"你得娶我！"雪儿打开屋子里的灯，一把掀掉被子，床单上有一片淡淡的血迹。

"你什么意思？"张大光愣愣地看着雪儿。

雪儿哇地哭出了声音，扎进张大光的怀里。

"你必须娶我！"

雪儿说，那天是个意外。她看到张大光一脸清纯，一看就是个学生帅哥，再加上自己也喜欢张大光清清爽爽的样子，就动了恻隐之心，带他回了家。到了家里，又后悔了，想轰他走。没有想到张大光走投无路，死皮赖脸地留了下来。

"这么说，我只能给你当妾了？"秦晓卉说，"这你也信？抹点儿鸡血，就能卖个好价钱。"

"她说的是真的，后来还给我看了身份证，她那时只有十七岁。"想到雪儿，张大光有点儿失落。

"你行啊，怎么着，还不去找她？"秦晓卉一把拧住张大光的耳朵，一阵钻心地疼，张大光连声讨饶。

那一年，张大光差点儿被学校开除。后来，张大光的父亲来了，几乎给系主任下跪，才弄了个留校察看的处分。

摆平这个危机之后，雪儿理所当然地成了张大光的女朋友，两个人每天甜甜蜜蜜。

在张大光的记忆里，那些日子，是大学生涯中最美好的时光。

"后来呢？"秦晓卉问。

"后来，雪儿丢了。"张大光摆摆手，"电话停机了，人也不见了。"

张大光曾劝雪儿："找个正经工作吧。"

雪儿说："正在努力找。"

终于有一天，雪儿所在的店遭人举报，被扫黄了。

从此，就和雪儿失去了联系。

"你就给我编故事吧。"秦晓卉接着问，"那个小婊子，真的很漂亮？"

"没你好看。"张大光没好气地说。

"真的吗？"秦晓卉笑了，"其实，你这也不算嫖娼。"

"为啥？"

"完事儿，你给钱没有？"

"没有啊。"

"如果没有给嫖资，就不算嫖娼。"

09.火锅惹的祸（上）

"亲爱的，我们做一个游戏吧。我们的游戏，必须要真实。"秦晓卉说。

房间里紫色的灯光幽暗不明。确定这也是游戏环节的一部分之后，张大光伸手拿起床头柜上的贴纸，把那只紫色瓢虫重新贴在秦晓卉脸上靠近左眼角的位置。

那只动感的瓢虫，仿佛从心底爬过。两个人在紫色的氛围灯光中，紧紧地拥抱，张大光准备打开自己的心扉，把自己心里最想说的话都说给秦晓卉。

张大光是一个不愿意存储秘密的人，准备把心底的阴暗和秘密完完全全拿出来晾晒。

阴暗在心底盘踞久了，肯定会发霉变质，腐败腐烂。心底这一片巨大的阴暗，压得他喘不过气来。张大光渴望把它赶走，把心底的一切见不得光的东西通通赶出去。

张大光对秦晓卉说："只有你，才能拯救我。"

张大光准备彻彻底底痛痛快快地敞开心扉，把心底憋了许久的秘密告诉秦晓卉。

就在这个时候，房门被踹开了。

游戏肯定会充满悬念，游戏肯定是刺激的，以至于警察踹开房门的那一刻，张大光还坚信，这也是游戏的环节。直到秦晓卉开始慌乱地穿衣服，他才恍然明白了，眼前的场景，应该不是游戏中的规定情节。

糟糕，搞砸了！

作为一个地道的成都女孩儿，秦晓卉有个习惯，就是不论生活中遇到高兴的事情，还是有啥烦恼不开心的事儿，都喜欢去吃火锅。火锅是一个载体，是一个巨大的能够承载各种复杂情绪的容器，吃一次火锅，会让高兴的心情更高兴，也可以把任何烦恼都抛到九霄云外。

几个月之前，还是夏天的时候，秦晓卉遇到一个难缠的客户，一场产品发布会的文案需要反复修改，连续一个星期的加班，让秦晓卉烦躁不堪，半夜拉着张大光去楼下吃四川老火锅。

小区下面的底商，刚开了一家火锅店，秦晓卉觉得很正宗，就像成都街头的火锅店一样正宗。服务员告诉她，这家店的老板是成都人，在北京做生意拼杀多年，始终有一个烦恼：吃不到正宗的四川火锅。因为吃不到好吃的四川火锅，老板每天烦躁脾气不好，也没心思做生意，就任性一下开了这家店。

热气腾腾的火锅端上来，秦晓卉吃得酣畅淋漓。

"这个火锅绝对正宗。"秦晓卉说。又问张大光："辣不？"

张大光说："娶了成都姑娘当老婆，自己就是四川人了，这点儿辣怕啥。"然后大口大口地吃起来。满嘴麻辣，吃到最后，感觉嘴唇都肿了，肿得像猪八戒。

"为啥心情不好，是不是工作压力太大了？"张大光问她。

"女人嘛，矫情呗。"秦晓卉把一盘蔬菜丢进锅里。

"如果太累，就歇几天吧，你们公司，咋总这样忙？"

"没事儿，吃顿火锅就好了。"

火锅不光辣，还麻，汗顺着张大光的脖子往下流，秦晓卉看着他的样子，眉开眼笑道："明天，我还想来吃。"

"那咱就吃，以后天天吃火锅。"

"你不嫌费钱啊？"

"又不是吃大餐，只要老婆高兴。"

秦晓卉肯定是遇到了不高兴的事情。张大光知道，秦晓卉越是轻描淡写，说明事情越严重。

秦晓卉说了原委。之前辛辛苦苦做的一个策划案，被同事偷走，悄悄地用在了别的地方。那场活动很成功，客户和老板都满意。自己的劳动成果和功劳都被记到了别人名下，所有成绩都变成人家的，奖金也是人家的。为了这个事儿，下午开会的时候，她在老板和所有高管面前，把笔记本电脑摔了个稀巴烂。

"何苦呢，不高兴咱就不干了，在家休息一段时间吧。"张大光给她夹菜。

"不！"秦晓卉斩钉截铁地说，"做事情就要做到极致，做人要有原则，这件事儿，我可以忍，但是，决不能认输。"秦晓卉就是这样一个不服输的女人，说完，她开始认真地吃肉。

秦晓卉在家待了三天，不接电话，不回邮件，不看信息，看电视上网听音乐。

张大光每天傍晚下班按时回家，在家里待了一整天的秦晓卉，这个时候已经收拾利落。

"老公，晚上给我吃啥？"

已经很久没有撒过娇的秦晓卉，恢复了之前的样子，调皮地问他。

女人善变。每天匆匆忙忙去上班的秦晓卉和赖在沙发上看电视的秦晓卉，完全是两个人。

"你想吃啥，咱就吃啥，你不会还想吃火锅吧？"

秦晓卉嘿嘿笑着，不说话。

"天天吃火锅，你吃不腻啊？"

"那你天天对着我一个女人，会腻吗？"秦晓卉眨巴一下眼睛，"说啊。"

"这不是一码事儿。"

"一天不吃火锅，就不是成都娃子。"秦晓卉说了句四川话。

秦晓卉把成都女孩儿喜欢吃火锅的天性发挥到了极致，在家休息的这三天，秦晓卉连续吃了三晚四川火锅。

吃火锅的时候，张大光说："老婆，我服了。"

秦晓卉笑着问他："你服了啥？"

"我彻底服了你了。"张大光狠狠吃了一口牛肉，端起桌上的啤酒杯，一饮而尽。放下酒杯，擦了一把汗。

一杯啤酒的工夫，餐桌旁边多了一个人。秦晓卉的老板王立春，悄无声息地出现了。

"日子过得潇洒啊。"王立春拉过来一把椅子，坐在俩人旁边，"我来讨杯啤酒喝，不打扰两位吧？"

秦晓卉不说话，张大光叫服务员过来，添了一副餐具，给王立春倒满啤酒。王立春一饮而尽，放下酒杯，看着秦晓卉说："脾气够大，不过公司里没有你，还真不行。"

"我服了，四川姑娘就是厉害，笔记本电脑给你买了台最新款的，硬盘去中关村恢复好了，下午通知财务，给你涨了薪水。"王立春夹了一口牛肚，扔在嘴里嚼了两下，脑门儿上立马沁出一层汗，"哎呀，真辣，难怪四川姑娘火气大，辣死我了。"

秦晓卉和张大光看着王立春，两个人不吃东西也不说话，自讨没趣的王立春尴尬地喝着啤酒。王立春的后背出了很多汗，白衬衣黏黏糊糊地粘在身上，样子很滑稽。公司有个客户要做一场活动，说必须由秦晓卉操办，否则不签合同。这两天王立春一直联系秦晓卉，结果打电话秦晓卉不接，发信息她也不回，刚才跑到家里敲门家里还没人，经过这家火锅店，正好看到他俩在吃火锅。

张大光再次给王立春的酒杯倒满啤酒。

"我彻底服了，这杯酒是赔罪酒。"王立春端起酒杯，然后一口喝完，"不打扰两位了，晓卉，明天我在公司等你。"不等秦晓卉说话，便起身告辞。

"明天去上班吧？"王立春走远之后，张大光小声地问。

"不去。"秦晓卉闷头吃菜，"这人真够讨厌的。"

"不上班，天天干啥啊？"

"天天在家吃火锅。"

秦晓卉吃火锅，是享受；张大光吃火锅，是活受罪。

连续吃了三天火锅的后遗症，很快就出现了。

去厕所撒尿，膀胱鼓胀就是撒不出尿来，整个尿道火辣辣的。相邻的小便池，一个同事一边抽烟一边撒尿，完事儿后抖三抖，吹了一声口哨。望着小便池，张大光一脸绝望，同事已经走到厕所外边，又转身回头："兄弟，媳妇年轻漂亮，也得悠着点儿，你看看你看看，年纪轻轻的，前列腺搞成啥样子了啊。"

口哨的声音越来越小，张大光感觉渐渐沥沥的，怎么也尿不痛快。一上午折腾了几次，总觉得有尿，到了厕所又尿不出来，上网搜索一下，这种症状，可能是肾脏或者前列腺出了问题。

10.火锅惹的祸（下）

张大光每天上下班，都要经过一家民营医院。

医院门口，高高大大的广告牌上，一位笑容可掬的白发长者，在打太极拳。旁边还有一句广告语：前列腺，就是男人的生命线。

在网上查阅各种资料之后，更是感觉腰膝酸痛，坐在椅子上像是坐着仙人掌，撒不出尿来憋得难受。

张大光骑上电动车，飞快地跑到医院。推开诊室的门，诊室里是一个大肚子中年男医生，旁边坐着一个漂亮的女护士。大肚子男医生朝他笑笑说："来，来，小伙子，哪里不舒服？"

张大光把自己的症状说了一遍，然后问道："是不是辣椒吃多了？我老婆是四川人。"

"哦，你老婆肯定很漂亮吧？"大肚子医生笑眯眯地问。

"嗯。"张大光如实回答。

大肚子医生在病历本上写着什么，护士起身关上诊室的门，然后让他半跪在屋子角落的一张床上。护士抬手拉了一下屋顶滑轨上垂下来的帘子，大肚子医生掀起帘子走进来，一边给自己戴胶皮手套，一边说："把裤子脱了，褪到膝盖下面。"

张大光看看女护士，迟疑了一下。

"都病成这样了，还胡思乱想，她得给我当助手。"

张大光红着脸开始脱裤子。

"裤衩也脱了。"大肚子医生说，"没人对你那东西感兴趣，我们的护士啥世面没见过。真是的，有病得抓紧治，不能讳病忌医。"就在张大光犹豫间，大肚子医生一把扯掉他屁股上的内裤。

护士端来一个托盘，大肚子医生一边往手指上涂着润滑油，一边说："年轻力壮的时候，做啥事儿都得学会克制。"

护士从托盘里拿出一个塑料容器，对准张大光下身的敏感部位，张大光的脸立马红成了茄子。

"放松，深呼吸。"大肚子医生猛一用力，张大光号叫一声，感觉钻心的疼痛，大肚子医生戴着橡胶手套的手指，直接插进肛门，还在里面搅来搅去，"马上就好，马上就好。"伴随着手指的搅动，一股黏稠的液体从前面喷了出来。大肚子医生拔出手指，张大光浑身一颤，液体喷到护士拿着容器的手上。

"你先把前列腺液送过去化验一下。"大肚子医生吩咐护士，护士扔给他一张纸巾，然后自己也抽出一张擦了擦手指。

张大光穿好裤子，坐在大肚子医生对面的椅子上问："大夫，严重吗？你给我开点儿消炎药吧。"

大肚子医生没有吭声，摘掉橡皮手套丢进垃圾桶，然后挽起袖子打开洗手盆上的水龙头，反复在双手上涂抹着洗手液。大肚子医生的食指胖乎乎的，张大光盯着它，刚才就是这根手指狠狠摧残了自己。大肚子医生继续反复涂抹着洗手液，张大光下意识地伸出右手食指，放在鼻子下边闻了闻。平时抓馒头的时候，这根手指总会抓在馒头中间。

"每周同房几次？"大肚子医生终于洗完了手。

"大概……一两次，两三次，有时候多一点儿，忙的时候顾不上。"这样的问题太私密，张大光不知道该把这个次数说得多一点儿好，还是少一点儿更好。

"男人的前列腺很娇气，也很金贵。每次射精的时候，其实精液里大部分都是前列腺液。年轻人精力旺盛，但是那事儿也不能当饭吃，你说对吧？"大肚子医生盯着张大光，盯得他脸上火辣辣的，"你的前列腺肿大得厉害，明显不像你这个年龄的状态。说明白一点儿，你的性生活过于频繁，生殖器反复充血，前列腺得不到良好的休息，细菌乘虚而入，造成反复感染。"

"严重吗？"

护士推门而入，把一张化验单放在大肚子医生面前说："细菌感染。"

大肚子医生继续看着张大光问："你现在性功能正常吗，做那事儿的时候，还行吗？"

张大光的脸腾地红了，见护士没有丝毫离去的意思。

"还正常……"

"最多，再过三个月，就不正常了。你现在是不是小便赤痛，阴囊潮湿，腰膝酸软？"

"嗯，是。"

"前列腺表面，虽然有坚硬的壳体，但实际上脆弱不堪。你这个得早治，再晚了的话，你的性能力就废了，细菌感染再严重点儿，到时候就阳痿了，而且会失去生育能力。你有小孩儿了吗？"大肚子医生严厉地看着他。

"还没。"

"再发展还可能会得前列腺癌，前列腺癌堵死尿道，会把人疼死，让尿憋死……"

张大光的脊梁一阵阵发凉："那……"

"你想不想治好？"大肚子医生的目光凶狠如刀。

"想。"

"那就得听我的。"大肚子医生斩钉截铁地说，"首先，三个月内不能有性生活，你能做到吗？做不到就会前功尽弃，也就是说，不能戒色的话，你这病就没治了。"

"能，能！"

"两天来一次医院，输液加红外线治疗，三个疗程见效，一个疗程一个月。我尽量给你开便宜药，但是这个病，你得有心理准备，得花点儿钱。"

"我懂。"

"每个月的治疗费用，得一万多块钱吧。小李，你看看咱科室，这个月的科研项目里，还有没有惠民指标？"大肚子医生扭头问旁边的护士。

护士拉开抽屉，拿出一个本子，翻了翻："张老师，咱还有一个指标，能打六折。"

"太好了。"大肚子医生激动地站起来，"小伙子，年纪轻轻不能把身子骨废了，如果废了我都替你惋惜。年轻的时候，谁不想天天搂着老婆睡觉，谁不想天天干那事儿啊。但是，你一定得忍，得过这一关，为了你一辈子的幸福。"

护士打印好一份文件，递了过来。

"来来来，把这个签了。算你运气好，我的科研项目里还有一个名额，你的药费和治疗费，都能六折。太好了，把这个签了，今天是最后一天。这样的话，你的治疗费全部下来，也就一万多不到两万的样子。"

大肚子医生笑眯眯的样子让张大光很感动，他在护士推过来的文件上签上名字，大脑迅速地计算了一下，三个月的治疗，大概需要花费多少。

"小李，你带这小伙子去把费用交了，再过一个小时，就不能享受折扣了，别浪费了。"大肚子医生拍了拍张大光的肩膀，抓起水杯开始大口喝水。大肚子医生摸着水杯口的，正是刚才插进自己身体的那根食指。

"必须三个月的钱一起交吗？"张大光怯生生地问，"能不能每月交一次？"

大肚子医生拿起电话，熟练地拨了三个号码："院办吗，我想问问，我的那个科研项目，患者的治疗费能不能不要一次交清？……就是就是，也得体谅一下患者的难处，医者父母心嘛，好，好，我签字。"

"小李，重新打个报告，让他先交一半儿费用。剩下的，下个月再付，我来签字。"放下电话后，大肚子医生长舒一口气，然后继续喝了一口水，"去交钱拿药，到治疗室治疗吧。"

在护士的引导下，张大光刷卡交钱之后，来到了一间挂着治疗室牌子的房间。

"张大光？"

"对。"

治疗室里，另一个高个子护士推着治疗车，来到他面前。"有小便的话先去小便，小便后把裤子脱光，躺这个床上等我。"护士面无表情地指了指旁边的床。

爬上治疗床，张大光脱了裤子，只穿着一件短裤等着护士。

"脱光，自己全脱光，还等我给你脱咋的？"护士一脸不耐烦，把输液袋挂在栏杆上，"张大光，对吧？"

"是，是。"

"把内裤脱了，先输液，一会手上扎了，就没法儿脱了。"

张大光红着脸，乖乖脱了短裤。护士在他手腕上拍了拍，扎好针头之后，又拿出一个细长的塑料管子，管子连接着床下的一个机器。

"不许胡思乱想。"护士左手攥住张大光的下身的敏感部位，右手用酒精棉签擦拭。浑身一凉，张大光闭上了眼睛，接下来是撕心裂肺的疼痛。睁开眼睛，护士正把那个塑料管子沿着尿道往里插。

"有点儿疼是吧？"护士的左手来回揉搓了几下，"一般第一次都会疼，多插几次就不疼了。以后会越插越舒服的，这个是红外治疗。"护士莞尔一笑。

塑料软管插进了尿道，护士又用力捏了捏："治疗期间戒烟、戒酒、戒色，记住了啊。现在舒服点儿了吧？"

"舒……服……"张大光闭上眼睛，眼角挤出了两滴眼泪。

这一天可真够倒霉的，先被那个恶心的大肚子医生狠狠地搞了一下，接着又被这个漂亮女护士摧残得苦不堪言。

"有啥不舒服，喊我。"护士给他盖上床单，哼着歌儿飘了出去。

折腾完之后，已经傍晚。

尿道火辣辣地疼。张大光骑着电动自行车回到家，上楼梯的时候也是一瘸一拐的。

秦晓卉还没回来。只要是去公司上班，秦晓卉就会特别忙碌。她不在家也好，避免了尴尬。前列腺的事情，张大光没有和秦晓卉说。

小便还是那么费劲，看来医生说得没错，有病就得尽早治。

11.女护士雪儿

如果不是因为吃辣，就不会去医院。不去医院就不会遭遇这么多难堪，当然，也就不会再有后面的事情。

很多时候，很多事情，偶然之中，存在着必然。

三天后，张大光再次来到医院。治疗室里不再是那个瘦高个儿护士，换成了另外一个女孩儿。

站在治疗室门口，想想上次插管子的尴尬情形，张大光不知道该怎么开口。

"你是来输液的吧？"护士指了指角落的病床，"你先躺那边。"

张大光老老实实在床上躺好，解开皮带，准备脱裤子。

护士端着托盘过来，把托盘放在床头柜上，随手拉好床边的布帘。

"怎么样，好些了吗？今天我来给你做治疗，你先把裤子脱了吧。"女护士开始配药，张大光磨磨蹭蹭地脱衣服。眼前的护士女孩儿，穿着淡粉色的护士服，身材苗条，浑身上下干净利落，虽然整张脸被口罩挡住，但完全能判断出这是一个漂亮姑娘。

护士做好输液准备，安静地看着他。

"张……张大光？"确认名字的时候，护士突然提高了音量，拿着酒精棉球的手哆嗦一下，"你是张大光？"

"是我。"

女孩儿摘下口罩和帽子，一头长发瀑布般垂下，俊俏白皙的面孔，左眼眉毛旁边，有一小块紫色的胎记，就像一只紫色的瓢虫趴在那里。

"你是……雪儿？"

脱了一半儿裤子的张大光，宛如泥塑一般愣在那里："你怎么成了护士？"

他慌忙提起裤子。没有惊喜，竟然如此尴尬。再次遇到雪儿，场景同样难堪，又是脱了裤子，让人哭笑不得。

医院门口的咖啡厅里，张大光坐在雪儿对面的座位上。

"你咋成了护士？"尴尬很快消退，张大光轻声问雪儿。

"本来我应聘保姆，他们让我做这个。"

"这也行？"

"给我培训了一个月，他们说，道理都是一样的。"

"要出人命的！"

"你别嚷。平时我不管打针输液，只是偶尔替替班。我做内勤，接接电话啥的，也在网上回答一些咨询。今天就是临时替一会儿班，我说我不行，她们说，反正这活儿没啥技术含量，可以顺便拿你练练手。"雪儿笑笑，"瞧把你吓得。"

"这是医院啊，说起来轻巧。"

"对了，你看病交了多少钱？"

"各种费用，化验治疗，交了一万多一点儿。正赶上做活动，医生给了我一个优惠名额。"

"你真有钱。"雪儿一脸微笑。

张大光脸红了："当年，我到处找你。"

雪儿伸手做了一个停止的手势："不说以前的事情了，我也没想到，还能再见到你。"

"我，已经结婚了。"张大光看着雪儿。

"嗯。我也成家了。"雪儿若有所思，"你这病，真的很严重，再这样下去，不出三个月，你就会失去性能力，如果再不治疗的话，前列腺一直充血肿大，炎症越来越严重，甚至会失去生育能力，时间长了病情会继续恶化，会发展成前列腺癌……"

"那怎么办？"

"拿钱来呗，一个月一万多，我估计你这病彻底治好，得两年时间，谁让你这么造呢？"雪儿不怀好意地看着他。

"得两年？"

"你在这儿等我一会儿。"雪儿起身，拎着包儿出门。

好多年不见，话还没说几句，张大光不知道她要搞啥名堂。

半小时后雪儿回来了，从包里掏出一个信封，扔在张大光面前。

"我把钱给你要回来了。"

"啊？"

"给你要回来了，咋了？"

"那我这病……还咋治？"张大光一脸错愕。

"怎么着，我们这儿比洗头房舒服？"雪儿还是一副不怀好意的表情，"第一次插都很疼，以后就好了，越插越舒服？"雪儿笑嘻嘻地重复着那天护士说的话。

"这……这话是那个护士告诉你的？"

"所有人和你说的话，都有脚本，骗的就是你们这号人。你瞅瞅你，亏你还念过大学。"

"那……我的病？"

"是不是吃辣椒了？你就是上火了，还有男人经常坐着，前列腺都会有点儿问题。"

雪儿告诉他，这个科室是被人承包的。人家给了医院一笔钱，又给了互联网公司一大笔推广费用。病人一般都是在网上搜索之后，先打电话联系，然后找上门来，来了之后，只能任人宰割了。这里所有人都经过了系统的培训，每个人说的都是精心准备好的。

"你这就是上火了，多喝点儿水就行了。"雪儿看着他。

张大光彻底傻了。

"你是直接送上门的。"雪儿喝了一口水，继续说，"说起你，那天的医生和护士还奇怪，说，那个傻子是怎么来的呢？"

12.骗你的，其实是你自己

所谓造化弄人。

时隔多年，而且远在千里之外再次相遇，算是一个奇迹。相遇的场景又是如此尴尬，竟然这样可笑。如果没有这场重逢，雪儿只能作为一个符号，存在于记忆中。

或者，记忆里只剩下一只紫色的瓢虫。

如果把生活的场景比喻成一个巨大的游戏，那么，每一个环节，每一个细节，或许都是被提前设定好的，躲也躲不过去。

所以，一切的一切，因为游戏，一切的一切，又毁于游戏。

每个游戏的背后，都有着各自不同的游戏规则。

秦晓卉有秦晓卉的游戏，雪儿有雪儿的游戏。

这是宿命。躲也躲不过去，毫无办法。

不过一个游戏而已。

和秦晓卉谈恋爱的时候，张大光毫无避讳，全盘托出和雪儿的种种过往。结婚后，也不介意秦晓卉经常拿出这个话题，跟他开玩笑，嘲笑当初他和雪儿之间发生的那些故事，揶揄张大光当年的荒唐，就像讨论电影和电视剧的剧情一样。

张大光甚至把自己的生活归纳为雪儿时代和秦晓卉时代。雪儿时代的张大光代表着一种不成熟，是学生时代的青涩记忆。秦晓卉把张大光变成了男人，和秦晓卉在一起，恋爱、结婚，不光卿卿我我，还要处理两个人婚姻关系中方方面面的问题，还要面对家庭的、社会的各种事务——柴米油盐、衣食住行、双方父母等，此外，还得筹划未来的生活和工作。总之，和秦晓卉在一起是过日子，跟雪儿在一起顶多算是过家家。

再次相遇，场景尴尬，两个人也变得陌生起来。

张大光要请雪儿吃饭，不仅仅是因为久别重逢后的百感交集，而且还要感谢雪儿——无缘无故被人骗去的一万块钱，结果被雪儿轻而易举地要了回来。所以算作双喜临门。

张大光问她："想吃什么？"

雪儿说："想吃一碗烩面。"

两个人沿着胡同走了很远，找到一家烩面馆，看着脏兮兮的门头，张大光说："要不咱还是换一家吧？"

"咋，想吃大餐，把这一万块钱都吃了？"雪儿拉开大门，径直进了烩面馆，"老板，来两碗烩面。"

热腾腾的烩面很快端上桌，雪儿拿起筷子就吃。

"慢点儿，热。"

"热腾腾才好吃。"雪儿笑了笑，继续吃面。

"好多年不见，就请你吃这个。"张大光不好意思地拿起筷子。

"你这个人，脑子差。"

"怎么了呢？"

"当年我把你骗了，现在你又被医院骗，你这个人啊，真笨。"雪儿笑嘻嘻地看着张大光吃面。

"为什么要骗人呢？大家都好好的，谁也不骗谁，该多好啊。"张大光像是在自言自语。

"是你心甘情愿被人骗。"雪儿调皮地笑了笑，"你可是自己送上门，上赶着来受骗的。那个医生说，他还没准备好，猎物就出现了。哪儿有你这么傻的啊？"

"为什么这么说？"

"你想想，这个世界上，哪儿有那么多好事儿呢？很多时候，咱都是把事情往好里想，遇到事情都不愿意往坏的方面想。所以，很多时候，我们是自己骗自己，自己把自己给骗了。"雪儿放下筷子。

"就比如这碗面吧，没吃到之前，一直想着要吃一碗正宗的烩面。"雪儿顿了顿，继续说，"这家烩面馆，是个网红店。从小我就爱吃烩面，想家的时候我就想吃烩面，想我娘的时候，我也想吃烩面，不高兴的时候，我还想吃烩面，见到你，我又想吃烩面。"雪儿用筷子夹起一片面送到嘴里。

"然后呢？"

"来之前，我就想着这个烩面，肯定跟我娘做的一样好吃。"

"你经常来这家吃？"

"没有，这是第一次来。"雪儿说，"之前在大众点评上，看到这家店，评分很高，大家一致推荐这个面馆，说这里像家一样，说这碗面能够吃出妈妈的味道，说吃完就不想家了。"

"嗯。"

"可惜，根本不是那个味道。"雪儿若有所思，然后趴在张大光耳朵上悄悄说，"其实，味道也不咋样。但是你看了吗？三十五块钱一碗面，据说中午高峰的时候，还得提前预订或者等位。这个价钱，是别家的两倍。"

"那你还来这里？"

"被自己给骗了呗。所以我说，人就是这样。骗你的，其实是你自己。"

"嗯，还真是。不过没你说的那么惨吧？"

"你不好好反思，以后还会受骗的。"

"哪儿有那么多骗子啊？"张大光不以为然。

"有时候，骗子就在你身边，只是你还没发现，等吃亏了，就晚了。"雪儿看着张大光，"我们老板说过，谎言说一百遍的时候，别人就以为是真话，谎言说一千遍之后，就会变成真理。"

"有道理。"

"生活里，你可以被人骗，但是被自己忽悠进入角色就不好了。就怕你自己欺骗自己，啥事儿都往好里想，时间久了，明明是假的，都会当成真的了。"

"你知道他们骗，知道这是个骗局，你还在这个医院干？"

"我也得吃饭啊，再说，我又没有骗人。"雪儿说话的时候，一脸平静。

"至少，也算助纣为虐吧。"

雪儿不说话了。

张大光继续说：想吃烩面的话，哪天我给你做吧，绝对正宗。"

"你会骗我吗？"

"我不骗任何人。"

雪儿还是老样子，一点儿也没有改变：说话简单明了，声音清脆好听，偶尔露出一点儿家乡口音。雪儿就像一碗烩面，实实在在，不加掩饰。

如果没有这次巧合，没有和雪儿的再次相见，生活还会一如既往风平浪静。

雪儿放下手里的筷子，双手托着下巴，静静地看着张大光吃面。左眼角上的胎记，像一只紫色的瓢虫趴在那里，让雪儿白皙的面孔更显得妩媚。

"你觉得，这个烩面好吃吗？"雪儿问。

"骗你的，其实是你自己。"张大光重复了一遍雪儿的话。

第三章

秦晓卉的糟糕

13.Morning kiss

对秦晓卉来说，morning kiss 是每天必做的功课。

秦晓卉坚定地认为，如果这个世界没有了爱情，人类将如同行尸走肉一般，生活也会失去任何意义和价值。生活里没有爱情，就好比这个世界失去了阳光。

每天早晨出门，秦晓卉都会伸长脖子，等待张大光的 morning kiss，之后才会心满意足地出门去上班。晚上临睡前，两个人必须相互说出"我爱你"三个字，然后相拥而眠。

张大光说："天天说，我的嘴巴都磨出茧子了。"

秦晓卉说："那也要说。"

张大光说："我爸我妈，一辈子也没说过那仨字。"

"我爸我妈也没说过。"秦晓卉一脸固执，"每天说这三个字,很累吗？"

"那倒不是，就是觉得，像个鹦鹉。"

"说明你没用心。"

"我心里爱着你，特别地爱，只是我不善于表达。"

刚结婚的时候，张大光喜欢躺在秦晓卉的身上，枕着秦晓卉的大腿，秦晓卉双手抱住张大光的脑袋。两个人说些肉麻的话，或者聊聊工作中生活上的事情以及对于未来的打算。

秦晓卉和张大光租住的房子，是一个老式楼房的两居室。结婚以来，两个人一直住在这里。房间带有明显的二十世纪的风格，甚至有点儿傻大笨粗，毫无建筑设计的美感，但是结实耐用隔热保暖，房间层高也没有现代城市高层住宅那种鸽子笼似的压迫感。尽管老旧，缺少现代气息，但经过秦晓卉一番精心的软装修后，倒也像模像样，就像一个粗枝大叶的乡下女孩儿，送到韩国修饰一番之后，除了骨骼粗大的基因无法改变之外，倒也有了一丝眉清目秀的味道。

搬过来之后，秦晓卉换掉了所有的窗帘，她跑到家纺商店，挑选了厚厚的格子棉布，请人专门量好尺寸做了窗帘和窗纱。窗帘装好了，秦晓卉更是变本加厉，先扔掉客厅里所有的家具，买来全套沙发茶几，又给餐桌配上自己喜欢的桌布。

看着秦晓卉一副花钱不心疼的样子，张大光无可奈何。

"又不是自己的房子，这样折腾，以后咱走了，都得扔这里。"

"喜欢啊。"

不仅如此，就连吃饭的碗筷和盘子，都是秦晓卉跑到798，从一家艺术瓷器商店买回来的。秦晓卉打车到了楼下给张大光打电话，让他下来帮着搬一下东西。张大光下楼，看见秦晓卉和司机吃力地抬着一个大纸箱子，连忙上去帮忙。

"轻点儿，轻点儿，都是瓷器。"秦晓卉嘟囔着。

纸箱子很重，张大光呼哧呼哧地搬上楼，秦晓卉一件一件地拿出来，挨个儿清洗擦拭。

"不就是个吃饭的家伙吗？"张大光不解地看着秦晓卉。

"生活要有仪式感。"秦晓卉刷完最后一个盘子，"看看，漂亮不？"

不得不承认，这套餐具玲珑剔透，盘子上是各种各样叫不出名字的鲜花图案，张大光只认出一种，黄灿灿的向日葵。

"还不是都一样，好看也不能当饭吃。"张大光坐在沙发上看电视。

秦晓卉转身进了厨房，半小时后喊张大光开饭。

铺着苏格兰格子图案桌布的餐桌中间，是一个玻璃花瓶，花瓶里插着白色的百合花。

刚买来的精致的盘子，都派上了用场：紫色淡雅小碎花图案的盘子里，是红黄相间的番茄炒蛋；红色郁金香图案的盘子，盛满虾仁炒青椒；黄灿灿的向日葵，装上了翠绿的拍黄瓜；还有一个粉红色花朵图案的椭圆形盘子里，一条清蒸鲈鱼正冒着热气。灯光照射下，所有餐具的边缘都清澈透亮。格子餐布上还摆着一瓶红酒，酒瓶旁边散落着几片粉红色的花瓣儿。

"你看看，是不是赏心悦目？"秦晓卉笑盈盈地看着张大光。

"是挺好看的。"

"这样吃饭，是不是挺好？"

"做这么多菜，今天是啥日子？"

"祝你生日快乐！"秦晓卉端起了酒杯，嘴里唱起了歌。

张大光翻了翻手机里的日历说："还真是我生日，谢谢老婆！"

"今天一忙活，忘了给你买蛋糕了。"秦晓卉一脸歉意。

"做了这么多菜，挺好了。"张大光告诉秦晓卉，小时候过生日，母亲煮好两个鸡蛋，把鸡蛋从炕头滚到炕尾，代表着一年顺顺利利。

"谢谢你，晓卉。"

"尝尝好吃不？"

"好吃，好吃，就是有点儿淡。"

"少吃油，少吃盐，对身体好，看看我的餐具怎么样？"

秦晓卉大动干戈，买来全套餐具，就是为了在生日这天，给他做几个菜。

"花了不少钱吧？"张大光用筷子敲了敲盘子。

秦晓卉看了他一眼道："抠门儿，真是不解风情。"

张大光说，从小母亲就告诉他，吃饱肚子才是最重要的。比如眼前的餐桌上，番茄炒蛋和清蒸鲈鱼，才是最重要的，盘子只不过是饭菜的附属品。吃什么最重要，这才是生活的真实，至于用什么餐具，只是一种外在的形式。

但秦晓卉认为，吃饭是一种心情，吃什么并不重要，和谁一起吃，怎样吃才是最重要的。

两个人边吃边聊。张大光说："盘子再好看也不能喧宾夺主。"

瞬间，秦晓卉精心准备的浪漫周末晚餐，一场甜蜜恩爱的生日 party，褪去了所有的光环，变成了填饱肚子的基本需求。

"晓卉，你的手艺见长。"

"真的？"

"比我妈做得好吃。"

"天天吃，很快就吃腻了。"

"不会的，还得吃一辈子呢。"张大光夹起一个虾仁，准备放进自己的碗里，看到秦晓卉正看着他，连忙送进秦晓卉的嘴里，"就是好吃。"

"你想让我给你做一辈子饭，你天天歪在沙发上看电视，想累死我？"

"吃完，我刷碗。"

"刚买来的盘子碗，很贵的，别给我打碎了。"

"吃的是饭，盘子碗有那么重要吗？"

"当然。生活不光是为了填饱肚子，还得赏心悦目。"秦晓卉说，"这就是两个人的仪式。"

秦晓卉不光喜欢仪式感，凡事还力求完美，处处都要赏心悦目。时间久了，新鲜感过后，所有这些，在张大光眼里都变成了繁文缛节。

对于每天的 morning kiss，从谈恋爱开始，张大光由不习惯到严格遵守，最终变成结婚后每天的必修功课。但是最近一段时间，张大光有点儿萎靡不振，开始对早晨出门前的 morning kiss 漫不经心，最后索性拒绝。张大光说："老夫老妻了，不要总这么肉麻。"

这些天，两个人都有些忙碌。

秦晓卉所在的紫标公司，是北京一家著名的公关公司，工作性质注定了要经常加班，每天回家都会很晚。

张大光刚刚换了工作，辞掉建筑设计事务所悠闲体面的工作，开始所谓的创业，其实就是做起了二手车商和网约车司机。秦晓卉不能理解，张大光这样折腾到底图个啥。每天忙得昏天黑地的，脸上胡子拉碴也懒得收拾。

秦晓卉回到家里，洗漱完毕，打开电视看一会儿剧，就困得睁不开眼睛了。随后张大光才悄悄地进门，到家胡乱洗漱之后倒头就睡，连话也不愿意多说一句，早晨起床后，又匆匆忙忙逃出家门出去干活儿。两个人的交流，更多地依靠电话和微信。

结婚四年了，这样的情形有些不正常。秦晓卉揣测，张大光的创业可能遭遇了困难。

等着张大光的 morning kiss。看他一副不情愿的样子，秦晓卉笑笑，独自走出家门。

14.一份情人节文案

其实这件事情的糟糕程度，远远超出了秦晓卉的想象。

生活不是写剧本，生活的真实和残酷，很多时候会超越任何一部电影里面的情节。就是这样，糟糕，而且不仅仅是糟糕，是糟糕到了极致，糟糕到了毫无秩序、不可理喻、杂乱无章，就像一碗烂菜熬成的汤，毫无征兆劈头盖脸地扣在了脑袋上，红色的西红柿、绿色的油菜、白色的虾皮、黄色的蛋花儿，从头顶一直流淌下来……月光从窗外洒进来，整个房间混乱不堪，床下的地毯上胡乱扔着外衣、鞋子、乳罩、内裤、毛巾，还有两个用过的湿漉漉的安全套。

所有这一切，都是自己亲手策划的。

在这之前，秦晓卉甚至觉得自己是一个天才，为着这么个完美的计划，整整冥思苦想了好几天，像写剧本一样写下每个情节、每个环节甚至每句台词，精细到了用什么品牌的香水口红，化怎样的妆，梳啥样的发型，穿什么样的衣服、鞋子、乳罩和内裤，准备哪些必需的道具，所有的环节都滴水不漏……然而现在回想起来，自己不过是一个蹩脚的导演。生活不是实验室，任何企图用荒诞的方式和手段干预生活的想法和做法，都是荒谬蹩脚、荒诞龌龊的。

秦晓卉，你以为你在紫标公司当个破创意总监，你以为你为客户做个糊弄人的破方案，然后照猫画虎地拿到家里来，就能解决生活里的一切问题和一切烦恼吗？什么情人节游戏，简直无聊至极、不可理喻。

秦晓卉，你自作聪明，荒谬到了无可救药的地步。

这个游戏愚蠢至极。

其实，任何事情都不是突然发生的，发生之前都会有各种细微的征兆和心理感应，但是，我们总会忽略掉这些。生活里的忙忙碌碌，总会成为我们忽略这些细节的理由或者借口。

进入冬季，就到了秦晓卉一年里最忙碌的时候。

秦晓卉同时忙着两件事情。

一个是为一家连锁酒店做品牌推广。这家酒店主打时尚轻奢生活方式，老板刚从国外读书回来，要求一定要颠覆传统，把酒店做成社交工具和时尚载体。钱不成问题，一定要有奇思妙想，一定要有前瞻性，一定要具备品牌杀伤力，不鸣则已一鸣惊人。为着这个项目，公司老板王立春拼命地催促她，每天见面的第一句话就是："方案怎么样了，做出来没有，一定要 open，一定要 open。"

另一个项目，是一个关注心理健康的大型公益活动，要在北京、上海、广州和香港同时启动。参与课题研究的都是国内外的顶级专家，他们主张用游戏的方式，通过精心设计的游戏内容，在游戏中解决人类遇到的心理问题。秦晓卉负责企划推广，还要负责整个项目的执行。

在王立春的逼迫下，秦晓卉终于拿出了连锁酒店的推广方案。

绝对 open，绝对别出心裁，令人瞠目结舌，绝对会人气爆棚，绝对能够制造网络热搜的策划方案：情人节之夜，夫妻双方化装成一对儿陌生人，在酒店约会，敞开心扉和对方讲述自己的故事。在浪漫温馨的夜晚，重温激情，打开最隐秘的内心世界，让婚姻和爱情再放光彩——

《情人节之夜》：

"两个人的化装舞会，你能否敞开心扉？

情人节的夜晚，我愿化作一朵玫瑰，为你美丽绽放。"

翻看文案，王立春眉飞色舞，嘴里不断重复着："牛，真牛，不愧是紫标一姐。"

与此同时，秦晓卉主导的心理健康公益项目搞得如火如荼。

虽然喜欢北方的冬天，但是秦晓卉怕冷，也不愿意出差。这个活动需要在全国造势，作为主策划和项目负责人，不得不在几个城市之间来回辗转。做过几场论坛之后，秦晓卉迅速和专家们熟悉起来。专家里面有一位老太太，已经七十多岁，一头银发红光满面，老太太的名字，让她记忆深刻。这个老太太叫欧阳荷花，是北京一家著名医学院的博士生导师，去上海参加活动的时候，和秦晓卉乘坐同一个航班。秦晓卉帮着老太太拿行李，给她的保温杯里面续满热水，和空姐要来毯子帮她披在身上。欧阳荷花拉着秦晓卉的手，连声夸赞："多好的一个姑娘啊，成家了没有？"秦晓卉红了脸，告诉她自己结婚已经四年了。近视镜片后面，欧阳荷花的目光里充满温情，盯着秦晓卉左看看右看看，然后不再说话，躺在座椅靠背上闭目养神。

出差的这些天，秦晓卉没有主动给张大光打过电话。

每天忙得团团转，和主办方、接待方各种斡旋，定日程，主持会议，讨论方案，同各种人说话，和很多人沟通，然后还有欢迎晚宴，欢送酒会。琐碎的工作让她疲惫不堪，每天忙完的时候已是半夜，躺在酒店的床上，想给张大光打电话又怕吵醒他。

秦晓卉盼望着活动早点儿结束，赶紧回到自己温暖的小窝。

秦晓卉在上海参加的是一个封闭培训，这是一个关于亲子依恋和儿童心理创伤修复的课题研究培训。专家们认为人类所有的心理问题和情感问题，都来源于童年时代的精神创伤。即使成年人有了心理问题，也必须回到童年的世界去修复。欧阳荷花老太太认为，人类的所有语言、行为、动作、表情，都来源于内心深处的意识，人类真实的情感和思维，都可以通过这些动作，一点一滴地传递出来。

听着专家们的讲述，秦晓卉脑子里开起了小差儿。

张大光最近的一些举动，比如不愿意和自己亲近，有时候故意躲避自己等，用专家的方法一步一步地分析之后，秦晓卉心里突然变得不踏实起来，甚至有一种冲动，想抛下所有的人，买一张机票，立马飞回北京。

秦晓卉用冷水洗了一下脸，朝着镜子里的美女，微微笑了笑。

少安毋躁。

秦晓卉有个特点，越是忙碌，思路越是清晰，对事情的感知能力越是敏锐。这是多年来养成的职业习惯。

15.绝对open，一鸣惊人

其实，客户那家酒店的名字，不叫月光酒店。那个名字很拗口，秦晓卉根本没有记住。

月光酒店是一家网红店，秦晓卉喜欢这个名字，这个名字能够触发很多的遐想。

月光升起，会把这个城市打扮得细腻纯粹，一轮明月点燃这个城市所有的幻想，甚至很多人的欲望。随着夜幕的降临，挣扎了一天的人们，脱去光鲜的外衣，卸掉脸上的粉底，褪去各种各样僵硬的笑容，月光为这个城市镶上一个银边儿，掩盖掉生活里所有的瑕疵。

喜欢这个名字，所以喜欢这个酒店。

月光酒店，到了晚上，一定会有月光洒进房间，晚上不挂窗帘，就让月光这么洒进来，直接投射到床上，两个人脱光衣服，紧紧抱在一起，在洒满月光的床上，皮肤挨着皮肤，脸贴着脸，身体连通成一个人，彼此听着对方心跳的声音，肯定是一件特别有情调的事情。

键盘噼里啪啦，秦晓卉依然沉浸在自己的世界里。

"月光计划"是秦晓卉做的一个酒店品牌推广方案。

在很多人的眼睛里，快捷酒店一定与男欢女爱联系在一起，那么索性以情人节作为突破口，来展开这个品牌推广方案。

写这个方案的时候，脑子里始终想着月光酒店。

秦晓卉先用"月光酒店"代替那家时尚轻奢酒店的名字，写完方案再通过文档软件的关键词替换功能，把"月光酒店"换成客户的酒店品牌，只保留了"月光之夜"的标题。

月光计划：

"两个人的化装舞会，你能否敞开心扉？

情人节的夜晚，我愿化作一朵玫瑰，为你美丽绽放。"

秦晓卉喜欢这个策划，但是秦晓卉喜欢并不等于客户就喜欢。

客户说要 open，但究竟怎样 open，怎样时尚，怎样别出心裁、标新立异，其实客户的心里也没数，或者只是说说而已。秦晓卉去上海出差的时候，老板王立春带着助理，亲自登门拜访客户，亲自把这个策划方案讲给客户听。王立春对客户说："绝对精彩，绝对 open，绝对引爆网络一鸣惊人。"

隔着宽大的会议桌，客户面无表情地起身而去，两个人被晾在了会议室里。

秦晓卉出差回来，老板王立春苦着脸说："那个方案，还得继续琢磨琢磨。"关于如何 open，老板王立春没有任何方向，客户也没有给出任何建议。所谓的 open 是一个巨大的幻影，还沉浸在沙盘游戏思考中的秦晓卉，对这个品牌以及这个客户，不屑一顾。

秦晓卉觉得，是自己从事的职业诱惑了自己。

所谓的创意和策划，让自己成为羊群里的一头骆驼。人类的思维和正常的认知，永远横平竖直。秦晓卉觉得创意就像涂鸦，天马行空，下笔要狠，永远要涂鸦到别人不敢想象的部位和地方。创意就是为人类的思维插上一对翅膀，飞到更高的天空，鸟瞰自己、鸟瞰别人并鸟瞰整个世界。或者说，创意就是打开另外一只眼睛，看到人类正常目光看不到的风景。

一直以来秦晓卉骄傲自负，沉浸在自己的创意世界里，为各种各样的客户解决各种各样的问题。她经常语出惊人，随便弄出一句广告语，就让老板王立春迅速卖出天价，或者为客户弄出一个华丽冗长的产品策划案，引发公司同事的醋意以及同行的骚动。

而现在，秦晓卉觉得，所谓的创意策划，其实都是自作聪明，只是为生活的真实情境披上一件虚假的外衣，或者为眼前的景象涂上一层拙劣的保护色。所有自己引以为傲的创意，充其量不过是小儿科的雕虫小技，或者不过是一时的混淆视听的巫术而已。

所以说，人类的愚蠢之处就在于总是自以为是，经常以为用自己的小聪明，就能够解决这个世界上的很多事情、很多麻烦。

每天的工作就是绞尽脑汁，让思维深处充满奇思妙想。每天从进入办公室的那一刻起，秦晓卉就进入了角色，努力解决老板王立春，还有客户和同事遇见的各种麻烦。浏览客户的产品画册，看助理送过来的各种文案幻灯片，听同事的工作汇报，处理各种广告、公关、产品发布或者传播的各种问题，找出案例中明显的漏洞。经过多年的历练，所有这些对她来说都已经游刃有余。秦晓卉不怕麻烦，不怕工作中出现的各种各样的复杂问题，不惧甲方乙方之间微妙的瓜葛摩擦，每天思考着，各种不同属性的产品或者活动怎么样才能迅速脱颖而出。总之，处理工作上的这些麻烦，秦晓卉无所畏惧游刃有余。

但是，秦晓卉的眼前，出现了一个麻烦。这个麻烦像一个阴影，缓缓地向自己逼近，而且越来越近。也像一个气球，不断膨胀，越吹越大，越来越薄，随时有爆炸的风险。

也许，这个麻烦，不过是一种预感，或者猜疑，仅仅是工作紧张造成的心理阴影而已。

秦晓卉安慰自己。

双手敲击键盘，秦晓卉烦躁不安。

继续琢磨"月光计划"的文案。

一个个的汉字，呆板枯燥，毫无生机，就像建筑工地随便丢弃的石块或者砖头。屏幕上所有的文字，在她的眼睛里，都变成了符号——不过是简单粗暴的内容堆砌而已，毫无生机没有活力，没有任何意义和价值。

秦晓卉拿起一支签字笔，开始一笔一画地在A4打印纸上写字。笔尖滑过，一个个汉字就像一群灵动的蝌蚪，漫无目的地在纸上爬来爬去。

方块字最大的价值，无法体现在电脑屏幕上，而只能由纸张体现。只有纸张才是它们的阵地，只有纸张，才能让这一个一个的汉字变成有灵魂的创意方案。

笔尖滑过纸张，秦晓卉继续写着：

月光计划：

"两个人的化装舞会，你能否敞开心扉？

情人节的夜晚，我愿化作一朵玫瑰，为你美丽绽放。"

16.婚姻关系调查事务所

错误是无法挽回的。

一切都因为自己的鬼迷心窍。

为什么总要不见棺材不掉泪呢？为什么非得掘地三尺给自己挖

坑呢?

女人天生敏感,更何况秦晓卉这样一个女人。

秦晓卉承认自己绝对是鬼迷心窍了,以至于所有的糟糕情节,都来源于自己的鬼迷心窍。婚姻关系里,最重要的是什么?是信任。如果失去了这种信任,婚姻关系里的平衡就会被打破。婚姻是生活的一部分,但不是生活的全部。每个人的生活里,都会有不愿意让别人触碰的秘密,都会有不肯轻易揭开的伤疤,这些不过是灰尘和烟雾,何必非得触碰它,非得揭开那些伤疤呢?

偏偏秦晓卉是一个喜欢较真儿的人,而且这一次她真的认真了。

但是,这种认真,让秦晓卉产生了强烈的负罪感。婚姻是两个人的事情,无端地猜测和怀疑对方,这是对婚姻和爱情的亵渎,尤其是一起经历过这么多风雨、两个人一起扛下来的婚姻。秦晓卉觉得自己的行为,有点儿肮脏龌龊,有点儿下三烂,有点儿偷鸡摸狗,就像是出轨和背叛一样不能原谅。

秦晓卉无法原谅自己。

那家婚姻关系调查事务所里,那个自称主任的瘦高个子男人,长得像一只螳螂,小眼睛眨巴个不停。瘦高个子男人把厚厚一沓照片摆在秦晓卉面前,照片上是张大光和一个女人在一起的场景:两个人在饭店吃饭,女孩儿亲密地为他夹菜;张大光拎着一袋蔬菜水果,走进一栋陌生的居民楼;两个人骑着一辆电动自行车,女孩儿坐在后座位上,双手紧紧搂着张大光的腰……总之两个人很亲密。

实在没有再看下去的勇气,秦晓卉彻底傻眼了。

"你老公的前列腺出了点儿问题。"瘦高个子男人不紧不慢地说。

"前列腺?"

"去看病的时候,认识了一个女护士。"说话的人语气舒缓,始终客客气气,"照片和报告都在这里。电脑里所有的备份文件,我们都删除了。"

"护士?"秦晓卉觉得不可思议。

怎么会呢？不可能，绝不可能。

居然花钱找人调查张大光——绝对匪夷所思，这绝对是鬼使神差。秦晓卉不愿意相信那个人说的一切。自己一个高级白领，一家著名公关公司的创意总监，难道还不如三流医院里的一个女护士？简直可笑，荒谬至极，这不可能！

调查事务所收了钱，肯定要夸大效果。这种夸张，是一种商业策略，夸张的原因在于收取了客户的钱。如果调查结果过于简单，客户会不满意，会觉得自己花的钱不值，所以就会在真实的基础上添油加醋，加进很多捕风捉影的情节。和自己为客户做方案时候的逻辑一样，简单的事情里要加进很多复杂的程序和啰里啰唆的细节，过程表述越是复杂啰唆，客户越觉得完美、专业、物有所值，钱没有白花。

秦晓卉双腿软绵绵的，走起路来轻飘飘的，离开那家婚姻关系调查事务所。

手里拿着调查事务所给的一个文件袋。文件袋里，装着那些照片。

最让秦晓卉不能接受的，是这件事情居然已经在自己的眼皮子底下发生了三个多月，一百多天了。秦晓卉和张大光两个人一起生活这么多年，彼此熟悉，就像熟悉自己的身体一样熟悉对方。即便不用说话，一个眼神一个动作，无须任何沟通，就会知道对方脑子里在想什么。秦晓卉宁可相信，调查事务所的人和她说的，都是凭空想象出来的，根本就是胡说八道。这些利欲熏心的小人，一切都是为了钱，为了钱而不择手段。

可笑的伎俩，根本不值得一提的雕虫小技，故弄玄虚，完全是扯淡，是无稽之谈。

秦晓卉的眼睛里，那个瘦高个子男人完全变成了一只螳螂。该死的螳螂。这些人就是害虫，是整个社会的害虫。这些人的存在，简直是一种伤天害理。

秦晓卉把手里的文件袋，扔进路边的垃圾桶。

秦晓卉觉得，这一次，不仅亲手给自己挖了一个坑，而且心甘情愿义无反顾地跳了下去。

烦躁混沌之后，大脑逐渐清醒。

工作依然忙碌。

上海的活动很快结束，秦晓卉和欧阳荷花乘坐同一个航班返回北京。

主办方把两个人送到机场。负责接待的女孩说，欧阳荷花属于国宝级人物，又客客气气地叮嘱秦晓卉，请她帮忙照顾老太太。

欧阳荷花微笑着说："有这么好的姑娘陪着我，你们就放心吧。"然后拉着秦晓卉的手，一起进了安检口。

七十多岁的欧阳荷花精力充沛，飞机上又问起她结婚没有。秦晓卉和她重复了一遍之前说过的话，告诉她自己结婚四年了。

"年轻真好。"欧阳荷花说，"很多时候，我们眼睛里看到的任何事情，不一定都是真实的。每个人都是病人，我们每个人的心里，都会藏着一小块阴暗。如果不去解决它，这一小块黑暗会充满世界，甚至让我们眼中的世界永远暗无天日。"说这话的时候，眼镜片后面的目光不再充满柔情，而是变得如同刀子一般凌厉。

欧阳荷花是国内著名的沙盘游戏专家，主张通过虚拟空间、情景再现的方式，解决现代人的各种心理问题。欧阳荷花说："我们每个人的生命轨迹也如同游戏的程序，但是游戏的世界更有规则、秩序和哲理。"

欧阳荷花说："城市里充满各种欲望，有着太多的物质和精神层面的诱惑，生活节奏加快，婚姻关系变得脆弱不堪。每一个家庭，每一段婚姻，都面临着考验，都会遇到麻烦。遇到麻烦不碍事，也不可怕，关键在于我们对待婚姻的态度。"

回到家里，秦晓卉还在想着老太太路上说的这些话。

秦晓卉有一种预感，她和张大光之间可能遇到了麻烦。麻烦是客观的。这个麻烦不像吹起一个气球那样简单。这个麻烦像一颗杀伤力巨大的地雷摆在面前，随时可能炸裂。

眼下最关键的事情是，这颗地雷，必须得解决掉。

马上要来临的春节，也许是一个排雷的最佳时期。春节假期，所有工作进入冬眠，这是一个绝佳的机会。

秦晓卉决定，亲自动手排雷。

"晚上回家吃饭吧。"周五下午，秦晓卉给张大光打电话说，然后揶揄道，"和自己的亲老公吃个晚饭，还得提前预约。"

两个人好久没有在一起吃晚饭了，秦晓卉厌倦了加班和每天的各种应酬。

生活中的秦晓卉是一个力求完美的人。

无论是房间里的家具选择、窗帘的色彩搭配、厨房里餐具的图案，还是每天的穿衣打扮、发型样式、口红型号、香水品牌，从来都考虑得十分周全，她经常问张大光的一句话就是"这样好看吗？"

张大光笑话秦晓卉，说她在北京最繁忙的商务区待久了，总被眼前的风景迷惑，那些高楼大厦不过如海市蜃楼一般，生活的本质就是一日三餐。

两个青菜加上米饭，晚饭很简单。

秦晓卉喜欢做饭，对她来说，做饭的过程其实是一种放松，也是一种享受。可现在周末在家里吃顿晚饭，貌似都成了一种奢侈。

吃完饭，秦晓卉问张大光："亲爱的，我们结婚几年了？"

"四年了吧。"晚饭后，张大光准备出门。

秦晓卉说："周末不在家陪陪老婆啊。你说你，放着写字楼里体面的工作不做，偏偏喜欢偷偷摸摸做个网约车司机。"

张大光说："偷偷摸摸咋了！我就喜欢偷，偷多刺激啊。"

秦晓卉说："小心，别偷鸡不成反蚀一把米。"又说："偷啥都行，别偷着跟别人跑了啊。"

张大光手抖了一下，车钥匙掉在了木地板上。

"不是说，男人都喜欢偷吗？俗话说：'妻不如妾，妾不如偷。'"秦晓卉说。

"偷不如偷不到，"张大光弯腰捡起钥匙，"你看我这样子，像是能偷得到的吗？"

"那也没准儿。"秦晓卉的大眼睛直勾勾盯着他。

"你这联想也太丰富了吧，说我偷摸跑网约车，又变成了偷人，这是哪儿跟哪儿啊？"张大光拉了拉秦晓卉的手。

或许是因为周末的温馨，或许是两个人好久没有亲近，瞬间一股温暖从手心传遍秦晓卉全身。

"老公，抱抱我。"

张大光的动作蹩脚笨拙，轻轻拍打秦晓卉肩膀的双手明显生疏，但是幸福的感觉，还是从心底开始向上升腾。

幸福是什么，幸福是一种内心的感受。

在秦晓卉的世界里，幸福绝不是一日三餐填饱肚子这样简单。幸福更多的是精神上的愉悦，幸福是内心的紧张刺激，幸福是男人厚重的肩膀，幸福是自己喜欢的任何东西，有时候是一首熟悉的音乐，有时候是一杯微甜的蜂蜜水。总之幸福一定存在于精神世界中，和现实无关，和世俗无关，更和金钱无关。幸福是一种纯粹的内心感受。

这一刻，秦晓卉内心感到无比的幸福，她紧紧地抱住张大光，眼角湿润，浑身温暖："老公，如果你想偷……就偷我吧！不许偷别人，别人能给你的，我都能给你。"

张大光不知所措。

"抱紧我。"秦晓卉喃喃地说，"快要过情人节了。"

17.我想回成都

情人节之夜，月光计划是秦晓卉盼望已久的。这是一个游戏，情人节游戏。

秦晓卉精心策划准备了好久的情人节游戏。

秦晓卉痴迷于自己的游戏。这绝对是一个完美的情人节游戏。

赤身裸体紧紧缠绕，像两根手擀面，湿润顺滑柔弱无骨，两个人拧来拧去，身体越来越柔软。这个世界柔软而虚幻，柔软的缠绕让人忘记身处何处，忘记时间和空间，忘记一切的一切，甚至忘记自己是谁……

紧紧地缠绕，生活就是缠绕，两个人在一起的意义就在于缠绕，秦晓卉愿意时间就此静止，生活永远这样紧紧地缠绕着。

生活的场景，永远定格在这一刻，该有多好。

不需要高潮，不需要结尾，永远这样缠绕。

六年的时间，就像一眨眼。

从认识张大光，到两个人结婚走到今天，整整六年了。

秦晓卉和张大光的相识，虽然是一个纯粹的巧合，但她更相信这是一种宿命。

两个人的恋爱没有轰轰烈烈，没有海枯石烂。从巧合开始，以婚姻为目的，简单直白，线索清晰，甚至味道寡淡。从恋爱到结婚，仿佛是一个被设定好的软件程序，现在回想起来，了无生趣甚至有点儿平淡无味。秦晓卉说："我们得增加一些色彩，否则，这场恋爱，就像一个策划案或者一张设计图纸一样乏味。"

结婚之前，是两个人最快乐的时光，每天黏在一起，也有很多的话说。

恋爱后不久，秦晓卉跳槽到业内知名的紫标公司，每天风风火火地奔走于各种各样的客户之间。张大光在建筑事务所上班，朝九晚五节奏清晰。大城市的生活，总是人来人往忙忙碌碌。因为忙碌、竞争和压力，时间过得更快，很多事情来不及细细品味，就会悄无声息地来了，或者悄无声息走了。

秦晓卉是个典型的成都姑娘，在城市里长大，从小养尊处优，思想新潮性格开朗，无论什么事情说干就干，绝不拖泥带水。和秦晓卉相比，张大光属于那种得过且过、随遇而安的人。

早晨，张大光早早起床，看看熟睡中的秦晓卉，出门到楼下的早餐摊儿，买好油条和豆浆，拎回家里，然后叫秦晓卉起床。

"这才几点啊，人家昨天晚上加班到半夜才回来，今天周末，你就不能心疼心疼你媳妇？"

"好好好，我的公主，再睡五分钟。"

张大光把早餐端到餐桌上，秦晓卉起床梳洗，一边照着镜子，一边问他："大光，咱俩认识几年了？"

"两年，有两年了。"

"两年了……时间过得真快。"

"嗯。"

"又是油条啊。"秦晓卉皱皱眉头，"炸油条的油，也不知道是不是地沟油，反复加热更不好。你看你还放塑料袋里，刚炸完，放塑料袋里，就是致癌物。"虽然还没有结婚，但唠叨永远是女人的天性。

油条炸得颜色金黄外焦里嫩，看着就有食欲，张大光说："人家都吃，咱咋就不能吃？"

梳洗收拾一番后，秦晓卉坐下，喝了一口豆浆，眼泪吧嗒吧嗒地流下来，砸在豆浆碗里。

"好好好，那咱不吃油条了，"张大光把吃了一半儿的油条放在桌子上，"要不，我现在就去给你买面包。"

"我想回一趟成都。"

"去成都干吗？"

"吃火锅。"

"吃火锅？"张大光一脸诧异。

"我是你啥人？"秦晓卉把豆浆推到一旁。

"是我的女朋友啊，咋了？"张大光拿起餐巾纸，擦了擦手。

"我比你大三岁。"

"那咋了？"

"你再不娶我，我就老了。"

"怎么可能？"

"那你想不想和我结婚？"

"我想啊，肯定啊。"

"想娶我，还不张罗去拜见老丈人？"

"这个，这个……"张大光用纸巾在桌面上来来回回地擦拭着，秦晓卉一把夺过纸巾，狠狠地扔在脚边的纸篓里。

张大光努力地想象着，秦晓卉的家究竟是个什么样子。

肯定是一处宽敞明亮的大房子，客厅里面洒满阳光。像今天这样的周末，秦晓卉的父亲会端坐在书桌前，边喝茶边看书，秦晓卉的母亲会坐在沙发上，慵懒地看着电视。而在自己的老家，现在，父亲要么是在玉米地里弓着身子收拾庄稼，要么就是在臭烘烘的鸡舍里铲鸡粪。

"你到底和不和我去成都？"秦晓卉厉声问道。

"去啊，谁说不去啊。"张大光唯唯诺诺。

接下来，两个人开始筹划行程安排，又为要买什么礼物开始争论。

张大光的意思是，第一次去见老丈人，怎么也得像点儿样子，干脆给秦晓卉的老爹买两瓶茅台酒，再去菜百给老妈买个金手镯。

"你俗不俗啊，就你那点儿工资，买了这两样儿，这个月你还拿啥吃饭？"

秦晓卉说："我家不缺茅台酒，我妈也不戴金首饰。"

最后说好，一切听从秦晓卉安排。秦晓卉做主，独自跑到楼下超市买了两瓶北京产的牛栏山二锅头，还有一包老北京小吃。

"就这？"秦晓卉从超市回来，张大光开门接过她手里的东西。

"就这，咋了？"秦晓卉冲他一笑，"那我可订机票了，到了成都，咱去吃火锅。"

"到了成都，咱去吃火锅。"张大光跟着自言自语。

"学我说话干吗？"秦晓卉推了一把张大光的肩膀，"你不喜欢吃火锅吗？"

"当然喜欢啊，但是，但是……"

"但是什么？"秦晓卉瞪起眼睛。

"再好吃的东西，吃多了，也会吃腻啊。"

"你什么意思？"

张大光挠挠腮帮子，笑嘻嘻看着秦晓卉说："我听你的，都听你的，你说吃啥就吃啥。"

秦晓卉爱吃火锅，但她不喜欢北京的铜锅涮肉。

秦晓卉说北方的火锅太粗糙太简陋，锅底就是白开水加上葱姜蒜，随便丢进去半盘子牛羊肉，扯吧扯吧几片白菜叶子，吃饭的场景烟熏火燎，木炭灰尘到处翻飞，小料也是司空见惯，千篇一律的麻酱韭菜花豆腐乳，秦晓卉觉得这根本不能算是火锅。在北京的火锅店吃饭，所有的环节都是凑合，都是糊弄事儿。

从吃火锅这件事儿就能看出北方人的粗糙懒散，吃饭这么重要的事情都不当回事儿，这简直是糟蹋自己。吃饭最能够体现出一个人的人生态度。吃火锅这么幸福这么快乐的事情，被北京的火锅搞成了一锅大杂烩，就像喂猪的折箩菜一样。

"要说美食，还得我们成都。"秦晓卉的嘴角几乎流下哈喇子，"我们那里有吃不完的美食。到了成都,让我爸我妈带你去吃正宗的老成都火锅,让你看看我们四川人对待饮食文化的态度。火锅店的伙计,肩膀搭着一条白毛巾,一路小跑着端茶上菜,红汤一定要色彩鲜艳玲珑剔透。开锅之后,辣椒、花椒、麻椒在红油里翻滚,麻辣香味儿扑面而来,葱花、香菜、蒜末、香油、蚝油、白芝麻、黄豆、花生碎等几十种调料一样也不能少,要麻、要辣、要精致,闻着香,看着美,吃起来地道,然后再让你老岳父陪着你喝两杯,人生的快乐不过如此。"描绘这个情景的时候,张大光看得出,秦晓卉的心早已飞回了家。

张大光之前没有坐过飞机,飞机起飞的时候,手心一个劲儿地出汗。张大光问秦晓卉,见了她父亲该怎么称呼,在老家一般都是叫叔或者大伯,比自己父亲年轻的长辈叫叔,比父亲年岁大的称呼大伯。电影里,城里人管长辈都叫伯父,这个词儿有点儿拗口,怕自己叫不出来。

"伯父?"秦晓卉差点儿笑喷。

"那该叫啥呢?"

"要不,你也干脆跟着我叫爸爸?"秦晓卉眨巴一下眼睛,"嘴巴甜点儿,没亏吃。"

"这个,这个,叫不出来啊。"

"哈哈哈。"秦晓卉一阵狂笑。

飞机落地时已经是下午。看着张大光一脸严肃的样子,秦晓卉拉了拉他的手说:"别紧张,到了家里,你放松点儿,姑爷是门前贵客,放心,我爸我妈肯定会好好招待的。"

"嗯。"张大光点头。

18.带你去吃火锅

不像北京,成都的空气潮湿而阴冷。

这次回成都，秦晓卉没有提前通知父母。

出了机场，打了个出租车直奔秦晓卉家。到了楼下，张大光停下脚步说："要不，你先自己回去，和他们铺垫一下，然后我再出现，咋样？"

"说啥呢？"

"你带我回来没打招呼，进了屋多尴尬啊，我说点儿啥呢？"

"实话实说呗，没事儿，我爸妈都是通情达理的人。"

"可是，可是……"

"可是个啥？你害怕我爸爸把你轰出去？你不会是后悔了吧？"

"不是。"

"真后悔的话，还来得及，你可以自己回去。"到了家门口，秦晓卉说话底气十足。

"你总说我是凤凰男，咱俩差距的确挺大的。"

"你说吧，到底咋办，你想回头？"

张大光咬咬牙，拉着秦晓卉的手一起上楼。

秦晓卉轻声敲门，房门很快被母亲打开。

秦晓卉的母亲穿着一身睡衣，看看秦晓卉，又看看张大光，然后把两个人让进屋子。张大光把手里拎着的礼物放在了鞋柜上。秦晓卉的父亲穿着整洁的衬衣西裤，头发梳得一丝不苟，他端坐在沙发上，面无表情地看着两个人。

秦晓卉不说话，拉着张大光坐在父亲身旁。

"叔叔，阿姨好。"张大光又从沙发上蹦了起来，恭恭敬敬地给秦晓卉的父母鞠了一躬。

父亲和母亲表情复杂，谁也不说话。秦晓卉看见父亲的嘴角抽动了一下。

"他叫张大光，是我的男朋友，"秦晓卉示意张大光坐在自己身边，"是想结婚的男朋友。你俩不是总催着我找男朋友，找人结婚吗？今天我给你俩带回来了。"

秦晓卉看看父亲，又看看母亲，然后继续说："我已经决定了，你们可以提出你们的意见，我会参考，但是这件事儿，最终还是由我自己做主。"

秦晓卉清楚地记得父母当时的表情，那是一种宛如雕塑般坚硬的表情。客客气气又盛气凌人，即使面带微笑，也给人一种拒人千里之外的感觉。

屋子里静得出奇，能够听到每个人呼吸的声音。

窗外夕阳西下，路灯点亮，秦晓卉缓缓站起来："我饿了，我带你去吃火锅。"她拉起张大光的手，两个人逃出了家门。

街上飘着一股麻辣味道。秦晓卉说要去吃正宗的四川火锅，带着张大光来到一家大排档，点了火锅、串串和啤酒。

"嗯，就是这个味道，这就是我在北京日思夜想的味道。"火锅端上来后，秦晓卉做了个深呼吸，"欢迎你来我家，我秦晓卉代表我爸，还有我妈以及我本人，热烈欢迎我未来的老公，第一次来成都，第一次来到我家。来，干一杯。"

秦晓卉举起了酒杯。

张大光也端起酒杯，一饮而尽道："我好像没感觉到，热烈欢迎的意思。"吃了一口菜，张大光被辣出了眼泪。

"咋还哭了呢，谁给你委屈了？"秦晓卉拿起矿泉水，给张大光的碗里倒满，"辣就涮一下，慢慢吃，有点儿辣，以后适应了就好。啥事儿都不能着急，都是适应了就好，你说呢？"

"晓卉，其实我觉得，咱俩不是一类人。"张大光眼睛红红的，喝了一口啤酒接着说，"一进你家门，我就感觉到了。秦晓卉，你知道吗？我从小喜欢踢球，上了小学三年级的时候，才第一次穿上球鞋，是我妈妈赶集给我买的。那双球鞋我整整穿了三年，后来穿小了，顶脚了，我爸就用剪刀把球鞋前边，也就是大脚趾的地方剪掉，球鞋变成了凉鞋，我继续穿着它，读完六年级。"

张大光干了一杯啤酒，继续说："晓卉，你没有去过我家，你可能不知道，我家村子里是个什么样子。不怕你笑话，小时候一个冬天我都不洗澡。过年了，我妈会烧一锅开水，才洗个澡。我妈把我脱下的衣服用热水烫一下，烫死里面的虱子、跳蚤，洗过澡之后，给我换一身衣服。"张大光继续喝着啤酒，目不转睛地看着秦晓卉。

张大光告诉秦晓卉，自己出生的村子，在山旮旯里面。

"那又怎样？你现在生活在城里。"秦晓卉走到桌子对面，轻轻拍拍张大光的肩膀，"你很优秀。"

"上大学的时候，我经常最后一个去食堂，要等食堂里的菜都卖光了，基本上只剩下主食了，才去，我只买主食。不敢去早了，去早了光买主食的话，我怕别人笑话我。"

秦晓卉不说话。

"今天，我到了你的家里，我知道你父母都是好人，可是，我真的感觉到，我和你，我们的……距离。"喝完酒杯里的啤酒，张大光努力控制着自己的情绪。

"那又怎么样？你看我，从小衣食无忧，什么事情都是我爸我妈给我安排好的，所以我佩服你，特别佩服你，啥事儿都靠自己。你是个男子汉，顶天立地，有担当，我喜欢你。我就要嫁给你，你必须得娶我，不能后悔。"

望着秦晓卉，张大光说，他小时候有一个城里的小朋友到村子里来串亲戚，那个小男孩儿唇红齿白，穿着黑皮鞋白衬衫，头发剪得整整齐齐，浑身上下干干净净，脸上是灿烂的微笑。那个城里来的小男孩儿，给张大光留下深深的印象。从那时候起他开始羡慕城里人，一心想做一个干干净净纯纯粹粹的城里人。二十多年来，他从未放弃过这个想法，这些年一直勤奋着努力着，从村里到镇子，从镇子到县城，从县城到省城，读完了小学中学和大学，走出了大山，再从省城来到北京。

"以为自己成功了，成了一个真正意义上的城里人。"张大光说，刚到城市的时候，觉得楼好高，灯好亮，走在城市的街头，从那一刻起，再也不想回到村子里，再也不想过那种一年才能洗一次澡的日子。慢慢地，张大光喜欢上了城市里的建筑，他在大学里选了建筑专业，一门心思要做一个建筑设计师。之所以想学建筑设计，原因简直可笑，就是想给父母盖一幢自己设计的房子。

"但是，今天，你父母看我的眼神，让我无地自容。"张大光叹了一口气，"他们的眼神一下子把我打回了原形。我，还是个农村人。"

秦晓卉紧紧握着张大光的手说："我要跟你结婚，不管遇到什么困难。"

张大光夹起一个红辣椒，放进嘴里努力嚼着，浓郁的麻辣气息沁入肺腑，眼泪喷泉般涌出，让人痛快无比。

两个人都喝多了，找了个快捷酒店住下。

快到半夜的时候，秦晓卉的电话响了。母亲问她在哪里，秦晓卉说已经睡了。

母亲说："明天中午你俩回家来吃饭吧，爸爸妈妈欢迎你们两个回家。"

看着秦晓卉眼泪汪汪的样子，张大光心疼地抱紧她。张大光说，他一定一辈子都听秦晓卉的话，好好爱秦晓卉，好好照顾她，绝不做任何对不起秦晓卉的事情。

秦晓卉说："你跟我在一起两年了，你不能耍赖。"

第四章

我们结婚吧

19.结婚是件大事情

月光酒店，520房间的门被踹开了。

这是一个谁也没有想到的意外。意外发生的时候，慌乱像电流一样瞬间传遍全身，被子被掀开的那一刻，甚至来不及感到耻辱，两个人就这样赤身裸体地呈现在所有人的目光里。这不是秦晓卉设定的情节，在秦晓卉的剧本里，绝对没有这样尴尬的场景。

房间里，忽然之间灯火通明，灯光照射下的两具裸体紧紧抱在一起，骨骼和肌肉由柔软变得坚硬，瞬间凝固成一对城市雕塑。

不得不承认，这是一个糟糕得不能再糟糕的场景。

时间节奏放慢，一切都混乱得一塌糊涂。众目睽睽之下，秦晓卉从房间地板上捡起自己的内裤、胸罩、裙子，能抓到手里的外衣只有那件护士服了，顾不上许多，一件件穿起来。比起秦晓卉的不慌不忙，张大光手忙脚乱瑟瑟发抖，慌里慌张找出裤子，双腿怎么也伸不进裤腿里。

"快点儿，快点儿，别磨磨蹭蹭的！"

在严厉的警告和呵斥中，秦晓卉帮助他从裤管中拽出一只脚，穿到另外的一只裤腿里。

"抓紧点儿，干吗呢，磨磨蹭蹭的，快点儿，快点儿，双手抱头，蹲在地上！"

一切的一切都陷入了混乱。

秦晓卉精心策划准备了好久的情人节游戏，在这一刻戛然而止——最终的高潮还没有开始，就卡在了这里。

这个游戏只能半途而废了。后面的游戏变得扑朔迷离不可控制。原本的游戏规则只能听天由命，或者说由这几个闯入者说了算。

第二天，秦晓卉的父母在市中心的一家饭店里接待他俩。

饭店非常大，也很豪华。大堂里面摆放着两台哈雷摩托车，还有一台电影放映机，看得出饭店的主人非常用心，努力营造一种怀旧的氛围。电影放映机的前面，是老式的电影幕，上面正播放着一部关于成都的电影。包房里的音乐轻柔舒缓，秦晓卉的父母笑容满面地坐在餐桌前，两个皮肤白皙的漂亮服务员站在门口。

"来来，小张，坐吧！"母亲张罗着。

秦晓卉挨着母亲坐下，张大光坐在父亲旁边。

"服务员，把酒打开。"父亲朝着张大光点了点头，"小张啊，第一次来成都吧，来，陪叔叔喝两杯。"

桌上是两瓶53°茅台。服务员轻手轻脚地打开包装，把父亲和张大光面前的玻璃杯倒满。"小张，我们全家欢迎你来到成都。"父亲一饮而尽，张大光慌忙站起身来，端着酒杯把酒一口喝干。

"来来来，小张啊，吃菜吃菜，别光喝酒。"母亲对张大光说。

和昨天比起来，简直就是冰火两重天，张大光看看秦晓卉。

"吃吧。"秦晓卉点点头。

午饭是在轻松愉快的气氛中进行的，父亲和张大光聊聊国际形势，母亲随便问了问张大光的专业和工作，两个人一同夸赞张大光是个有出息的孩子，从农村走进城市真的不容易。父亲频频举杯让酒，母亲不停地给他夹菜。张大光挺直腰板，端坐在餐桌前，额头上很快就沁出了一层汗。他一边和父亲聊天儿，一边客气地和母亲寒暄，根本无暇顾及饭菜的味道。

午饭后，夫妇俩客客气气地邀请张大光到家里喝茶。

客厅里的茶台精致讲究，父亲泡了一壶普洱茶。

"这个普洱茶，是一个老部下送给我的，一直没舍得喝，今天家里来了贵客，我们尝尝。"父亲技术娴熟，一边泡茶一边滔滔不绝地向张大光讲解着关于茶的各种常识，优雅的姿势和儒雅的谈吐，让张大光自惭形秽。

秦晓卉坐在沙发上陪着母亲聊天儿。

茶喝得差不多了，母亲笑着说，老头子有午睡的习惯，然后对父亲说："你进屋先去睡会儿吧。"秦晓卉示意张大光到沙发这边来坐。

"来，小张，坐这边。"母亲招呼道。

"大光这孩子不错，有上进心，其实我也觉得你俩挺般配的。"母亲又看看张大光，继续说，"如果你俩都满意，我们也没啥意见。大光，你看看什么时候，把你父母请到成都来，咱们双方父母见个面，大家一起吃个饭，把这事儿给定下来。"

母亲笑眯眯地看着张大光，表情和眼神和秦晓卉如出一辙："等你父母来了，我们好好招待他们，我们四个人坐下来，商量一下你俩的婚事。商量一下，看看在哪儿买房子，你们结婚总得有个自己的房子，再买台车子，还得筹划一下婚礼咋办。你看，我们就这一个宝贝女儿，从小娇生惯养的。结婚是个大事情，总得体体面面的吧，也不能结了婚，还在外面租房子住吧？"

天色已晚，张大光起身告辞回到酒店，秦晓卉留在家里。

婚姻不仅仅是两个人的事情。组建一个家庭，是一个复杂而庞大的系统工程。两个人情投意合、含情脉脉、你情我愿还远远不够，所有的甜言蜜语和卿卿我我的背后，还有门当户对的讲究以及父母之命、媒妁之言之类的繁文缛节。人们对待婚姻的态度，包含着中国传统儒家思想，包含着复杂的社会认知、评价体系以及市井之下的各种虚荣功利的考量。所以，结婚表面上看是两个人的事情，背后又关系着两个家庭甚至整个社会。

傍晚的时候，秦晓卉打电话给张大光，问他干吗呢。

"我还能干吗啊。"张大光说，"随便逛逛街。"

秦晓卉要他回家吃晚饭。张大光说："我随便吃一口吧，还是想尝尝成都的街边小吃。"

"好吧，自己多注意，别吃坏了肚子。"秦晓卉挂了电话。

母亲给秦晓卉做了她最爱吃的海鲜粥，一家人随便聊聊家常。秦晓卉的父母都承认，张大光是一个有上进心的孩子。

临睡的时候，秦晓卉想和张大光说说话，拨通手机，电话很快就被挂断。秦晓卉收到了张大光发来的一条微信："晓卉，我感觉，我们之间，隔了一座看不见的大山，虽然你我近在咫尺，但是我们好像又隔着十万八千里。"

秦晓卉回了一条信息："张大光，你什么意思？"久久没有收到回复，再拨电话，那边已经关机了。

秦晓卉打不通电话，跑到酒店时，发现房间已经退了。

第二天，秦晓卉气呼呼地买了机票直接飞回北京。

张大光从火车站回到家，已经半夜。推开门走进屋子，冷不丁看到躺在沙发上睡觉的秦晓卉，吃了一惊，手里拎着的双肩包直接掉在地板上。秦晓卉被吵醒，指着他的鼻子说："张大光你还是不是一个男人？丢下老婆，居然自己逃跑了！如果两个人散步的时候遇到坏人，你是不是也会这样逃跑？"

张大光支支吾吾，不知道该怎么回答。

秦晓卉哇地哭出了声音。秦晓卉告诉张大光，自己的父母不是那种势利小人，只不过是心疼女儿而已。这个世界上，哪个父母不心疼自己的孩子呢，而且自己又是他们唯一的女儿。张大光一言不发，秦晓卉继续说："我的父母都是穷苦出身，依靠奋斗才有了今天的生活，咱们两个这样年轻，咋就不成呢，反正我不服气。你咋就这样自暴自弃？"

张大光说："以前我不知道这个世界上的人还有阶级和阶层之分，来到北京的这些年，深刻体会到了这一点。同样的天空，拥有不同的世界，如果不是那个足球偏巧砸到我的脑袋上，咱俩的生活，根本没有机会能够产生交集。"

秦晓卉说："你从山沟里走出来了，那座看不见的大山，已经被你甩在了身后。而且，每个人都有自己的历史和过去，我们得往前走，往前看，干吗一边走还总是一边回头看？"

张大光不吭声。

秦晓卉又说："你总说你是农村的，是山沟里的，我也要和你一起，回你家去看看。"

"去我家？"

"对！"

秦晓卉去张大光家，是成都之行半年后的事情。

出发前一天，秦晓卉跑到公司对面的商场，花掉二百九十八块钱，挑选了一条红色的围巾，准备送给未来的婆婆。又去沃尔玛超市，买了一盒稻香村的京八件和一盒虎皮蛋糕，欢天喜地地回到家里。

张大光心急火燎地在厨房做西红柿炒鸡蛋。

"大光，你看，我买的这些礼物，行吗？"

"一共花了多少钱？"张大光把西红柿炒鸡蛋放在点心盒子旁边，双手在围裙上擦了擦。

"没多少钱，只是想哄婆婆高兴。"

"恐怕高兴不起来，俺家是农村。"张大光开始往碗里添白米饭，"农村人的想法和你们城里人不一样。"

"有啥不一样呢？"秦晓卉从包装袋里面取出围巾，围在自己脖子上，对着客厅门口的穿衣镜上下打量，"你看这个红色多好看，我妈就喜欢这种款式的围巾。快过年了，你看看，好看不？"

"你妈是你妈，我妈是我妈。"张大光端起米饭，夹起一块西红柿，不小心掉在衬衫的前襟上，留下一块鲜艳的痕迹。

"你这话是啥意思？"秦晓卉把围巾扔在沙发上，"咱俩结了婚，你妈就是我妈，我妈也是你妈。"

"你妈是大学老师，我妈天天在家里喂猪。"张大光用餐巾纸擦拭衬衫上的西红柿，衬衫一片狼藉。秦晓卉一把扯下衬衫，丢在了卫生间的水盆里。

"晓卉，我看你还是别去我家了吧。"张大光放下手里的饭碗。

"咋，你不愿意我去你家？"

"不是，我是，我是觉得……"

"丑媳妇早晚得见公婆。"

张大光不再吭声，光着膀子把碗里的白米饭一颗一颗扒拉进嘴里。

秦晓卉的逻辑是，两个人的关系必须保持平等，你去了我家，我也要去你家。这是一种对等原则，就像两个国家，建立外交关系必须对等一样。

张大光笑笑说："你这个想得太多了。"

一碗米饭吃完，两个人最终达成一致，秦晓卉要去见公婆了。

20.跳蚤蹦来跳去

张大光好久没有回过村子了。临出发的前一天，张大光有点儿犹豫，对秦晓卉说："要不，咱还是别去了，我把票退掉？"

"你不想让我做你媳妇了？"秦晓卉拉过来一把椅子，坐在张大光面前，"我是真心实意地想嫁给你，我知道，你觉得你家是农村的，怕我嫌弃你穷。大光，我既然决定了要和你结婚，即使我父母反对，我也要嫁给你，这是我自己选定了的，你还怕啥？"

"我是……我家的条件，太差了。"

秦晓卉没再理他，直接进了洗手间去刷牙洗脸。

第二天，两个人早早起床。张大光说那边冷，劝说秦晓卉还是穿厚实点儿的羽绒服。

秦晓卉坚持穿呢子大衣和高筒靴。秦晓卉说："见公婆，你还不让我穿得漂漂亮亮的？"

秦晓卉穿着漂亮的呢子大衣，脚上的高筒靴被张大光扒了下来，给她换上了厚厚的雪地靴。

从北京西站出发，两个人坐了一晚上火车，第二天早晨又换乘市里到县城的大巴，然后跟一群人一起，搭上一辆从县城去往镇子里的拖拉机。开始坐上拖拉机的时候，秦晓卉特别兴奋，不停地和张大光打听村里的事情。拖拉机在山路上颠簸着，颠得人腰疼屁股痛。兴奋之后，秦晓卉很快就彻底蔫儿了，拉着张大光的胳膊，问他还有多久才能到。

"马上就到了。"张大光笑嘻嘻地回答，然后从双肩包里拿出秦晓卉的羽绒服，冻得瑟瑟发抖的秦晓卉没再推辞，直接把羽绒服套在呢子大衣外面。拖拉机的柴油发动机咆哮着，突突突地冒着黑烟。两个人脸上，很快就落了一层拖拉机吐出来的黑色颗粒。

秦晓卉说，终于明白，张大光说的那个隔着十万八千里是啥意思了。

拖拉机开到镇里就不走了。两个人又从镇子步行两三公里，才到张大光家。秦晓卉又说，多亏没穿高筒靴，换上了雪地靴。

村子在半山腰，还没进村，就已经闻见了一股股臭烘烘的味道，秦晓卉皱了皱眉头。村子外边是一圈猪圈，猪圈背后的山上隐隐约约的是一层积雪。张大光告诉秦晓卉，山里的雪不容易化。

已经是黄昏。进村的时候，张大光丢掉秦晓卉拉着自己的手说："到村里，就不能这样亲热了。"秦晓卉噘起嘴，跟在他屁股后面进了村子。

见到秦晓卉，张大光的父亲黑着脸，母亲一脸惶恐，从灶台上拿起一个大瓷碗，又抓起碗橱上的一条毛巾擦了擦，给秦晓卉倒上一碗热水。看着那条灰不溜秋的毛巾，秦晓卉把碗端起来，象征性地舔了舔。张大光从双肩背包里拿出随身携带的不锈钢保温杯，递给她。

"这是晓卉给你们买的点心，稻香村的。"张大光把拎着的点心盒子递到母亲手里。

"买这干啥？这不得二三十块钱啊，你看这孩子。"母亲接过点心盒子。

"这盒点心，一百多块钱呢，这是北京最好的糕点，晓卉专门买给你们的。"张大光从母亲手里抢回点心盒子，放在桌子上。听了糕点的价钱，父亲的脸瞬间更黑了。秦晓卉拿出围巾，递给张大光母亲说："阿姨，这个是我给您买的围巾，该过年了，我给我妈和您每人买了一条。"

母亲接过围巾问："这个肯定很贵吧？"

"不贵不贵，"张大光改变策略，"这个十块钱一条，十五块钱晓卉买了两条，一条给你，一条给她妈。"

秦晓卉狠狠地瞪他一眼。

张大光家的房子孤零零地建在山坡上，天黑下来之后，屋子里亮起灯。灯泡功率太小，整个房间还是一片昏黄黑暗。母亲做好饭，在堂屋支起黑乎乎的折叠餐桌，端上了四个大小不一的铝合金盆子，一只巨大的猪肘子、一盆小鸡炖蘑菇，另外两盆里是五花肉和一条鱼。所有菜的颜色都是黑乎乎的，四口人坐下来开始吃饭。

城里姑娘秦晓卉，来到张大光家，成了村里轰动一时的新闻事件。吃饭的时候，院子里来了很多看稀奇的村民。母亲请他们进屋坐，这些人摆摆手，围在门口叽叽喳喳，说来看新媳妇，看看城里来的新媳妇长啥样儿。这个说："你看看，人家脖子真白。"那个说："啧啧啧，身材咋恁好，真像电视里的明星。"

父亲捏着小酒壶开始喝酒。母亲用自己的筷子夹起一只大鸡腿，塞进秦晓卉的碗里，秦晓卉又把鸡腿夹给张大光，拣起一块蘑菇放在嘴里。蘑菇又咸又苦，呛得她差点儿背过气去，迅速扒拉了两口白米饭。

"听说侄媳妇来了，让我看看，让我看看！"院子里传来洪亮的嗓音，"他张叔，家里来了客人，咋也不吱一声？"秦晓卉抬头循着声音看过去，来的人个子矮小脸蛋黝黑，嘴里叼着烟，不紧不慢地进了屋。

张大光和父亲站起来，母亲把自己的座位让出来，那人坐到餐桌前，父亲为他倒了杯酒。矮个子进了屋，院子里的人慌忙散去。

"刘叔好，晓卉，这是刘叔。"张大光介绍。

"好俊的媳妇。"刘叔目不转睛地看着秦晓卉。

"他刘叔，我想着明天中午，再请你过来呢。"父亲说。

"老张，咱村里，谁家有个红白喜事儿，都得先招呼我一声。你家来了城里媳妇，这可是咱村的大事儿。"

张大光悄悄告诉秦晓卉，这个刘叔是村里的会计，以前做过很多年的村支书，后来犯了点儿错误，好像是男女关系方面的错误，从支书的位置上被拉下来，当了村里的会计。

刘叔看看张大光的父亲，又笑眯眯地扭头看着张大光说："大光这孩子有出息，找了这么漂亮的媳妇，也不和叔说一声。大光啊，来来来，陪叔喝一杯。"刘叔举起酒杯，张大光拿起桌上的酒瓶，给他添满酒。

"小子，有出息了，不用每年暑假找叔盖章了。"上大学的时候，为了每年的贫困生补助，暑假开学前，张大光都要找他去开证明盖章。

"刘叔，感谢你这些年的照顾，我敬你。"张大光端起酒杯，一饮而尽，然后把自己碗里的鸡腿，夹到刘叔的碗里。

"大光啊，看你刘叔是不是老了？"刘叔夹起鸡腿，咬了一口。

"没没没，刘叔年轻着呢。"

"你叔这辈子还没去过北京呢，大城市里啥都有，这次回来，给刘叔捎礼物没？"刘叔放下鸡腿，端起酒杯喝了一口，然后放下筷子，眼睛直勾勾地盯着秦晓卉。

"有的，有的，大光哪能忘了他叔。"母亲满脸堆笑，把桌上的五花肉端到刘叔面前。

"大光有福气，你看，这城里的姑娘恁水灵。"刘叔站起来，冷不丁伸手在秦晓卉的脸上掐了一把。秦晓卉吓了一跳，直接从椅子上蹦起来，刚要发作，张大光拉住她的手。

"姑娘，你刘叔没啥文化，没啥见识，但是在村里当了十几年村干部了，咱村有啥大事小情，都是你刘叔操办。谁家结婚去登记，哪个养了娃上户口，小年轻的打架去了派出所，都得刘叔出面，你刘叔命苦啊。来，陪你刘叔喝一个，等赶明儿结婚的时候，刘叔给你当证婚人。"

"我不会喝酒。"秦晓卉冷冷地离开饭桌。

"喝酒喝酒。"父亲端起酒杯。

父亲和刘叔继续喝酒吃肉，这顿晚饭，他俩足足吃喝了三个多小时。秦晓卉给婆婆买的红围巾，围在了刘叔的脖子上。昏暗的灯光下，刘叔满脸通红，一身灰不溜秋的破棉袄，脖子上围着鲜艳的红围巾，活像一只马戏团里的猴子。

晚上，秦晓卉被安排和张大光母亲睡一个屋子，张大光和父亲睡另外一个房间。秦晓卉幽幽地看着张大光，张大光掀开门帘走了出去。

"大光，我想和你睡。"秦晓卉给张大光发了一条微信。

"老家封建，咱俩没结婚呢，不行。"很快就收到了回复。

"不和你睡，我害怕，我不习惯。"

"不是有我妈嘛，我妈就是你妈！"

"那你家炕上有没有跳蚤？"

"有可能。如果咬你的话，明天我帮你挠挠。"

"我想回北京。"

"最快也得明天了。早晨起来，别忘了帮我妈倒尿盆。"

秦晓卉和张大光母亲躺在了一张火炕上。山村的夜晚安静得出奇，这个晚上不仅没能洗上热水澡，而且，家里也没有卫生间，火炕下面一个尿盆，发出阵阵腥臊味儿，呛得秦晓卉想流眼泪。身子底下，感觉成群结队的跳蚤在蹦来蹦去。

21.我就是一只老鼠

张大光家，并不像秦晓卉想象中的样子。

张大光也和秦晓卉说，他好久没有回来过，这次回到村子，也感觉别别扭扭的，但又说不出到底因为啥。

张大光大学临毕业那年，回来过一次，刚进家门，母亲就兴冲冲地说："大光啊，刘叔想把闺女嫁给你呢。"刘叔当时还是村里的支书，在村里，村支书算是个重要人物，村里的任何事情，都是村支书当家做主。谁家孩子上个户口，哪家领个贫困补助，还有出门打工弄个证明，年轻人结婚开个介绍信，都要到刘叔家请他给盖个公章。

申请学校的困难补助，需要村里开个证明，暑假里张大光去找刘叔，刘叔吧嗒吧嗒吸几口烟，瞪着眼睛问："大光啊，有出息了，是不是看不起刘叔了？"

"没，没，哪里敢。"张大光擦了一把汗。

"没有？那你来开证明，不想着，给刘叔买两包烟？"

张大光一溜小跑，跑到村里的小卖部，赊了两包红塔山，恭恭敬敬地摆在刘叔面前。刘叔也不言语，撕开香烟，抽出一支叼在嘴上，等着张大光给点燃了之后，才慢慢腾腾打开保险柜，拿出红彤彤的印章，用衣服袖子擦了擦，又哈了口气，郑重其事地盖在了纸上。盖完章，刘叔眯起眼睛，又用衣服袖子仔仔细细把印章擦干净，放回保险柜。

"小琴，"刘叔冲着隔壁房间嚷了一声，"大光要走了，出来送送呗。"

小琴是刘叔的闺女，长得也算漂亮。

小琴从屋里出来，看看大光，笑着点点头。

母亲说："刘叔是村里的首富。刘叔答应，要是娶了小琴，将来在城里买房子的事情，刘叔包了。"

张大光对母亲说："结婚的事情，你就别操心了，我有对象了。"

说话间，父亲从屋子里蹿出来。"我们别操心，你长本事了？"父亲一脸怒气，"我答应你刘叔了，这事儿由不得你。"

那个假期，张大光和父亲闹得很不愉快，没等假期结束，找借口从家里逃跑，提前回到了学校。

这件事儿之后，张大光很少再回村里。寒暑假也在城里打工，只有过年的时候才回去敷衍几天，工作后更是好多年都没有回过老家。

对秦晓卉来说，去张大光家的经历，简直是一场噩梦。

回到北京之后，总感觉带回来了虱子和跳蚤。每一块皮肤都奇痒无比，晚上洗澡的时候，拼命用澡巾揉搓，前胸后背抓出一道道血印子来，张大光看了心疼不已。

"我说不让你去，你偏要去。"张大光看看秦晓卉说，"去了我家，你也看了，如果给我当媳妇，将来就是这个样子，住在村里，每天用柴火做饭，没有抽水马桶，一年洗不上几次澡。"

"那咋了，不挺好的吗？"秦晓卉继续在身上挠痒痒。

"我以为，回来你就会和我分手呢。"

"差点儿就下决心了。"秦晓卉说。

"那为啥没下决心呢？"

"后来想了想，在一起两年了，如果分开就亏了。"秦晓卉冲他笑笑，"下次回去，咱能不能晚上住在县城里？"

"县城住哪里啊，我家又没买房，现在县城的房子也四五千块一平方米了。"张大光不解地问秦晓卉。

"我都想好了，反正每年也就回去一次，咱白天在你家待着，晚上去县城宾馆开个房间，还能洗澡。"

"那会被人笑话的。"

"笑话啥，你家里跳蚤太多，还有那个刘叔，一副色眯眯的酒鬼样，怎么看都像个老鼠，看着就恶心。"秦晓卉还是浑身瘙痒。

"村里谁家有个屁大的事儿，都得请他吃喝，可不就喝成酒鬼了。咱也不能惹他，我爸我妈还在村里，遇到啥事儿，也都得找他啊。"

"这个人就是个老鼠。"想起张大光家，秦晓卉心有余悸。

从农村回来，张大光变得沉默寡言。这些年，张大光的全部理想是努力赚钱攒钱，等自己攒够了钱，一定拆了父母住的低矮的土房，为他们翻盖一幢结实漂亮的砖瓦房，房间一定要窗明几净。

"等你盖完房子呢，理想实现了，然后呢？"

"然后，"张大光挠挠脑袋，"还没想好。"

"然后回到村里，在漂亮的房子里，娶个媳妇？"

"这个，好像不太可能了。"

"对啊，刘叔家的女儿已经嫁人了，你没机会了。"

"谁说要娶她了啊。"张大光脸上红一阵白一阵，"我才不找个没文化的呢。"

"所以见异思迁，看上了我？"秦晓卉瞪着他，"在城里，咱也得考虑房子的问题。"

"这个还真没想呢。"在北京买个房子，张大光确实想都不敢想。

"你准备咱俩租一辈子房子？"

"这个到时候再说吧。"

"我希望有个家，有个自己的房子。"秦晓卉自言自语。

"你的意思是嫌弃我穷，买不起房子？"张大光咬咬牙。

"我的意思是出身不重要，我们可以奋斗，怎么就不能在北京买上房子呢？咱俩一起努力攒钱，攒够了首付，咱就买！"秦晓卉滔滔不绝地说，"等到将来买了房子，绝不用装修公司来装修，咱俩自己设计，然后两个人一起给墙壁打泥子，自己刷墙漆，自己贴壁纸，一定搞出一个和别人不一样的家来。等我们装完房子，把所有的朋友请过来，搞一个热闹的

party，买很多水果，买很多小蛋糕，还有牛肉、火腿、鸡翅，做个冷餐会，放着音乐，再喝点儿气泡酒。到时候把你父母也接过来，让他们看看咱们的新房子。"秦晓卉一脸陶醉。

"接他们来干吗？"张大光说，"让我妈给你做个韭菜炘饼，再蒸一锅红薯？"

秦晓卉瞪了他一眼，继续说："等有了房子，结了婚，一定生俩娃，看着他们在屋里打架。"

"那得驴年马月啊。"秦晓卉憧憬未来的时候，张大光给她泼了一盆冷水。

"生活就得有梦想。"秦晓卉说，"生活绝不是一天吃三顿饭的问题。"

"不吃饭，饿你三天，你就不会胡思乱想了。"

"我不信我们买不上房子。"

张大光说："我们两个面前，不光隔着一座看不见的大山，还有成群结队的跳蚤。"

张大光说，在这个城市里，自己就像一只老鼠，为了生存，整天翻垃圾桶到处找食物吃的老鼠。

"我就是一只老鼠！"

22.结婚证，不就是一张纸吗

秦晓卉相信爱情，渴望婚姻。

亲爱的，我想嫁给你了。这一生无论富贵贫穷、顺境逆境，无论健康还是疾病，我都愿意跟你一生相伴。亲爱的，我已经准备好了，你为什么还总是躲躲闪闪？

秦晓卉承认，自己是一个极其感情用事的人，对生活充满幻想，做事情力求完美。

参加完一场朋友的婚礼之后，回到家里，秦晓卉坐在沙发上闷闷不乐。

"你说，爱情是什么？"秦晓卉问。

"你又发哪门子邪啊？"张大光一脸不屑。

"爱情就是两个人童话般地相遇，两个人心灵相通，一起走过人生的岁月，我觉得爱情应该，就像天天吃冰激凌……"秦晓卉坐在那里继续嘟囔。

"等到老了，一起流着哈喇子晒太阳？"张大光盯着她，露出坏笑。

"咱俩认识的过程，具备这种属性，但是仅仅是认识的环节。"

"你这人，电影看多了吧？"

"我是觉得，我们每个人都是孤苦伶仃的，如果没有爱情的支撑，人类就会变成为了生存疲于奔命的动物。"

"生活是柴米油盐，你要的那个爱情是味精或者调料。"

"你这个人，情商太低，太缺少浪漫色彩。"

对于缺少浪漫的说法，张大光不置可否。生活中，张大光是一个处处节俭的人。

建筑设计事务所的这份工作，薪水不是很高，主要是帮所里的设计师打打下手。闲暇无事的时候，偶尔帮朋友的公司开发点儿网游之类的东西，算是兼职赚点儿零用钱。张大光每个月的收入有限，还要定期给父母汇钱，在张大光眼里，生活就是为了柴米油盐、为了一天三顿饭奔波的过程。

"大光，我想结婚了。"秦晓卉一脸严肃。

"嗯。"

"大光，我想结婚了！"

"好吧，今晚我就和你入洞房。"

"我真的想和你结婚了。"

"咋了，怀孕了？"张大光瞪大眼睛。

"去你的吧，你才怀孕了呢。"秦晓卉猛扑过来，开始撕扯张大光的衣服。

"好了，好了，我这就当新郎官，还不行吗？"

折腾到半夜，两个人继续讨论结婚的事情，张大光一脸歉意："晓卉，等我赚到钱，一定风风光光地把你娶回家。"

"那你赚不到钱呢？"

"那就再等两年。"

"过了两年，还没赚到钱呢？"

"还没赚到钱……"

"那我再继续等？"

张大光挠了挠头皮不说话。秦晓卉说："我不管，我要你这个人，也要一个风光的婚礼。"

第二天早早起床，秦晓卉拉着张大光直奔婚纱影楼。

拍婚纱照的时候，秦晓卉说："要拍就拍最好的。"

"不就是张照片嘛，好歹拍两张就行了，咱省点儿钱干别的，好不？"价目表里，最便宜的套餐2999元。张大光感觉一阵心口疼。

"我不，一辈子就结这一回婚，你不能给我凑合。"秦晓卉直接定了11999元的豪华套餐。

张大光问："结婚的婚纱，是租还是买？"

秦晓卉说："当然是买了。"

张大光想买一身便宜点儿的西装，反正平时也不穿，就是结婚那天穿一次。秦晓卉不管不顾，一万多块钱的西装，眼睛都不眨地直接刷了卡。张大光彻底傻了。

"没车没房不要紧，这些谁也看不到。衣服穿在身上，婚礼的时候，不能让别人笑话。"

"你父母肯定不同意，咋办？"张大光问。

"由不得他们了。"

婚礼定在一家五星级酒店，下个月的一个周末。

秦晓卉说，快刀斩乱麻也好。证婚人就请自己公司的老板王立春。

"咱得给人家准备一个红包吧。"

说起证婚人，张大光忽然想起一个问题："婚礼上，证婚人要念结婚证的编号。"

"结婚证？"

"对，结婚证。"

这确实是一个问题。结婚证，需要带着身份证和户口本，到男女双方任意一方户口所在地的民政局去办理。

"毕业后我的户口没处放，迁回老家村里，要不去我老家登记？"张大光看看秦晓卉。

想起张大光的家，秦晓卉顿时浑身刺痒，感觉无数跳蚤在她身体上跳来跳去。

秦晓卉的户口在成都，和父母在一个户口本上。

"去成都的话……"秦晓卉迟疑了，她不知道该怎么说服父母，拿出家里的户口本。

两个人都不再说话，刚才的兴高采烈变成了蔫头耷脑。

翻来覆去，一夜无眠。

第二天早晨起床后，看看镜子里面自己的熊猫眼，秦晓卉一边胡乱往脸上涂着化妆品，一边问张大光："想出办法了没？"

张大光躺在床上，瞪着天花板，一动不动。

"跟你说话呢，听到没有，你想啥呢？"秦晓卉气呼呼地准备出门。

"天花板。"

"什么天花板啊？"换好鞋子的秦晓卉又冲进卧室。

"结婚证。"说完，张大光继续蒙头睡觉。

结婚证成了摆在两个人面前的一道难题。

张大光和秦晓卉都在北京工作，户籍却不是北京的。法律规定，结婚登记可以在男女双方任何一方的户籍所在地。无论在哪里登记，都需要两个人的身份证和户口本。

请柬早就发出去了，距离婚礼的日子，只剩下半个月时间，如果再跑来跑去，显然时间有点儿紧张。

"起来起来，遇到问题得想办法，你是男人。"秦晓卉一把掀起被子。

"要不，先把事儿办了，"张大光说，"咱俩先不领证，以后腾出时间再去补？"

"那不成了假结婚？"

"不就是一张纸嘛，酒都摆了，婚礼肯定是真的。"

"不领证，在那么多同事面前，没有结婚证，多没面子啊。"秦晓卉一脸无奈。

"那咋办？"

"没有证，就不算夫妻！"

"咋不算？古代不都没证吗？"

"那以后怀孕生了孩子，咋办啊？"

"自己还养活不了呢，还生孩子？"看着一脸委屈的秦晓卉，张大光说，"我想好了，咱俩就丁克，永远是二人世界，天天过情人节。"

23.咱俩算结婚了吗

结婚的日子，一天天临近。

对于未来的婚姻生活，秦晓卉充满了憧憬。

爱情是两个人的事情，婚姻同样是两个人的事情。爱情最终的归宿是一场婚姻。婚礼是一个标点、一个符号、一个仪式、一个总结，也是一种承诺。结婚是两个人关系的重新界定，标点很重要，仪式很重要。婚礼是一个公告，等于向这个世界公开宣告，宣告两个人要终生相守，成为夫妻。未来的日子，两个人成了一个整体。相对于恋爱，婚姻更加真实。一场婚礼之后，两个人就要开启全新的生活了。

不管了。

秦晓卉说："只要两个人坚守爱情，结婚证不过是一张纸。只要两个人真心相爱，一切困难都不算事情。但是——我要这张纸。"

秦晓卉咬牙切齿地说："结婚证，婚礼上证婚人一定要拿着结婚证，为我们证婚！"

张大光和秦晓卉的婚礼，选在朝阳公园旁边的一个别墅区。别墅门前的草坪上错落有致地摆满椅子，现场乐队演奏着轻柔的曲子。张大光和秦晓卉手拉手，缓缓从别墅前的鲜花拱门中走出来。

"你愿意娶她为妻吗？无论顺境或者逆境，富有或者贫穷，健康或是疾病，你愿意和她终生相伴，永远不离不弃，爱她珍惜她，直到天长地久吗？"

秦晓卉的老板王立春笑容满面，模仿起电影里面的证婚场景，一本正经地问张大光。

"我愿意。"张大光坚定地回答。

在大家嘻嘻哈哈的欢笑声里，秦晓卉哭得稀里哗啦，身边的伴娘也哭得稀里哗啦，一边哭还一边用眼睛瞄着旁边的证婚人——秦晓卉的老板王立春。

按照现在的说法，王立春是个标准的"王老五"，海外留学归来，不仅是成功人士，长相英俊帅气，关键是至今单身。婚礼现场，王立春帅气十足，身上那件西装，一眼就能看出来价格绝对不菲。

手里捧着两本红彤彤的结婚证，王立春一本正经地念出结婚证的编号，然后面向两个人："祝福你，晓卉，祝贺你，大光！"

仪式过后，站在张大光身边的同事大胖，碰碰张大光的手，又冲他挤了挤眼睛："兄弟，今晚好好表现啊。"

"表现啥啊？当初，我俩差点儿就被你拆了！"

"那还不是为你好，你瞅瞅你这土鳖样儿，好好一朵鲜花儿，插你这牛粪上了。"大胖一脸坏笑转身离去。

洞房就设在酒店里。宾客散去，忙碌了一天，终于盼到两个人入洞房的时刻。

秦晓卉手里捧着一本厚厚的书，读上面的文字："'既然如此，夫妻不再是两个人，乃是一体的了。'"合上书，她目不转睛地看着张大光。

"老婆，你今天真漂亮。"

"比村支书家的闺女漂亮？"

"漂亮。"

"真的？"

"没说瞎话。"

"比你那洗头妹初恋女友好看？"秦晓卉瞪了一眼张大光。

"好看。"

啪的一声，秦晓卉的手掌重重地拍在张大光的屁股上。

"我好看，你还把第一次给了她？"自从和秦晓卉说了自己的初恋，这件事就成了她的话把儿。

"我……我……那时候不认识你啊。"

"现在，我俩同时出现在这里，你要谁？"秦晓卉不依不饶。

"肯定是……"没等张大光说出来，秦晓卉已经开始热烈地亲吻他。

激情之后，秦晓卉又开始闷闷不乐："你说，咱俩今天，这算结婚了吗？"

"酒也摆了，仪式也搞了，肯定是结婚了。"

"洞房是借的，车子是借的，你不会也是我借来的吧，如果明天你变心了，我可咋办？"秦晓卉掉下了眼泪。

张大光搂住秦晓卉道："不会的，我怎么可能变心呢？"

"那如果再遇到别的女人呢？"

"都没你好。"

"那洗头妹来找你呢？"

"直接轰走。"张大光斩钉截铁地说。

秦晓卉从枕头底下摸出两本结婚证，拿在手里，来来回回地看，一边看一边自言自语："你看，多漂亮啊。"

"结婚证，就是一张纸，我会一辈子好好待你。"张大光理了理秦晓卉的头发，关掉床头的台灯，把秦晓卉放倒在床上，"今天晚上，我给你来点儿真的，证明给你看！"

盼望已久的婚礼，还有婚礼之后的洞房花烛夜，没有太多惊喜，更像是一个程序。

24.结婚证，竟然成了雷

和张大光的相识，充满了偶然和戏剧性。

这个游戏，本应该是一个完美的情人节之夜。

任何的游戏，都应该遵循游戏规则。秦晓卉的游戏，忽略掉了一个道具——结婚证。

"两个人的化装舞会，你能否敞开心扉？

情人节的夜晚，我愿化作一朵玫瑰，为你美丽绽放。"

月光计划，情人节游戏本身毫无瑕疵。瑕疵出在了结婚证上，没有等到敞开心扉，游戏就已经结束了。

结婚证，竟然成了雷。这颗雷，在四年前，两个人的婚礼之前埋下。四年后，一场情人节游戏，彻底引爆了这颗雷。

秦晓卉和张大光两个人，手拉着手穿过一片低矮的平房，终于看到了前面的一家小超市。

"你打吧，我不知道咋说。"秦晓卉把电话递给张大光。

张大光伸手拦住秦晓卉："我也不知道，该咋说啊。"

秦晓卉拨通之前存下的号码："我们看到超市了，还要怎么走？"

"你再往前走，看见一个豆腐坊，对对，就是这个胡同里。"

又走了大约三百米，果然有一家脏兮兮的豆腐坊，豆腐坊不远处，黑灯瞎火的，有一个男人在抽烟。

"我咋感觉，像地下党接头呢？"张大光看看秦晓卉。

秦晓卉扯扯张大光的衣角说："要不，咱回去吧，别遇到坏人。"两个人停住了脚步。

远处的男人深吸了一口烟，把烟头狠狠地扔在地下，又用脚踩了踩，冲着他俩走过来问："刚才，打电话的是恁俩吧？"

张大光差点儿笑出声音，来人一口地道的家乡话，一听就是老乡，于是拉了拉秦晓卉的手，迎着他走过去。秦晓卉跟在张大光身后，两个人跟着陌生男人，穿过胡同，打开一扇铁门，进了旁边的一间小房子。

"恁俩要豪华珍藏版，还是普通版？"陌生男人盯着他俩，不等两个人说话，接着说，"豪华版带一个精装盒子，有收藏价值，三百八十块，普通版没有盒子，一百五十块。"

秦晓卉看看张大光，张大光看看秦晓卉："哪个质量更好呢？"

"咦，都一样，保准真，来我这儿办的人可多了，有剧组的，有演员，有骗老婆的，有糊弄小三儿的……"看看秦晓卉，陌生男人意识到不妥，不再说话。

秦晓卉用力捏了一下张大光的手。陌生男人接着说："我看，恁俩像真两口子，那就办个豪华版吧，我给打个折，两本收恁俩三百块，也算个念想。"

"好吧，那就豪华版吧。"

"豪华版不也是……"

"留个念想，就当是买个收藏品吧。"张大光打断秦晓卉的话，从包里翻出照片，照片上有个明显的汗手印，张大光拿起照片在衣服上蹭了蹭，递给陌生男人。

"马上好。"陌生男人接过照片，从床铺底下拿出来一个塑料袋，掏出两个红色的本子，呼哧呼哧吹掉本子上的尘土，在照片后面涂抹胶水粘贴好，熟练地将本子塞进一个机器里，"盖好钢印就行了。"

咣当，咣当两下，陌生男人把两个红本本递了过来，顺便丢给张大光一个红色的纸盒子："这个豪华版的盒子，和民政局卖的那个盒子一模一样，同一个印刷厂出来的，这个盒子民政局卖三百八十块，我等于卖了一百五十块。拿去吧，一共三百块，好了。"

陌生男人接过张大光递过去的三张钞票，挨个摸了一遍，装进了口袋。

"放心吧，咱这个证，和真的一模一样，拿出去住宾馆，开房间，没问题。"

两个红色的本本，是两本红彤彤的结婚证。

秦晓卉和张大光每人拿着一本，走出低矮的平房。

"这就完了？"秦晓卉问。

"你还想咋样，"张大光说，"你还指望他问你，愿意嫁给张大光吗？"

地面不平整，秦晓卉被绊了一下，差点儿摔倒，张大光一把捞起她。

"你是不是脑子有问题？"秦晓卉甩开张大光的手。

"咋了？"张大光连忙抓住秦晓卉。

"你当这里是民政局啊？明明买个假的，你还禁不住忽悠弄个豪华版，有病啊！"秦晓卉气呼呼地停住脚步，"钱多人傻，说的就是你！"

"我，我不是觉得……"

"你觉得亏欠我？亏欠我，你给我买房子，买车，买钻戒啊，花高价买个破纸盒子，这算啥事儿？"

"不贵，不贵，不是和民政局同款嘛。"

"同款？你当是网上买假货啊？不过，性质也差不多。"

"其实便宜，"张大光若有所思地说，"你说，如果回去办，你飞一趟成都，我跑一趟老家，浪费时间不说，还得好几千块钱。今天咱俩花了三百块，就把这事儿给办好了。走，晚上我请你吃大餐去。"

所有的情节，都设计完美。

故事听起来很好笑。买了结婚证，两个人有了办婚礼的底气。

很多事情，说起来就是这样荒唐。

这是一个只有两个人知道的秘密。

结婚证永远是一个伤疤，是这场婚姻中的一个漏洞。随着时间的推移，从最初的甜蜜到生活里各种繁杂和琐碎，慢慢地掩盖了这个伤疤，忘记了曾经的疼痛。

那天，垂头丧气之后，两个人开始寻求解决方案。

"婚礼上，咱把宣读结婚证这个环节省略掉，不就行了？"看着满脸愁容的秦晓卉，张大光安慰她。

"问题是，那样的话这个婚礼就不完整。"

"结婚是一个仪式，结婚证，其实就是个合同。"

"结婚证是合同，婚礼算签约仪式还是开工典礼？"秦晓卉认真地看着张大光，"我明白，婚姻就是一场契约，但是没有它，半截儿你跑了，我咋办？"

"那我给你写一个，写个合同，咱俩结婚后，我保证不和你离婚，保证爱你一辈子，好好和你过一辈子。"

"谢谢你。"秦晓卉亲了亲张大光，"不过，我还是想要一个结婚证。"

"去你家或者回我家去办，时间都来不及了。"张大光说，"结婚的日子没几天了，该办的事情还有很多。"

最后两个人达成一个共识，婚礼只是一个仪式，但是，结婚证是必不可少的道具，眼前的困难，先用最简单的方式解决。

也就是说，两个人的婚礼是真的，结婚证是假的。

第五章

绝对意外

25.你脸皮不够厚

意外总是悄无声息地来临，一切的一切都来得那么突然。

很多事情偶然之中肯定有着某种必然，房门被踹开的那一刻，秦晓卉心里默念了一句："糟糕。"

"她是小姐，你是嫖客！"有人厉声嘶吼。

几个警察的出现，破坏了整个游戏。所有的美好，一切的铺垫，精心营造的意境，瞬间遭到破坏。

一场游戏一场梦。

冷不丁出现的陌生人，破坏了游戏本应该有的美感，毁掉了游戏的规则。就像一场电影的拍摄场景，情节刚刚进入高潮，演员都已经入戏，因为和电影剧情无关人员的闯入，打断了导演的思路，来不及喊"咔"已戛然而止。

情人节之夜，两个人被警车从月光酒店拉到派出所。之后，张大光和秦晓卉被分开。

"你们的结婚证是假的。"警察面无表情地说。

恍恍惚惚，思绪混乱。一切都像一场梦。就像临时改了剧本，从月光酒店的场景跳转到派出所审讯室，中间没有任何缓冲和过渡，情节显得有点儿生硬。

张大光痛恨自己，为什么没有及时制止秦晓卉这个荒唐的游戏，而且心甘情愿又心安理得地出演了男一号角色。

"结婚证……"张大光眼前一黑，就像当年被足球击中一般。

在拘留所签字的那一刻，张大光想起了一个词：自作自受。

第二天上午，各种签字画押之后，张大光被警察从派出所送到拘留所。在拘留所里又是各种折腾，警察一通问话和训斥，上交所有的个人物品，脱光身上的衣服，穿上拘留所里的黄马甲，张大光被送进了监舍。

"犯了什么事儿？"监舍里一个瘦巴巴戴着眼镜的老头儿温和地问他。

犯了啥事儿呢，张大光的脑袋迅速地转了一圈，想着该怎么回答瘦老头儿的问题。

"九叔问你呢，还不说！"监舍里光线阴暗。一个黑大个儿从角落里忽地站起来，拎着一只拖鞋，凑到张大光跟前儿。那个被称作九叔的瘦老头儿摆了摆手道："这年头，社会上各种各样的诱惑太多，年轻人嘛，犯点儿错误情有可原，你让他慢慢说。"九叔一脸微笑。

"嫖娼。"

本来想说是涉嫌买卖国家机关公文证件罪，觉得太拗口，如果说做假证，又感觉和情节有些不符。

房间里一串大笑。

终于适应了屋子里的光线，这才看清楚，监舍大概有十几平方米的样子，里面摆着几张双层铁床，有点儿像大学宿舍。除了九叔和黑大个儿外，还有几个人蹲在房间角落。

"谁也别笑话谁，能在这里认识都是缘分，他们都管我叫九叔，你也管我叫九叔就行了，我是个工程师，比你犯的那事儿，技术含量高点儿。"九叔干笑了一声，"小伙子，来了就得好好改造，痛改前非，听着你这事儿，估计也待不了几天。"

"先把这个背下来，一个字儿也不能错！"黑大个儿指了指墙上贴着的管理规定。

大家都不再理他。

熬到天黑，晚上十点，监舍熄灯后，真正的高潮才开始。

"开始吧，都准备好了没？"黑大个儿从床上爬起来，其他人也都陆陆续续下了床。

"新来的，下来！"黑大个儿一声怒吼，张大光被两个人揪下床。

"你们……你们干吗？"张大光努力挣脱着，但胳膊被牢牢地抓住，拧到了身后。

"九叔，准备好了。"

"犯了什么事儿，立马交代，坦白从宽，抗拒从严！"九叔的眼睛里透出一股寒气。

"我下午不是和你说了吗？"张大光抬头看看九叔。

啪。一只拖鞋抽到脸上。

"我让你犟嘴！"张大光愣在那里。

"犯了啥事儿，还不交代！"旁边一个矮个子，手里拎着拖鞋，怒目而视。

"我，就是……"

啪！又是一记拖鞋打在右脸上。

"先让他冷静冷静吧。"盘腿坐在床上的九叔摆了摆手，"我们的政策是，绝不冤枉一个好人，也绝不放过任何一个坏人。"

眼前的场景，让张大光不知所措、哭笑不得，明摆着这是九叔搞出来的一场监舍审讯。张大光被两个人摁在门口，直接跪在地上，一个人薅着他的头发，另外一个按住他的肩膀。

"冷静冷静！"没等旁边的人说完，一瓢凉水倒在脑袋上，冰冷刺骨的凉水，顺着后脖颈子沿着衣服流到了裤裆里。

"你们……你们不能这样，监规里有规定，不能欺凌……"没等他说完，又是一个耳光，张大光感觉嘴角黏糊糊的。

"老实一点儿，不会吃亏！"旁边有人悄声对他说了一句，"新来的，都得过过堂。"

"你平时上班，开车还是坐车？"黑大个儿面无表情地问他。

"我都是骑电动车。"

"路上要骑多长时间？"

"得半个小时。"

"骑电动车，怎么骑？"黑大个儿问。

"就是，像摩托车一样，拧油门。"

"电动车不好玩儿，没声音，没意思，你会骑摩托车吗？"

"骑过。"

"好，那就给哥儿几个骑一会儿！"

"怎么骑啊？"张大光不解地问。

"妈的，还是不老实！"又一瓢凉水浇下来，还有劈头盖脸的耳光。张大光痛苦地抱住脑袋，躺在地板上闭上了眼睛。

"你们……门口的监规，不能虐待。"

"应该的事情多着呢。"九叔站起来，"这个世界上，有很多事情都是应该按照规矩来。"

"起来，骑摩托！"

"会骑了吗？"

"会，会。"

"那就赶紧骑摩托！"

张大光被人拎起来，双腿半蹲，双臂做出扶着车把的样子，一动不动模拟出骑摩托的姿势。

"拧油门。"有人命令着，张大光做出加油的姿势。

"奶奶的，摩托车没有声音吗？"屁股被人踹了一脚。

"突突突，轰轰轰。"张大光嘴里模拟摩托车马达轰鸣的声音，"加油加油。"

"轰轰轰！"手里做出拧油门的动作，嘴巴模拟着摩托车的声音。

"挂挡！"

"刹车！"

"……"随着各种各样的命令，张大光做出相应动作，胳膊和大腿酸软麻木，浑身湿透冷到骨头。

七嘴八舌的嘈杂和阵阵哄笑，反倒让张大刚的头脑变得清晰，一边骑摩托车，一边迅速思考，自己为什么会来到这个鬼地方。

"打转向，拐弯！"张大光做出转向的动作。

"不好，对面来了一个大货车，撞上了……"张大光真不知道该怎么配合这个动作。

"撞上还不摔倒啊？不会装死？"

张大光顺势倒在地板上，双手抱头。

"行了，我看也冷静了，咱开始吧。"

张大光又被薅起来，带到九叔面前，九叔恢复了下午的样子。

"犯了啥？"

"我……嫖娼。"

"跟领导说话，得说报告！"脑袋上挨了一巴掌，"快说！"

"报告九叔，我是因为嫖娼！"

"怎么嫖的，跟九叔说说呗。"

"就是我住酒店，门口塞进来一张小卡片，上面有个美女照片，我就按照上面的电话号码打过去，然后来了一个女的……"张大光知道自己的处境，如果不想挨打，就得给他们编故事，调动起自己所有的联想，开始讲述嫖娼的过程。

张大光讲得津津有味，屋子里所有人都屏住呼吸，周围一片咽唾沫的声音。

"凡事都有定数，比如你，如果不是因为嫖，你咋会来这个鬼地方，你命中注定得有这么一劫。"九叔说，"你肯定是一个脸皮子薄，平时又假正经的主儿。"

张大光不置可否。

九叔接着说："做人不要太狭隘，今晚的事情，不要理解为是哥儿几个虐待你，谁来了都得经历这么个过程，其实，这是在帮你，人生在世什么最重要？尊严？那纯粹是扯淡。小子，今天告诉你，活着才最重要，吃饭才最重要，别的都是扯淡。"

"你觉得找个鸡，嫖了个娼很丢脸，所以不愿意提这个事儿，是吧？"九叔说。

"嗯。"

"说明一个问题，你脸皮不够厚，你看看，这个世界上，凡能成大事者，哪个不是脸皮厚？"

张大光觉得，九叔说得有道理。

九叔说："这屋子里的人，别人都觉得我们是一群社会渣滓，其实，这些人都是精英。人都是命贱，不吃点儿苦头，咋会享福呢？你觉得委屈，你觉得痛苦，那说明你还没有悟透。经过我们的改造，你的脸皮就厚了，你就圆满了，以后你就百毒不侵了。"

"咋嫖的，再说一遍！"

26.一碗羊肉烩面

拘留所里，时间变得空洞漫长。

无论是情人节之夜，还是秦晓卉说的情人节游戏，或者九叔嘴里的嫖娼事件，都像一记记闷棍重重地打在张大光头上，令人措手不及。甚至半夜醒来撒尿的时候，还搞不明白身处何处，这些天到底发生了什么。

张大光决定，从头到尾，前前后后，仔仔细细，好好捋一捋这件事情。

建筑设计事务所的工作枯燥乏味，每天面对着一堆图纸和各种数字。这些图纸和数字搅得人心烦意乱。嫌弃赚钱少工作没意思，开春的时候，大胖从事务所离职去了一家二手车公司上班。大胖不在，张大光在公司里没了朋友，每天独来独往。

上午刚到办公室，还没来得及打开桌上的电脑，就接到大胖的电话。大胖说有事找他，现在就在楼下等着呢。

张大光下楼。大胖扭着两瓣胖屁股，从路边停着的一辆汽车里钻出来，笑嘻嘻地拍拍他肩膀，问他："最近咋样，给父母盖房的钱攒得咋样了？"

"差不多了，等明年开春，我就给他们盖房子。"

"钱不是攒出来的，是赚出来的。"大胖从口袋里摸出一包软玉溪，掏出一根递给张大光，"你看我，这半年有变化不？"大胖穿着西装，一本正经地打着领带，胖胖的身体要把衣服撑破，因为领带的缘故更显得没有脖子了。这半年来，大胖的确有很多变化，离职换了新的工作之后，不光抽烟的档次提高了，穿衣服穿鞋子也开始注重品牌。

"你买彩票中奖了？"

大胖笑了笑说："我和别人做了点儿小生意。"

"当老板了啊。"

"也就是小生意，不用我打理，都是我的合伙人盯着，按月给我分钱就是了。"大胖吐了一口烟圈，告诉张大光，自己在二手车公司卖破车，那边收入还不错，这个小生意属于自己的投资。"其实你可以跟我去那边做二手车，赚钱快，有意思。"

"有好事情，想着兄弟。"张大光一脸羡慕，"我也想换换工作，可是，又不会干别的啊。"

当年，大胖预言了张大光的"血光之灾"之后，两个人就走得比较近了，张大光也把大胖当成无话不说的朋友。在一起工作时，大胖很照顾他，离职后还时不时地打个电话聊聊天儿，问候一下，没事儿的时候，跑过来吃个烧烤，喝几瓶啤酒，偶尔还去 KTV 唱唱歌儿。

"机会还是有的，最近我们要扩大生意。"大胖告诉张大光，他的合伙人从新西兰搞来一批进口奶粉，成了抢手货，借助网络热卖得一塌糊涂。

"等你生了小孩儿，奶粉的事情，包在我身上。"大胖说，"最近要囤货，流动资金有点儿紧张，你可以入股，也可以把钱借给我，亲兄弟明算账，入股按比例分利润。借给我的话，年化率按照15%给你算，都是自家兄弟。"

"可是，开春就要用钱啊。"

"没关系，借给我半年，开春的时候，最少按10%给你利息。"大胖按灭手里的烟头，"或者你干脆入股吧，那样的话，等到了开春，我估计你的钱能翻番了。对了，你手里有多少钱？"

"差不多，有三万多。"张大光迅速算了一下，银行卡上应该有五六万块钱的样子。

"那你就想办法，再凑个整，凑个五万块。"

"五万块？"

"对，说好了，五万块，回头我还你六万。"大胖扔掉手里的烟蒂，抬腕看看手表，"中午我就不跟你吃饭了，还有点儿事，下午我来拿钱，晚上一起吃烧烤。"说完，大胖开车扬长而去。

刚才从公司出来之前，不知道大胖有啥事情，以为又是吃饭聊天儿会耽搁很久，索性跟经理请假说家里有事儿，要去处理一下。没想到大胖没个正经，屁大的工夫就跑了，再回公司不合适。正在琢磨中午的时间怎么打发，电话响了，是雪儿打过来的。

"你上次说的，给我做烩面的事儿，还记得不？"

"没忘，没忘。"其实，当时不过随口一说，面对雪儿的诘问，张大光很尴尬。

"今天我歇班，没啥事儿，想吃烩面了，你忙不？"

"今天，不忙。"

"如果忙，咱就还去那家烩面馆。"雪儿笑着说，"反正中午你也得吃饭，咱俩一起吃吧。"

雪儿住的地方，离上班的医院不是很远。每天上班下班，张大光都会经过这个小区。电话里，雪儿说："你来我家吧，在我家做。"

"那不好吧，不太方便吧？"

"我老公最近没在家，他总出差。"

"那就更不方便了。"去雪儿家，张大光觉得不太合适，"要不，去我家做吧，中午家里没人。"

"你是不是想歪了？去哪儿还不一样？"雪儿咯咯笑着说，"大光，我们是亲人。现在我就是你亲妹妹。"

骑着电动自行车奔向菜市场，张大光精心挑选了羊肉、大葱、生姜和香菜，还买了一只烧鸡。然后骑着电动自行车，按照雪儿告诉他的门牌号码来到雪儿家。

雪儿开门，张大光一手拎着蔬菜，一手拿着烧鸡，迈进客厅。

雪儿没有去接他手里的东西，蹲下身子，帮他解开鞋带换好拖鞋，然后手脚麻利地把换下的运动鞋放进鞋柜。

雪儿家里的房间布置得简洁明快。穿着一身运动装的雪儿笑吟吟地看着他说："你做饭，我可就不管了，油盐酱醋都给你准备好了。"

厨房很干净，每样东西都摆放得很整齐。张大光把手里的烧鸡和蔬菜一样样放在案板上，开始洗菜、和面。雪儿从客厅走进厨房，递给他一杯红茶道："先喝点儿水，不着急做饭。"水不冷不热，正可口。

雪儿找出一件碎花围裙，帮他穿上。雪儿的胳膊环绕在张大光的腰上，一边系围裙一边说："那我可去看电视了，还需要啥，随时叫我。"

雪儿嘴巴里温热的气息吹过来，张大光听到自己心跳的声音。十年前，雪儿也是这样帮他系围裙的。

叮叮当当一阵忙活，半小时后，张大光把一大盆羊肉烩面，摆在餐桌上。

雪儿笑嘻嘻地坐在餐桌前，一副陶醉的样子："嗯，还是那个熟悉的味道。"

"面还是那个面，做法都一样，"张大光坐在雪儿对面，"只是物是人非了。"

"别说得那么深奥，我只觉得，有人帮我做烩面吃，真好。"雪儿开始吃面。

"当年，为什么不辞而别，躲了起来？"

"嗯，好吃。吃面，吃面！"雪儿把筷子塞进他手里。

"还没回答我的问题呢。"

"这个还重要吗？"

眼前的情景和十年前毫无区别，没有任何违和感。那个紫色的胎记，像一只瓢虫趴在雪儿眼角。烩面还是以前的味道，但是——张大光告诉自己，雪儿已经不是当年的雪儿，自己也不是原来的张大光。眼前的情景，就像海市蜃楼，也许，真的跟美国电影《盗梦空间》演的一样，这个世界存在着多维空间。

端坐在餐桌的两边，稀里糊涂地吃面。两个人彼此熟悉，又像毫无瓜葛的陌生人。

咀嚼的声音和舌尖的味道，仿佛来自十年前的千里之外。

口袋里的手机嗡嗡震动，彻底拉回张大光的思绪："大光，晚上下班先别急着回家找媳妇，晚上喝点儿。哦，对了，下午别忘了去取钱，我着急。"

"谁啊？"雪儿放下筷子。

"我一个同事，想跟我借点儿钱。"

"借钱？同事之间借钱？"雪儿一脸疑惑。

"是我特别要好的朋友，不好拒绝啊。"张大光讲起和大胖之间的事情来。

"哦。"雪儿若有所思，"有点儿意思。"

"什么有点儿意思？"张大光不解。

"当然是跟你老婆认识的事儿。"雪儿龇牙一笑，"不过，她跟她老师到底啥关系啊，你弄明白没有，不会也是个二手货吧？"说完，雪儿伸手打了自己嘴巴一下："哎，我这个嘴巴，真三八。"

张大光脸上红一阵白一阵。

"不过，这事儿也别多想，反正你也不吃亏。"雪儿看着张大光说。

张大光闷头吃面。

"我觉得你这朋友，不靠谱。"见张大光不说话，雪儿继续说，"其实，他也没帮你忙，什么血光之灾啊，都是胡说八道，我觉得你这朋友，是拿这个故意说事儿，潜伏成你好朋友，别有用心。"

"不会吧，我俩认识这么多年了？"

"不好说，坏人都会伪装，伪装成好人，就是为了骗你。"

下午的时候，张大光没有去取钱。

雪儿说："这件事儿绝对不靠谱，你太容易受骗。"

张大光嘴硬，说雪儿的推断完全不可能，这样的关系，经得起考验，不是兄弟亲如兄弟了，骗谁也不会骗自己。

因为大胖借钱，两个好久不见的人争论起来。

"你这个人，就是容易受骗。"

"哪儿有那么多骗子啊。"张大光笑了笑。

烩面吃了，来不及叙旧，争论了一下午，最后雪儿扑哧笑了，帮张大光倒了一杯水，递给他："也许是我多想了，信不信由你，我又不是你老婆。"

张大光不说话。

张大光的事情，秦晓卉还真不会太多过问。秦晓卉整天忙忙碌碌，除了加班之外就是出差。

27.三个人的酒局

雪儿说："烩面好吃。"

吃个烩面，其实很简单。吃过面，两个人有一搭没一搭地说着话。

电话铃声又响了。

大胖打来电话，说他已经到公司楼下了。张大光告诉大胖，自己没在公司。

"那你在哪家银行呢，我开车过去接你。"

"没在银行。"

"钱取了吧？"没等张大光说话，大胖心急火燎地说，"给我发个定位，我现在去找你。"

张大光起身，对雪儿说："那我先走了。"

雪儿说："别怪我啰唆，这钱，绝对不能借，凭我的感觉，肯定不对。"

张大光朝她吐了吐舌头说："跟你说了，我这朋友绝对没问题，你咋就不信？"

雪儿说："朋友之间不能借钱。再好的朋友，也不能谈钱，不能张这个口。"

张大光说："没法儿拒绝啊。"

雪儿说："你这个人，就是脸皮薄。"

张大光说："不会有事儿的。"

"这种事儿，我见多了。"雪儿拉了一下他胳膊。

"还不信？"张大光扭过头来，"要不，你跟我去见识见识他？"

"见见就见见，我就不信他是好人，我的感觉从来没出过错。"

雪儿跟着张大光一起出门。既然这样，张大光也没法儿阻拦雪儿跟着自己。

见到雪儿，大胖迟疑了一下，赶忙下车扭着屁股跑到后面，帮雪儿拉开后车门。

大胖愈发肥胖，看起来老成世故，其实年龄比张大光还小一个月。

"去韩国整了？"发动汽车的时候，大胖嘴里嘟囔着。

"去韩国干吗？"张大光不解地问。

"砍下巴，做鼻子，不都是去韩国吗？"发动汽车后，大胖从后视镜瞄了一眼雪儿，雪儿一脸莫名其妙。

开着车七拐八拐，大胖拉着两个人来到一个啤酒广场。所谓的啤酒广场，其实就是城中村一块刚刚拆迁还没有盖房子的空地，用建筑工地的隔板围起来，支上太阳伞摆上几张桌子，旁边烟熏火燎的，啤酒、羊肉串儿、大腰子、花生、毛豆加上烤生蚝、扇贝。一群人坐在太阳伞底下，喝啤酒聊天儿吹牛。

"钱给我取好了没？"趁雪儿上洗手间的工夫，大胖伸手拎起张大光的双肩包，"你咋还把她给带过来了？"

大胖翻了半天，见包里没钱，一脸狐疑地说："拿老婆当挡箭牌？张大光，不至于吧。咱俩的事儿，咱俩直来直去就行了，如果不借，你直接说就好了，没必要让女人掺和吧？"

张大光恍然大悟，大胖刚才说的去韩国整容，是把雪儿当成了秦晓卉。

"你啥眼神儿啊。"大胖只在婚礼上见过一次秦晓卉。雪儿和秦晓卉，这两个人毫无相似之处，看来大胖的注意力都在钱上。

"咋了，我问你，钱呢？"

"这么着急，干啥啊？"张大光喝了一口啤酒。

"不着急我一大早找你干吗，不是答应得好好的吗，咋跟媳妇一商量，就变卦了呢，这也忒不讲究了吧？"大胖黑着脸瞪起眼睛。

"咋不讲究了？"明知道大胖认错了人，雪儿也并不说破，拉过椅子坐在张大光的旁边。

"嫂子，你喝啥？"大胖赶忙站起来，绕到雪儿旁边，给她杯子里倒上啤酒，"还是喝啤酒吧。"

"你俩吵啥呢？"雪儿微笑着问。

"没吵没吵，我俩好得就差穿一条裤子了，我俩平时都这么嚷嚷。"大胖回到自己的位置，"喝酒喝酒，还没跟你喝过酒呢，来，嫂子干一杯！"

"你俩刚才说的啥钱啊，有事儿瞒着我？"雪儿朝着张大光眨眨眼睛。

"啥钱啊，我这半年还没赚到钱，"大胖喝了一口啤酒，"你说，你俩，看着就般配，咋看咋有夫妻相。"平时狗嘴里吐不出象牙的大胖，乱点起鸳鸯谱来一套一套的，夸完雪儿漂亮，又跟雪儿聊起买基金和网络购物。

大胖跟雪儿很快熟悉起来，一口一个嫂子，一杯接着一杯喝啤酒，喝完啤酒，抓起一只烤扇贝递给雪儿，然后说："我这兄弟，其实挺傻的，如果你想骗他，那叫一骗一个准儿。哎，你当年足球套内裤，那个情节绝对精彩，我觉得可以考虑开个网店，网红店，就叫'足球与内裤'，对对对，就卖这个同款。"坐在大胖对面的女人，如果不是雪儿而是秦晓卉的话，估计会气得咬牙切齿薅衣领掀桌子，但是雪儿听了之后，笑得前仰后合。两个人聊得热火朝天，张大光根本插不进话。

"一定开个网店，别开生面，就卖足球和内裤，全场只有这两件商品，每年情人节推出签名款，足球，就叫'大光的足球'，内裤……就叫'晓卉的内裤'。对，就这俩牌子，至于店名嘛，就叫'足球遭遇内裤'，本店只卖两样商品。"

雪儿脸色红润，大胖眉飞色舞，三个人坐在一起喝酒吃肉，张大光成了旁观者。

桌子上堆满花生、毛豆壳、生蚝、扇贝壳，还有吃过烤串儿剩下的竹签子。脚底下一堆垃圾，三个人像是坐在垃圾堆里吃东西喝酒。大胖跟雪儿讲着秦晓卉和张大光的故事，津津乐道，雪儿不停地点头，笑得前仰后合。

大胖傻乎乎的，完全不知道坐在对面跟他一起喝酒的这个女人，和他嘴巴里说的那个女人毫无关联。张大光觉得好笑，既不说破，也不插嘴。

如果换成秦晓卉，绝不会和大胖浪费时间，听他胡侃扯淡。

正想着秦晓卉，手机响了。秦晓卉打电话给他："大光，我好像忘带钥匙了。"

"我跟大胖吃烧烤呢，你在哪儿？"

"我在门口，以为你在家呢。"

"那我抓紧时间回去……"旁边的两个人意犹未尽，正喝得热火朝天。

"大光，你有事儿啊？"大胖递给他一根烤串儿，"这酒，你还没咋喝。"

"秦晓卉没带钥匙。"

"秦晓卉没带钥匙？"张大光脱口而出的这句话，让大胖摸不着头脑。

"不行，我得先走，你俩是继续喝，还是……我得先回家开门，今天也差不多了吧。"张大光看看大胖。

"大光，有事儿你先走吧。"雪儿说。

看看张大光，又看看雪儿，大胖一脸错愕。

"雪儿，要不我先打车送你？"张大光问雪儿。

雪儿说："不用，着急你先走，赶紧送钥匙去，人家在门口等着呢，我自己打车就行。"

"好。"张大光说，"大胖，我先走。你一会儿帮我把雪儿送回去，记着，喝了酒别开车。"

急急忙忙打车回家。一路上，想着大胖的表情，张大光觉得特别好笑。

大胖被骗了。也不知道雪儿会咋跟他解释。

第二天临近中午，大胖气呼呼地打电话过来："我在楼下。张大光，你给我滚出来！"

"你这办的啥事儿啊！"见了张大光，大胖一脸怒气。

"我咋了。"

"很好玩儿吗？"

"我又没骗你，赖你自己瞎。"张大光嬉皮笑脸。

"你小子命犯桃花，总有桃花运。"大胖掏出烟盒。

"哪儿能呢，我又不像你。"张大光接过大胖递过来的香烟。

"你这个人啊，天生招女人。悠着点儿，女人这东西，是祸水，越漂亮的女人，越是毒药，所谓红颜祸水。你要跟我学习，你看我，只认钱，对漂亮女人从来不多看一眼。"

"拉倒吧。"张大光撇了撇嘴。

大胖问他："钱准备好了吗？"

"什么钱啊？"张大光假装糊涂。

"我们是多年的兄弟了。"看张大光犹豫的样子,大胖拍拍他肩膀,"有我一块肥肉,一定分给你一半儿。"

"我这可是攒的给父母盖房子的钱。"张大光吸了一口烟,"我上大学,他们借遍全村给我凑学费生活费,我想给他们盖个房子。"

"所以啊,你得努力赚钱。"

"你这事儿安稳吗?"

"我能骗你吗?"大胖瞪着他,"骗谁,也不能骗你!"

"我咋觉得,这事儿不靠谱呢?"

"肯定被女人洗脑了。我不跟你说过吗,女人都是红颜祸水,被窝里说的话,都不能信,你咋就这么没出息呢!"大胖瞪着他,"你借不借?"

"要不,我给你拿一万?"

"少废话,我又不是要饭的,等米下锅呢,赶紧的!"

趁着午餐的时间,大胖拉着张大光跑到银行,把存单变成现金。五沓钞票拿在手里沉甸甸的,小心翼翼地放进双肩包。

父亲帮别人盖了一辈子房子,自家的房子还是村里最破败的。拆掉旧房子给父母盖一所新房子,筹划许久,马上就要实现了。开春就回老家买石头买红砖买檩条,把那三间低矮的土房子拆掉,翻盖成宽敞明亮的砖瓦房。

双肩包沉甸甸的,里面装的不是钱,是石头、红砖、檩条,是父母的新房子。

大胖坐在车里等着张大光,见他回来,迫不及待地抓住双肩包。

张大光一把抢回双肩包,拿出一张纸和一支笔,递给大胖:"写!"

"写什么?"

"你怎么答应我的,写在纸上。"

"你放心,等到明年开春,你这五万块钱,就变成六万。"大胖拿起纸笔。

借钱给大胖的事情,张大光没有和秦晓卉商量。秦晓卉每天半夜才回家,早晨又早早起床去公司,最近几天连早饭都不在家里吃。昨晚忘了带钥匙，在楼道里蹲好久，根本顾不上聊这些。

张大光问她，怎么忙成这个样子。秦晓卉说："我人笨，就得早出晚归。"

拿了钱，大胖语重心长地说："差不多就行了，秦晓卉也不错，不能吃着盘子看着碗里的啊。"

"啥意思？"

"啥意思，你问我？"大胖悠悠吐着烟圈儿，"昨晚那姑娘说了，想要嫁给你呢。可真是，旱的旱死，涝的涝死，兄弟，悠着点儿吧！"

28.雪儿的游戏（上）

还得去雪儿家取电动自行车。昨天吃烧烤，是坐大胖的车去的，电动自行车还在雪儿家楼下。张大光没有上楼，给雪儿打了个电话，雪儿下楼，两个人站在电动自行车旁边聊天儿："你觉得怎么样？"

"什么怎么样？"雪儿有点儿憔悴，一副没睡醒的样子。

"我那哥们儿，不是跟你聊得挺嗨吗。"

"一起吃喝可以，千万别借钱给他。"

"没事儿吧？"张大光轻描淡写地说，"给他拿走了。"

雪儿瞪大眼睛，眼角那块瓢虫形状的胎记抖了一下："你这个人，咋就不听话呢？"

"咋了？"

"我劝你，抓紧去把钱要回来吧，这事儿不靠谱。"

张大光问她："为啥这样说？"

"你这个人太容易被骗了。"

"不可能。多年的好兄弟了，怎么会骗我呢？"

"嫂子怎么说？"雪儿指的是秦晓卉。

"我没告诉她。"

"你怎么能这样？"雪儿吃惊地看着张大光，"这么大的事儿，你怎么能不跟媳妇说？"

"如果跟她说了，她又会嘲笑我。"

"不会吧？"

"我算计着，等我把父母房子盖好，下个目标就是努力赚钱，争取早点儿买上房子。"

"早点儿买上房子，得多早？"

"一步步来吧，借五万还六万，又多了一万。"

"我怎么感觉，离你的目标更远了呢。"雪儿像是自言自语。

说起房子，张大光心里像被针扎了一下。结婚后，张大光和秦晓卉一直租房子。去年夏天，秦晓卉忽然问他："你手里有多少钱？"

"有五六万的样子吧。"

"我这儿差不多有五十多万，要不咱先看看房子？"

两个人的钱加在一起，能在北京东边的燕郊，交上一个小户型的首付。燕郊虽然和北京通州区一河之隔，但是属于河北省。

"然后咱俩天天跨省，每天通勤三个小时来北京上班？"张大光反问秦晓卉。

"赚钱了，以后买个车不就行了。"对于未来的生活，秦晓卉充满着憧憬，"燕郊到国贸交通很方便。稍微远一点儿不要紧，有了房子就有自己的家了。"

张大光说："我想先把父母的房子翻盖了，这个比较现实，也容易实现。翻盖完房子，再考虑买房子的事情。"

"你的钱够吗，不够的话从我这里拿。"

"如果你想买房子的话，先买房子也行。"张大光说，"只是，盖房子的事儿，我不想拖太久，我也想让父母脸面上好看。"

张大光说："新闻里天天说房价调控，万一以后房子跌了呢。"

"这你也信啊。"说完，秦晓卉又说，"父母的确不容易，那就先翻盖房子。"

三个月以后，北京的房价暴涨，挨着北京的燕郊，房价也翻了一倍。新闻里每天还在说房价的事情，看着这些关于房子的报道，张大光觉得特别可笑。

"要不我回一趟成都，找我爸要点儿钱，咱先把房子买了，怕是房价以后还得涨。"秦晓卉说。

张大光说："房价疯狂成这个样子，咱先别着急交智商税了吧。租房挺好，想在哪里租就在哪里租。住腻了就搬家，你看咱现在租的房，房租不贵，交通方便。"

秦晓卉说："也好，那就再等等。"

张大光有自己的打算，做事情得一步一个脚印，先盖好父母的房子，第一个目标实现了，接下来才是筹划买房子。盖完房子，大不了换个能赚钱的工作。

秦晓卉每天都很辛苦，但花钱大手大脚。张大光不好意思过问她的收入，秦晓卉也没主动和他说起过。但从秦晓卉的消费习惯来判断，她的收入远远高于自己，甚至是自己工资的几倍，两个人过日子的重要支出，包括房租和水电费用都是秦晓卉交的。

钱被大胖拿走了。雪儿这么一说，张大光心里隐约有些不踏实。

"今天晚上，在我这儿吃饺子吧。"雪儿说，"我买了羊肉馅儿。"

"包饺子？"

"包饺子。"

雪儿说："一个人包饺子，没意思。"

好久没有吃过饺子了，秦晓卉晚上不回家吃饭，那就跟雪儿一起吃饺子吧。

张大光从心底里感谢雪儿，如果不是雪儿，那一万块钱就打水漂了，后面还不知道要被骗走多少钱呢。张大光想不明白，雪儿是怎么把钱要回来的呢？一个专科门诊的临时工护士，能有这么大本事，让老板把吃到嘴里的肥肉，又给吐了出来？

雪儿的上班时间很规律。跟秦晓卉比起来，雪儿更像一盘家常菜。雪儿家里，家具很简单，也不配套，两只布艺沙发明显是不同色系，但坐上去很舒服。窗帘是旧的，图案庸俗，但看起来干干净净。床单被罩都是便宜的地摊儿货，喝茶的茶杯是普通的玻璃杯。杯子里的红茶或者茉莉花茶，每次雪儿递给他的时候，总是不冷不热正可口。跟雪儿在一起的时候，很轻松，毫无压力。

和好面之后，雪儿把大葱洗净切碎，跟肉馅儿搅和在一起。张大光洗了手，坐在雪儿对面，两个人开始包饺子。

"你老公哪天回来啊，你怎么也没有和我说起过他？"

"他总出差，回来的话，只有周末才在家。"雪儿捏着饺子。

"以后我就不来了。"

"随你呗。"

雪儿用筷子挑起饺子馅儿，飞快地抹在饺子皮儿上，然后迅速捏合，一个饺子在雪儿白皙的双手间呱呱坠地，整个动作娴熟自然，包出的水饺模样玲珑精致，就像眼前的雪儿一样娇小可人。雪儿低头把包好的饺子放在案板上，案板上一排排的饺子，整齐地排好队，仿佛等待一个盛大的仪式。

灶台上，锅里泛起水花。雪儿端着饺子，扑通通扔进锅里。

雪儿身上穿的碎花围裙，张大光特别熟悉。十年前，雪儿和张大光在一起的时候，衣服就是这样的花色和款式。

寒冷的冬夜，蒸汽在屋子里弥散。雪儿端着一盘饺子，从厨房里走出来，画面温馨自然。张大光一时记忆模糊，感觉是在做梦或者穿越了时空。雪儿走路姿态轻盈，衣着素雅身材婀娜，厨房里飘出的水蒸气紧紧地尾随着她，就像舞台上的特效一样。

客厅的窗户上结了一层雾，隔着玻璃，窗外的霓虹灯闪烁。眼前的场景，让人感觉有些不够真实，就像一场话剧，两个人分明是在舞台上。

"吃饭吧。"雪儿把饺子放在张大光眼前，"人活着，就是每天吃三顿饭，不要胡思乱想了，能吃饱肚子，才是最真实的。"

"当年，怎么把你给丢了呢？"夹起的饺子掉在桌子上，张大光索性下手，把它抓起来放进嘴里。

"都过去了。"雪儿做出一个制止的动作。

张大光爱吃饺子，而且最爱吃羊肉大葱馅儿的，这点雪儿很清楚。

当年雪儿租的房子，摆下一张床之后，几乎没有转身的地方。尽管这样，雪儿还是经常给他包饺子。

"嫂子不给你包饺子吃吗？"雪儿夹起一个饺子，送到张大光嘴里，"咸淡怎么样？"

"她是南方人，不会包饺子。"

"那你想吃饺子了，咋办？"

张大光不说话，闷头吃饭。

"包饺子，肉馅儿一定要做到鲜和嫩，不能干干巴巴的，用温水和面，面和得既要柔软还得筋道，这样包出来的饺子才好吃。"雪儿把盘子推到张大光面前。

"你这儿有酒吗？"

"有，好像有，我咋给忘了。"

雪儿翻出一瓶白酒，递给他一个玻璃杯子，张大光倒满酒问："你喝吗？"

"我不喝，看着你喝就行。"

张大光端起酒杯，一口喝下半杯。喝酒的时候，雪儿始终看着他。

雪儿说："过日子，舒服才是最重要的"。

"嗯。"

张大光吃饺子喝酒，雪儿看着他吃喝。

"你咋不吃？"

"我想见见她。"

"谁？"

"你媳妇。"雪儿一字一顿地说。

"为什么？"张大光放下手里的杯子，问雪儿。

"羡慕，真心羡慕。"雪儿说，"秦晓卉一定是一个漂亮的女人。"

"我给你看看照片吧。"张大光在手机里寻找照片。

"我要见真人，就看一眼也行。"

女人真是奇怪的生物，张大光的身体微微哆嗦一下。

"要不，我跟她说说，让她请你吃个饭吧。"

"嗯。"

"真的要见啊？"张大光盯着雪儿眼角的紫瓢虫。灯光下，紫色的瓢虫更加妖娆。

"就这么个念想，看一眼就行。"雪儿盯着他，"你害怕？"

"有啥怕的。"

雪儿是认真的，张大光有点儿犹豫。张大光心里隐隐不安，雪儿见秦晓卉，绝不是什么好事情，联想大胖那天说的话，不要引火烧身。

雪儿说："现在我是你妹妹，我就想见一下嫂子，又不要红包，我也没有本事把你抢走，你怕啥？再说，我也结婚了啊。"

"我想想。"张大光说，"那就一起吃饭吧，一起吃火锅，我跟秦晓卉说，你是我同事。"

雪儿摇头笑笑，不说话。

"那我说，你是我的客户，我要请你吃饭，找个借口让她一起？"

雪儿依然摇头微笑。

"或者实话实说，我被骗了，你帮我要回了钱，我请你吃饭感谢一下。"

雪儿说："都不行。"

"那怎么办？我怎么安排你俩见面呢，干脆把你请到家里来吃饭吧？"

"也不行。"雪儿说。女人天生敏感，任何编造的谎言都会露馅儿，尤其是秦晓卉这么聪明的女人。三个人一起吃饭，不经意间的一个眼神、一个动作，分分秒秒就能穿帮。

"那咋办？我咋说？"

"实话实说呗。"

"实话实说？"

"实话实说。又没做啥见不得人的事情，不用躲躲藏藏的。"雪儿认真地说。

29.雪儿的游戏（下）

整个过程，就像一场游戏。

推开诊室的门，眼前的医生，还是那个大肚子男医生。

"来，来，小伙子，哪里不舒服？"大肚子医生微笑着，让张大光坐在桌子前。

"尿尿特别吃力。"张大光说了说症状，扭头看看身后的秦晓卉，"是不是，辣椒吃多了？她是四川人。"

"让我检查一下。"大肚子医生看了一眼秦晓卉，笑眯眯地说，"感觉前列腺有点儿问题，男人的前列腺都很脆弱。"

"嗯。"张大光点头。

大肚子医生在病历本上写着什么，护士起身关上诊室的门。

"上去，跪在床上。"大肚子医生指了指角落里的诊疗床，一边给自己戴胶皮手套，一边说，"把裤子脱了，褪到膝盖下面。"然后又看看秦晓卉，说："女士回避一下。"

"我是他老婆。"秦晓卉微微脸红，"还用回避吗？"

"去外边等吧。"张大光觉得，大肚子医生笑得不怀好意。

"要不，我带你去候诊区吧。"女护士领着秦晓卉出了门。

早晨起床后，张大光说："我有点儿不舒服。"

秦晓卉摸摸张大光的额头："怎么不舒服了？"

"有点儿，有点儿尿尿费劲，还疼。"

"咋回事儿？"秦晓卉说，"那我陪你去医院看看吧，今天正好周六。"

"去我上班路过的那个医院吧。"张大光说。

秦晓卉换好衣服，两个人一起出门来到医院。

秦晓卉并不知道，这是一个导演好的情节。自始至终，这场游戏，秦晓卉只是一个被动参与者。

护士领着秦晓卉走出诊室，张大光迟疑了一下，拎着裤子，不知道该不该脱。

"快点儿脱裤子，还等啥？"护士推门进来，张大光看看护士，红着脸开始脱裤子。

"裤衩也脱了！"大肚子医生说，"没人对你那东西感兴趣，我们的护士啥世面没见过，真是的，有病得抓紧治，不能讳病忌医。"大肚子医生一把扯掉他的内裤。护士端来一个托盘，大肚子医生一边往手指上涂着润滑油，一边说："年轻力壮的时候，做啥事儿都得学会克制。"

护士从托盘里拿出一个小塑料容器，对着张大光的下身敏感部位："放松，深呼吸。"张大光的脸立马红成了茄子。

大肚子医生猛一用力，张大光号叫一声，感觉钻心的疼痛，大肚子医生戴着橡胶手套的手指，插进肛门，还在里面搅来搅去，"马上就好，马上就好。"伴随手指的搅动，一股黏稠的液体喷了出来。

"没事儿，不疼，男人的前列腺液就是蛋白质。"医生说。

大肚子医生身边的女护士，收起盛着前列腺液体的透明塑料盒。淡粉色护士帽下面，一双大眼睛始终似笑非笑。

"你先把前列腺液送过去化验一下。"大肚子医生不紧不慢地摘掉橡皮手套丢进垃圾桶，挽起袖子打开洗手盆上的水龙头，反复在双手上涂抹着洗手液。

"男人的前列腺很娇气，也很金贵。"大肚子医生洗完手，还是不紧不慢地说，"每次射精的时候，其实精液里大部分都是前列腺液，年轻人精力旺盛，但是那事儿也不能当饭吃，你说对吧？"大肚子医生紧紧盯着张大光，盯得他脸上火辣辣的。"你的前列腺肿大得厉害，明显不像你这个年龄的状态，说明白一点儿，你的性生活过于频繁，生殖器经常反复充血，前列腺得不到良好的休息，细菌乘虚而入，造成反复感染。"

大肚子医生喋喋不休，说着跟上次一模一样的话。张大光哭笑不得。

雪儿说："越是真实的场景，越会自然。"

不得不重新认识雪儿。雪儿应该去当演员。

雪儿执意要见秦晓卉。雪儿说的实话实说，没必要躲躲藏藏，就是把见秦晓卉的场景搬到医院，情节完全按照张大光上次被骗时的样子。

大肚子医生旁边的护士，就是雪儿。场景过于逼真，张大光很紧张，雪儿却很坦然，就像看一场电影，似乎情节跟她没有任何关系。

雪儿一本正经地站在大肚子医生旁边，张大光想笑，又不敢笑。大肚子医生竟然认不出自己，说的话就像背熟的台词。大肚子医生绝对是个一流演员，演起戏来非常敬业。

医院里，情节还在继续。

"细菌感染。"大肚子医生拿着报告单说，然后继续看着张大光，"你现在性功能正常吗，做那事儿的时候，还行吗？"

所有对话，走廊里听得清清楚楚，秦晓卉推开虚掩的门。大肚子医生说："来来，没事儿，病人的妻子也应该听听。"

护士推过来一把椅子，站在旁边看着张大光和秦晓卉。粉红色的护士帽下面，一块紫红色胎记若隐若现。

"男人的前列腺虽然表面有坚硬的壳体，但实际上脆弱不堪。你这个得早治，再晚了的话，你的性能力就废了，细菌感染再严重点儿，到时候就阳痿了，而且会失去生育能力。你们有小孩儿了吗？"大肚子医生严厉地看着他俩。

"还没。"秦晓卉说。

"再发展下去,很可能会得前列腺癌,前列腺癌堵死尿道,会把人疼死,让尿憋死……"

接下来的场景和上次如出一辙。

大肚子医生滔滔不绝,张大光如坐针毡,护士雪儿笑而不语,坐在旁边的秦晓卉一脸严肃。张大光不知道,今天的故事该如何收场。

大肚子医生绝对是一个好演员,但秦晓卉绝不是一个好听众。不等大肚子医生说完,她拉起张大光就走,弄得张大光和大肚子医生措手不及。

张大光看病的事情,被偷换了时空。

雪儿说:"请你当一次演员,搞一次情景再现。情节要真实,合情合理,才能毫无破绽。"

在雪儿面前脱裤子,还要被大肚子医生再捅一次屁眼儿,这些细节被忽略了。雪儿搞的这个恶作剧,让张大光很难堪。秦晓卉像个傻子似的毫不知情,自己也成了木偶,又被人戏耍一通。

张大光很气愤,以为雪儿故意作弄他。

雪儿说:"那个大肚子医生也不知道,他只知道赚钱。"

雪儿说:"秦晓卉不仅漂亮,而且聪明,一下子就看清楚了骗局的实质。"

其实,如果不是秦晓卉看透大肚子医生的伎俩,还真不知道下边的戏该咋演。大肚子医生并不知道这是雪儿设的局,大肚子医生天天骗钱,根本记不住这么多来看病的人,完全按照剧本演戏。秦晓卉拉走张大光,生意没做成,大肚子医生气急败坏,指责雪儿不专业:"应该把那女人弄走,弄得远远的。"

雪儿说:"得了吧,你自己演戏演得不好,弄得跟江湖术士似的,搞砸了还赖别人。"

秦晓卉没再过问张大光前列腺的事情。秦晓卉数落张大光:"你这人,咋这没脑子，多小儿科的骗局啊，差一点儿就被那个大肚子给忽悠了。"

雪儿说："你这人太好骗了，多亏身边有个聪明女人护着你。"

"她可真俊，真好看。"雪儿眼底清澈，表情依然如十年前的样子。

30.我要离婚了

秦晓卉还是每天忙忙碌碌。

吃火锅那天之后，王立春只用了几句话就给她灌了迷魂汤，恢复了每天半夜才能到家的作息时间。下午快下班的时候，张大光接到秦晓卉的电话，声音里充满歉意："我今天还有点儿事儿，晚饭你自己解决吧。"

尽管忙，但是秦晓卉做事情仍然条理清晰。和秦晓卉在一起，张大光总感觉自己像是一个外人。家里的一切事情都被秦晓卉安排得井井有条，哪里都干净整齐，反倒觉得坐没坐的地方，怕把沙发坐褶了，站没站的地方，擦得干干净净的地板，让他不忍心走过。张大光甚至觉得，这个家哪里都好，到处都很完美，反倒显得自己是一个不合理的存在。

大胖的事儿，真的可能被雪儿说中了。拿钱之后，连续一周大胖都没再出现。拨打电话，始终关机。雪儿不愧是乌鸦嘴，张大光隐隐感觉，借出去的钱恐怕真的悬了。

秦晓卉又出差，下班之后，张大光无事可做，联系不上大胖，这个事儿又没法儿和别人说，憋在心里很难受，给雪儿发了个信息："我想去你家蹭饭。"

"来吧。"雪儿瞬间回了信息。

下班后，张大光骑着电动自行车，直接拐向雪儿家的小区。

"都赖我。"雪儿说，"赖我没有催你把钱拿回来。"

"我没想到，大胖……是这样的人。"

"我说过，你这个人太好骗了。"雪儿坐在他身边，"那年我和表姐骗你，一个遥控警车，就把你给骗了。"

十年过去，雪儿的面容没有丝毫的改变，只是身材更圆润，有种成熟的少妇韵味，那是一种更能打动男人的味道。张大光告诫自己，过去的事情都过去了，眼前这个女人是别人的老婆，自己的老婆秦晓卉是一个更聪明更漂亮的女人，是一个有着体面工作的都市白领。

"怎么会这样？"

"都赖我，我怕自己的预感不准。"雪儿转过头来看着他，"另外，我也是觉得，男人的事情得让男人自己去做主，我就没催你找他拿回来。赖我！"雪儿说话细声细气的，声音里带着一股温暖的气息。

"不会是大胖出了啥事儿，被人偷了，或者……不会是有啥意外，比如交通事故啥的吧？"

"别瞎想了，等两天再看看，就知道了。"

"我可真笨。"张大光用拳头捶自己的脑袋。雪儿抓住他的拳头，安慰道："你现在着急也没用。"

"开春要盖房的事情，我都和我妈说了。"张大光双手抱头，使劲揪头发。

"没事儿的，没事儿啊，如果你缺钱，从我这里拿，我还有点儿钱。"

"笨得要死，我怎么这么蠢！"张大光恨不得一头撞在墙上。

"你咋这么傻啊。"雪儿掰开张大光抱着头的双手，张大光靠在雪儿的肩膀上，两个人同时哆嗦一下，身体僵在那里。雪儿身上散发的气息，和秦晓卉身上的气息完全不同，这种感觉没有办法用言语形容，如果举例子的话，秦晓卉的味道像是蓝山咖啡，清淡而纯粹，雪儿身上的气息则是一股奶香味儿，家常简单。雪儿的气息更接近母亲身上的味道，更让他熟悉，没有任何距离。

"这种气息很温暖，"雪儿说，"像是回到十年前。"

张大光说："日子过得真快，再过十年，我们就都老了。"

"怎么会呢，你不会老。"雪儿若有所思地说，"我更不会老。你没有机会，看到我老了的样子。"

"如果我死了，你还能想起我吗？"雪儿接着说。

"不许瞎说。"张大光伸手理了理雪儿的头发。

"我想喝酒了。"雪儿拉起他，从身后的柜子里，拿出一个形状古怪的酒瓶，"别人送我的，说是外国酒。"雪儿倒了满满两杯酒，递给张大光一杯，把自己杯里的酒一饮而尽。

"你觉得这个世界公平吗？"喝过酒之后的雪儿脸蛋通红，认真地看着张大光。

"应该还算公平吧，但是也不能绝对。"

"嗯，对你来说，也许是吧。"雪儿又给自己倒了一杯酒，和张大光碰了碰杯，两个人一口干了。洋酒的味道怪模怪样，辛辣的气息，火烧火燎地从嘴巴穿过喉咙直接进入胃里。

"我不偷不抢，只想过个好日子，能够正常穿衣吃饭，每天平平安安，不求大富大贵，就是这么点儿要求，也都……很难。"雪儿继续喝酒，张大光按住她的酒杯。

"怎么了，陪我再喝一杯。"雪儿夺回杯子，一口喝光了杯子里的酒。

"怎么了，别喝了。"张大光劝她。

"不怎么，就是想喝酒，就是想跟你说话。"

"那就说呗。"张大光说。

"现在不说，恐怕以后就没机会说了。"雪儿说。

"什么意思，怎么会没有机会呢？"

雪儿说："我给你看一样东西吧。"她从抽屉里拿出一个本子，张大光看清那是一个病历本，里面夹着几张化验单。雪儿翻开病历本，指着其中一页，张大光瞪大眼睛，仔细辨认上面潦草的字体，终于看清楚一个刺眼的词：骨癌！

"怎么会这样？"

"医生说了，也许还有三年，最多也就五年。"

"雪儿！"张大光惊愕地看着她，端着酒杯的手微微颤抖。

"没事儿，哪怕只有一天了，也要高高兴兴、快快乐乐的。"雪儿说，"陪我喝酒吧。"

雪儿告诉他，自己生病的事情，还没有和任何人说，对自己来说，这个病是个灾难，对别人来说，只是生活里的一个事件而已。

雪儿说："谢谢你，这些天来陪我。"

张大光浑身颤抖，抱住雪儿，紧紧抱着。

"抱紧我，抱紧我。"怀里的雪儿面色惨白，身体瘦弱。

没有想到，雪儿每天看起来快快乐乐的，竟背负着这样巨大的包袱。张大光一直以为自己运气不好，倒霉透顶，没有想到还有比自己运气更差的人。

雪儿美丽如花，然而这样美丽如花的生命即将凋谢。张大光不愿意相信雪儿说的话，病历本上的那两个字，灼痛着他的眼睛。

半个月过去了，大胖依然杳无音信，手机不开机，发信息也不回，彻底消失了。

五万块钱，对张大光来说不算一个小数目。想起借钱的事，心里疼，是那种撕心裂肺的疼。在公司没心思做事情，下班回到家倒头就睡。

相对于自己的几万块钱，雪儿的遭遇更令人心痛，雪儿表面淡定，但是眼睛里写满了恐慌。就像一场大雪之后无处觅食的麻雀一样，那眼神里充满恐慌甚至绝望。张大光不知道该怎样面对雪儿，更不知道该如何安慰雪儿。雪儿说她不缺钱，啥都不缺。你如果有时间，就多陪陪我吧，陪我说说话吧。

雪儿说："现在不陪，以后再想陪，恐怕就没有机会了。"

秦晓卉频繁出差，这次去上海又是一周的时间，张大光想象不出秦晓卉工作的场景是什么样子。秦晓卉和自己，虽然住在一个屋檐下，但已经不是一个阶层，不是一个阶级，甚至不是一个世界的人了。秦晓卉走了三天，除了报平安的信息外，没有给他打过一个电话。张大光理解秦晓卉的忙碌，也不愿意去打扰她。

想见雪儿，又不知道见了面该说些什么。几次走到雪儿家附近，站在单元楼门前，看着空旷的院子里麻雀和鸽子抢食吃。

抽了一支又一支烟，两只脚本来已经踏上了楼梯，又蔫儿了吧唧退了回来。无法面对雪儿，实在不知道该跟她说点儿什么。

三天后，雪儿打电话给张大光，说有事情和他说。这次雪儿没有邀请张大光去她家，两个人约在了麦当劳。

见到雪儿的时候，张大光大吃一惊，雪儿精神萎靡，脸上还有大片的淤青。

"你怎么了？"

"我要离婚了。"

"离婚？"

雪儿告诉他，家里的男人回来了。

雪儿说，自己的那个男人有暴力倾向，动不动就打她，喝了酒或者心情不好的时候，回到家不管轻重地就是往死里打。男人做生意，经常到处出差，雪儿喜欢男人出差。这次出差回来，雪儿的男人发现，自己没开封的酒被喝了半瓶，于是断定家里来过男人，暴跳如雷把她狠狠揍了一顿，让她老实交代和哪个男人偷情了。男人说，家里有股生人的味道，夜里和雪儿睡觉的时候，觉得她的身体有变化，不像以前的感觉。

"我要离婚！"雪儿坚定地说。

张大光不知道该说些啥。男人认定雪儿出轨了。虽然以前也一直疑神疑鬼。

雪儿说，她有一次做梦，叫出了张大光的名字，这更坐实了她出轨的事情。早晨起来，男人对她一通蹂躏之后，让雪儿光着身子跪在阳台上反省，雪儿冻得浑身哆嗦，求男人放自己进屋子。雪儿说，天亮了怕被别人看到。男人说，你偷人和别的男人睡觉不嫌丢人，在自己家里光个屁股就嫌丢人了，我都不怕，你怕啥？

不顾雪儿的哀求，男人始终无动于衷，最后还是邻居报的警，警察来了把两个人带到派出所。当着警察的面，男人写下保证书，保证再也不打她了。

回到家之后，男人把她摁在床上做那事儿，做到一半儿，男人说，终于明白了，结婚前你肯定就是个烂货。男人继续打她，让她说出奸夫是谁。

无论怎么解释都不行，雪儿说没有就是没有，都是你想出来的。

男人又把她轰去阳台清醒，被逼无奈，雪儿承认了张大光来过家里，但是没有偷情。

雪儿让他上下班的路上小心一点儿，因为男人知道了张大光上班的地方。雪儿说："这两天没啥事儿先不要联系，等着我联系你。"说完，雪儿起身匆忙离去。

餐桌上的可乐和薯条，原样摆在那里，雪儿的背影迅速消失。

窗外是一棵孤零零的梧桐树，树梢儿被风吹得摇来摆去，枯黄的树叶一片片脱落，吧嗒吧嗒地打在餐厅窗户的玻璃上。街头空空荡荡，毫无生机，偶尔有零零星星的人和汽车缓慢经过。

餐桌对面的座椅始终空着，雪儿好像根本就没有来过。张大光感到孤独，彻头彻尾的孤独，自己身体周围，像是被人插上了一圈篱笆。

一切的一切，都是一场虚空。

城市里所有的高楼大厦，都变得没有棱角，不再是横平竖直，而是歪歪扭扭乱七八糟。夜晚的霓虹灯无论红黄蓝绿，都和娱乐场所的灯光一样俗不可耐。大街上走动的人群，表情木讷、毫无生机，机械地迈着步子，简直就是丑陋无比的玩偶。地铁站变得空洞，报刊亭像影视城里的道具，满大街的汽车老鼠过街般跑来跑去。走在路上，脚疼、头疼，浑身骨头嘎吱嘎吱的，像散了架一样疼。他闭上眼睛再努力睁开，看到的东西还是有点儿重影。眼前是两根一模一样的电线杆，羡慕电线杆。如果自己也这样成双成对，如果生活里有两个张大光，那该有多好啊：一个和秦晓卉坐在西餐厅里吃着牛排，另一个跑回十年前拉着雪儿在大街上买冰激凌；一个端坐在写字楼的电脑前画着图纸，另一个在家里和雪儿包饺子。

找个没人的角落，他狠狠地扇了自己一个嘴巴。能够感觉到疼，思绪终于回到现实。

张大光开始思念自己出生的村子，特别是村庄之外长满向日葵的田野。向日葵开花的时候，强烈的色彩让村庄和土地有了一种生机勃勃的样子。之所以大面积种植这种植物，是因为向日葵不嫌弃土地的贫瘠，容易生长，不需要刻意挑选种子，也不特别依赖化肥和农药，而且收获之后便于储存，可以榨油可以换钱。张大光喜欢向日葵开花时节浓烈夸张的黄灿灿的色彩。这种浓烈的色彩，还有向日葵整齐划一发自肺腑的微笑，有着一种天然的感染力，哪怕只看一眼，都会让人心底暖洋洋的，会让人心里变得敞亮。

再往前望去，穿着白衬衫黑裙子的雪儿，正坐在黄灿灿的葵花深处，一脸灿烂，朝着他微笑。

第六章

游戏无处不在

31.爱，并非往事（上）

城市生活就像一个巨大的网络游戏。

现代人不光喜欢制定各种游戏规则，而且喜欢各式各样的标新立异。身处这样的氛围，工作就像一个无法停止的陀螺，总被一个无形的鞭子催赶着，抽动着，不得不一直旋转下去。

那个衣着光鲜、每天奔走于北京最高端的写字楼、挥动鞭子的人，可能是老板，可能是客户，也可能是同事，甚至是自己。没有办法，既然是一个陀螺，只能拼命地旋转。随着旋转的速度越来越快，鞭子抽打的频率也越来越高。旋转的陀螺，轨迹很漂亮，但也很疲惫。

每年的冬天，是秦晓卉最忙碌的时候。连续的出差，把人变成了机器，没有食欲，不愿意多说话，懒得想事情，把日子过成了标本。这种生活让她感到厌倦。

忙完上海的公益活动，又飞到东京，参加每年一届的东京珠宝节。

客户是公司的一个重要客户，要在东京珠宝节做一场新品发布会。这个珠宝公司的老总很有意思，穿西装留个大胡子，把自己打扮得像个艺术家。大胡子强调："这次的创意，一定要赋予产品情感价值。失去情感价值，任何东西都不是东西，不过是一块石头、一坨粪屎、一件垃圾，一文不值。"

珠宝关联着时尚，每年一届的东京珠宝节，注定是一场时尚大party。

到东京的第一天，秦晓卉从酒店里溜出来，跑进东京银座。在一家奢侈品店，一眼看上一个暖蓝色的包。这个暖蓝色的包，冷艳高傲的颜色里透着一种温暖，这种温暖让她从心底里渗出一丝感动。这种感觉，特别像很多年前张大光紧紧环抱着她身体的时候，是那种紧紧缠绕的窒息感，中间又夹杂着肆无忌惮的放松。拎起包，看着穿衣镜里面那个皮肤白皙身材高挑的美女，感觉眼前的场景之前似乎出现过。销售男孩儿西装革履，发型一丝不苟，始终面带微笑。秦晓卉回报了一个微笑，把包递了回去。

回到酒店，那个暖蓝色的包始终在她眼前晃动，这种颜色特别熟悉，母亲的梳妆台就是这种暖蓝色。上小学的时候，每天下午放学，秦晓卉都会偷偷跑到卧室，把母亲首饰盒里的首饰拿出来，一件一件地摆在暖蓝色的梳妆台上，然后一件一件地戴在自己身上。那个时候，一直盼着自己快快长大，等到嫁人的时候，一定要买一台这个颜色的梳妆台。

站在酒店的落地窗前，眺望着东京的美景，秦晓卉想家了。自从她偷偷和张大光结婚以来，父亲就一直心怀芥蒂，每次往家里打电话，母亲都是躲着父亲，跑到卧室偷偷去接听，往往电话说到半截儿，母亲就会说："你爸在客厅，先不说了，先不说了。"然后匆匆挂断电话，那感觉像做贼。

酒店房间温度有点儿低，秦晓卉打了个喷嚏，拨通母亲的电话。

"你跑哪里去了？一个多月，都没电话。"

"我在东京呢，妈，我想你了，也想我爸……"秦晓卉努力控制情绪，"在这里做个活动，等我回去了，就回家去看你们，我想吃你做的阳春面了。"挂断电话，秦晓卉躺在床上，蒙着被子大声哭了起来。

客户说："这个世界冰冷拜金，即使再值钱的珠宝，也是冰冷的。我们既要温暖，还得惊艳，还要性感。"那个大胡子李总，说起这些总是滔滔不绝，貌似自己不是一个商人。

为了这个温暖、惊艳和性感，秦晓卉忙了两个月。每天绞尽脑汁想各种办法，文案写了一个又一个，茶不思饭不想，没心思购物，也没心思逛街，要么在家里蓬头垢面，要么在办公室里发脾气。用张大光的话来说，这两个月，秦晓卉过着狼狈不堪的生活。

温暖，让秦晓卉想起母亲的梳妆台。

暖蓝色，这个颜色充斥着秦晓卉的童年。

第二天一早，秦晓卉、王立春还有大胡子李总赶到东京银座。东京珠宝节现代珠宝艺术展开幕式之后，就是秦晓卉策划的 Z 品牌新产品发布环节。

"性感""温暖""惊艳"是这次珠宝新产品发布会的关键词。

两个身着中式旗袍的美女，手托竹盘，竹盘上面是漂亮的锦盒，锦盒里装着客户参展品牌的珠宝。妖娆的灯光下，两个靓丽的女孩儿款款走到舞台中央，摆好姿势。背景大屏幕上雪花飞舞，舞台灯光高冷。音乐响起，小提琴声如丝如缕如泣如诉，在扣人心弦的旋律中，灯光变换成暖蓝色。英俊潇洒的男模特，怀抱着一束鲜花，手拉着一个清纯的女孩儿，围着舞台缓慢跑过。悠扬的音乐从舞台中央弥散，男模特把鲜花递给女模特，然后单膝跪地，从旗袍美女手里接过锦盒，拿出戒指。突然，一道黑影闪过，一个六七岁的小男孩儿跑到舞台正中央，以迅雷不及掩耳之势抢走男模特手里的戒指，然后飞快地回到观众席。

音乐停止，众人惊愕。

"妈妈，妈妈，这个戒指太漂亮了。"舞台下响起清脆的童音，"爸爸，爸爸，快，送妈妈！"一束追光打到观众席，年轻美丽的父母和小男孩儿笑容灿烂。

悠扬的小提琴声再度响起。丈夫拉着妻子的手，带着男童登上舞台。小男孩儿把戒指还给准备求婚的男模特。男模特把它戴在女孩儿手指上，继续求婚。

"哇，等我长大，一定找一个像你这么漂亮的媳妇。"男童轻轻地在感动得热泪盈眶的女模特脸颊上亲了一口。

音乐变得亢奋起来。男童的父亲，打开另一个旗袍女子手中的锦盒，拿出一条精美的珠宝项链，戴在妻子的脖子上："亲爱的，我们风雨同舟，已经走过了十年。今天,也是我们的结婚纪念日,感谢你,结婚十周年快乐!"

拉小提琴的姑娘,缓缓走过舞台,演奏一曲《奇异恩典》。

经久不息的掌声之后,大胡子李总、珠宝设计师还有模特演员们一起站在舞台中央。大胡子李总缓缓拿起话筒,对着台下的镁光灯和欢呼的人群说:"我常常思考,我们为什么活在这个世界上?"

主持人美女娇滴滴地用日语问:"那究竟是为什么呢?"

"因为爱。因为爱,不是往事;因为爱,始终温暖着我们!"

"爱,并非往事"是这场发布会的主题。

一片惊呼中,王立春拉着秦晓卉悄悄离开了会场。

32.爱,并非往事(下)

东京的确是一座时尚之都,但秦晓卉一点儿也不喜欢这个城市,只盼望着早点儿回家。

活动结束后,紫标公司的人,除了老板王立春和秦晓卉外,都直接坐大巴去成田机场回国。秦晓卉留下来,要和王立春一同参加晚上的庆功宴。

"老板,我也想在东京待两天,还没来得及购物呢,我后天和你们一起回去,行不?"王立春的助理 Maggie 娇滴滴地说。王立春没吭声,Maggie 悻悻地转身上车。

庆功宴上,秦晓卉坐在大胡子李总和王立春中间。"紫标一姐,功不可没!"大胡子李总神采飞扬,拉住秦晓卉的手举起酒杯,然后把杯中的酒一饮而尽,"美女,今天的庆功宴,其实是专门为你庆祝的。感谢你,我们 Z 品牌的产品,从来没有像今天这么风光过,爱并非往事,并非往事,厉害厉害!"

"李总,我酒量不行。"秦晓卉举起酒杯。

"秦小姐，我们公司的产品，漂亮不漂亮？"大胡子李总目不转睛地盯着秦晓卉的眼睛。

"当然。"

"喜欢不喜欢？"

"肯定，否则我不会这么卖力气。"秦晓卉抿了一口红酒。

"那就喝酒！"大胡子李总从桌上拿起一壶清酒，接过服务生送过来的杯子，一连倒满六杯清酒，倒酒的姿势也充满着艺术家的潇洒，"我知道，你们搞文化的看不起我们做珠宝的。的确，我们身上被珠宝搞得一股子铜臭气。"

王立春一脸坏笑地看着他："你这是要咋喝？"

"能想起来温暖这个词的人，应该是纯粹的。李总，我觉得你不该做商人，应该去做艺术家。"秦晓卉一脸挑衅。

"秦小姐，咱俩把这六杯酒喝掉。"

秦晓卉看看王立春。

"李总，别欺侮女孩子，我替她喝。"王立春端起酒杯，但被大胡子李总挥手制止，"王总，明年的东京珠宝节，你还想来不？"

"那当然了。"王立春放下酒杯。

"今天发布会上的两件首饰，算我的一点点心意，送给秦小姐了。明年，我的秀场，还是希望由秦小姐操刀，这酒，算作订婚酒，陪我喝了，咱就把明年的事儿定了。"说完，大胡子李总一口一杯，连喝三杯清酒，然后盯着秦晓卉。

"晓卉，你行吗？"王立春关切地看着她。

秦晓卉缓缓端起酒杯，一饮而尽，看着王立春说："这是卖身酒还是卖命酒？"

王立春尴尬地笑了笑，秦晓卉喝了第二杯酒。

"订婚？还订婚酒，你俩狼狈为奸，我看干脆结婚算了。"在两个男人的哈哈大笑中，秦晓卉端起第三杯酒，"这杯酒感谢两位老板，给我这么个出风头的机会。也感谢李总的好意，我知道，今天发布的两款珠宝首饰，都很贵重，无功不受禄，这个我不能收，但是谢谢李总的美意。"然后将第三杯酒喝掉。

"爽快，爽快，秦小姐好酒量。"大胡子李总拍手道，"这两件首饰请秦小姐一定笑纳，不值钱的，在我们眼里，都是石头。"两件珠宝首饰标价在十万块以上。这么贵重的东西说送就送，秦晓卉觉得缺少仪式感，就像随手丢给她两件地摊儿货，实在没有品位。

"李总把石头卖出天价，厉害厉害！"王立春端起酒杯。

"石头就是石头，没有你们帮忙，我这些石头卖不出去。"说罢，两个男人一起大笑。

秦晓卉讨厌这种应酬，但是生意场有生意场的游戏规则，这种游戏规则不能轻易破坏，只能装疯卖傻。

酒局结束回到房间，秦晓卉有点儿头晕。茶几上摆着一个精美的盒子，显然是一件礼物。

手机里收到一条微信信息："送你的礼物，我让服务生放你房间了。"信息是老板王立春发来的。

"有没有搞错！"打开精美的包装，秦晓卉惊呼。

盒子里是一个紫色的包，除了颜色不同外，和自己昨天看的那个暖蓝色的一模一样。

咚咚咚，有人敲门。打开房门，王立春拎着一瓶红酒挤了进来。

"你去逛商场的时候，我恰巧也在商场里，我就跟在你后面，你看了这包没买。"王立春坐在沙发上，拿起包又放下，"看得出你喜欢。等我晚上再去，那个蓝色的已经卖出去了，店员给我推荐这个紫色的。"

"你跟踪我？"

"我去看场地，只是偶遇。"

"这个太贵，明天你退掉吧。"

"李总十万块的首饰，都能送。我送个两万块钱的包，咋不收？"王立春拔开红酒的橡木塞，随手倒了两杯，递给秦晓卉一杯，"睡不着，想找你聊会儿天儿。"

接过酒杯，秦晓卉坐下来。

"感谢你，紫标一姐，祝贺你，紫标一姐。"王立春舌头僵硬。刚才酒桌上，他和大胡子李总两个人拼酒拼得很厉害。

"那个首饰我不要，拿给公司，或者留给你送女朋友吧。"秦晓卉抿了一口红酒，"你也喝得不少，赶紧回去休息吧。"

"晓卉，我今天特别高兴，今天秀场，音乐响起的那一刻，那个灯光，那个基调，不知道为啥，让我心里暖暖的。"王立春没有要走的意思，"你让我想起……让我想起了，我的初恋。"

"拉倒吧，老板。我知道你阅女无数，就你这王老五，还会惦记着初恋？"秦晓卉一脸揶揄的表情，拿起酒杯，轻轻晃动。

"你知道我为啥不让Maggie做创意总监了吗？"王立春顺势坐在地板上，紧紧盯着秦晓卉的眼睛。

"为什么？"秦晓卉拉了他一把，把他拉到沙发上。

"你还记得，刚才喝酒的时候，李总怎么说的吗？"

"明年，产品发布还让咱们公司做。当然，你肯定满意喽。"秦晓卉撇了撇嘴，"公司有钱赚，当然是好事儿。"

"他说的，是订婚酒！"王立春的眼睛，直勾勾地盯着秦晓卉。

"意思是订合同呗。"

"订完婚，就该入洞房了。"王立春继续瞪着眼睛，不紧不慢地说，"送你首饰，号称十万块，去年的珠宝节，也是这个套路。他把首饰送给Maggie，Maggie那个骚女人，爱财如命，晚上他就把Maggie睡了。首饰加合同，今年还是这个套路，只有睡了你，才会和我签明年的合同。"

"那你签了吗？"

"我把合同撕了。"

"那……"

"找女人可以，我最烦用这套。钱，不能买来一切。"王立春端起茶几上的红酒，一口喝干，舔舔嘴巴继续说，"这王八蛋，睡了 Maggie，睡了主持活动的日本娘们儿。"

"他的首饰，本来我就没想要。"

"怕他晚上来骚扰你，我和他说，你是我的女朋友，故意让他看到我进了你的房间。你是我的女人，他就不能惦记了，这是男人之间的游戏规则。"

又是游戏规则。生意场有生意场的游戏规则，男人之间有男人之间的游戏规则，秦晓卉讨厌这些游戏规则。

生意场更像一场游戏，商人的准则是利益最大化，为了利益可以不择手段，可以损人利己，可以笑里藏刀，可以杀人不见血，可以吃人不吐骨头。生意场又是一个巨大的名利场，每个人都谨小慎微、兢兢业业、如履薄冰，每个人都可能瞬间倒下，然后任由别人践踏。置身于这个世界，仿佛置身于狼群，随时可能被人拉扯、撕咬，随时可能鲜血淋漓，被后来者吃掉。在这个雄性动物主导的世界里，秦晓卉感觉，面对男人的各种惦记，自己就像误入狼群的一只羊，尤其是在生意场一通拼杀下来、已经红了眼睛的狼，在狼空虚的表达和炫耀的嗥叫中，这只羊只能躲躲闪闪，只能夹紧尾巴戴着面具四处躲避，悄无声息地偷偷寻找能够填饱肚子的一片青草。

秦晓卉厌倦了这些游戏规则。

"你不会是想泡我吧？"秦晓卉喝光了杯里的酒，"如果老板泡了女下属，这个故事可就不好收场了。"

33.庆祝晚宴

和游走于 CBD 高档写字楼之间的女孩子们一样，秦晓卉喜欢一切时尚的东西。无论是时装内衣，还是鞋子帽子、化妆品首饰、香水口红、包包。

总之，秦晓卉喜欢一切精致的东西，而且她顽固地认为，女人应该自立。自立的女人用辛辛苦苦赚来的钱换取美丽和由此带来的好心情，花枝招展地在写字楼里游走，这是一种天经地义无可挑剔的时尚风景。

大城市里有太多的诱惑，但秦晓卉觉得，任何美丽的东西，都应该与金钱无关。

繁华都市里最繁忙的 CBD，鳞次栉比的高楼大厦，这不仅仅是北京的城市景观，更是一个名利场，甚至是一个斗兽场。无数来来往往、匆匆忙忙的聪明女孩子，每天在这里飘来飘去，她们昂首挺胸进入高层电梯，透过玻璃幕墙俯瞰脚下的风景。从踏进写字楼的那一刻起，每天的战斗就打响了。

回到北京，大胡子李总送的两件珠宝首饰，还有老板王立春买的那个包，都被秦晓卉胡乱丢在办公室的柜子里。秦晓卉不是一个爱财的女人，用她自己的话说，即使在最穷困潦倒的岁月，也始终保持着视金钱如粪土的节操。

两个男人送的礼物，说不上不喜欢，但又喜欢不起来。

那两件珠宝首饰，在文案中反复出现，活动中被很多双手触摸过，还被模特佩戴过。在秦晓卉看来，那不过是一件样品，不能把它当作奢侈品，当作首饰或者珠宝，它就是一块石头、一件商品、一个样品，发布会之后就完全失去价值，只能扔在箱子底儿，这就是它的命运。

王立春送的包尽管价格不菲，但秦晓卉还是不喜欢，那个紫色过于夸张了。

人类社会进入了一个不可救药的时代，无论是珠宝首饰、服装鞋帽还是箱包手袋，都变成了炫耀品。在秦晓卉的眼里，任何产品，如果失去了人类的情感认知，那么，它只能算作一件毫无生机的商品，或者是一个没有任何价值的工业产品。两份礼物，摆在别的女孩子面前，她们可能会眼冒绿光。但在秦晓卉眼里，除了俗气之外还是俗气。

紫标公司中层例会，老板王立春拿着一本东京出版的时尚杂志，绘声绘色地向大家描述东京珠宝艺术展的情景。杂志上有 Z 品牌珠宝的广告图片，有发布现场的照片，还有大胡子李总的专访。王立春说，秦晓卉开创了紫标公司的新时代，让紫标跻身于世界一流的创意产业阵营，秦晓卉是紫标的骄傲，是中国本土时尚创意产业的骄傲。然后他捧起会议桌上的一束鲜花，递给秦晓卉："欢迎紫标一姐东瀛载誉归来，今晚公司为你接风。"

公司的庆祝晚宴，选在东三环边上的一家日式料理店。

吃饭的时候，王立春当众递给秦晓卉一个大信封："公司奖励，两万块！"王立春喜欢这种土包子式的作风。王立春曾说，奖励就得用现金，才有金钱般的质感。

"哇！"大家齐声欢呼。公司里的俊男靓女们，并不掩饰对金钱的热爱，看着王立春手里两沓钞票，每个人的眼睛都在冒火。

"老板，有没有我们的啊？"

"老板，公司这么大的喜事儿，你也给大家都发一点儿呗。"一群男同事嬉皮笑脸地跟王立春喝酒。

"下回就给你发，看你小子卖不卖力气了。"王立春喝完一杯酒，微笑着说。

"祝贺卉姐。"Maggie 笑眯眯地拍拍秦晓卉的肩膀，"向卉姐学习，卉姐以后得多带带我。"Maggie 现在是老板王立春的助理，秦晓卉来紫标之后，从她手里接下了创意总监的职位。两个人碰了碰杯，各自抿了抿杯里的酒。

喝过酒之后，Maggie 捏了捏秦晓卉的肩膀道："卉姐，我们离开日本之后，这三天，你和老板去哪里浪去了？对了，那个大胡子有没有送珠宝给你？"

"我对珠宝和有钱的男人，都没兴趣。"秦晓卉盯着 Maggie，笑眯眯地说。

"那可是高端珠宝首饰啊。"Maggie 继续笑嘻嘻地跟大家说，"Z 品牌珠宝首饰具有超凡脱俗的气质。当然，那么高贵的珠宝，必须戴在卉姐这样的美女身上，才会更显得超凡脱俗，才会更有味道。"

Maggie滔滔不绝，秦晓卉笑而不语。

餐厅里气氛热烈，老板王立春走过来。

"晓卉，Maggie，明天你俩跟我一起去见客户。"王立春冲她俩点点头，"打扮得漂漂亮亮的，人家可是做时装的。"

"有个福建商人开医院赚到了钱，觉得开医院没啥意思，要做点儿高雅的事情，注册了个法国时尚女装品牌。"王立春吐了口烟圈儿继续说，"当然，福建人注册的法国品牌，也是法国品牌，他们委托我们公司，在北京做个活动，做个秀场，还有个晚宴，邀请法国大使馆官员和加拿大蒙特利尔华商代表，还有几个女明星和网红参加，定位是一线潮牌、国际视野、时尚达人、中国特色。"

"这活儿我不接。"秦晓卉看了一眼王立春，斩钉截铁地说。

王立春说："就是个生意，不能挑三拣四。"

王立春看看秦晓卉，又看看Maggie，想说什么又咽了回去。

晚饭过后，王立春说："晓卉，我和你顺路，你搭我车，路上咱俩再理理思路。Maggie，你去结账。"站在旁边的Maggie悻悻地去买单。

"那天，真的感谢你。"秦晓卉拉开车门上了车。

"谢我送你的包，还是感谢我说的真心话？"

王立春属于那种精致的男人，头发永远梳得一丝不苟，休闲西装每天都是整整齐齐清清爽爽，说话的时候轻声细语一脸微笑。

"谢谢你，没有把我卖了。"

"哈哈，卖的话，也得卖个好价钱。"

34.长城脚下的霓裳

王立春经常说的一句话："就是个生意。"

生意是为了赚取利润，所以，生意场上我们没法儿选择，决不能挑肥拣瘦。就像打麻将，一条龙当然好，但是小屁和也不能不要，蚂蚱也是肉。当然，如果能把蚂蚱养肥，把蚂蚱养成大象，那肯定是更好的事情。

第二天，三个人在公司门口集合。王立春亲自开车，秦晓卉和Maggie坐在后排座位。

"哇！"看见秦晓卉手里拎着的包，Maggie惊呼一声，吓得王立春一脚刹车，"卉姐，你这个包太漂亮了，你这个包包是在哪里买的？"

看到秦晓卉的包，王立春更是一脸诧异："我怎么记得，你的包是紫色的呢，会变色？"秦晓卉手里暖蓝色的包，和王立春送的那个紫色的是同款。

"我这个人，有选择困难症，最怕做选择题。"秦晓卉朝着开车的王立春眨眨眼睛，"遇到真心喜欢的东西，比如有两个颜色，恰巧两个都喜欢，或者搞不清楚究竟更喜欢哪个，索性两个都买下来。"

"这个包，颜色太漂亮了。"Maggie继续惊呼。

"这个颜色不适合你。"秦晓卉拍拍Maggie手里淡粉色的包，"你适合更亮丽的颜色。"

"就是就是，Maggie，你俩是不同风格。"王立春一边开车，一边说，"你俩一起搞事儿，那才叫珠联璧合呢，所以这个法国时装活动，咱在长城脚下来搞，搞个中西合璧，名字我都想好了，就叫'长城脚下的霓裳'，怎么样？"等红灯的间隙，王立春扭过头来看着她俩："紫标出手，定是精品，你俩联袂撒开欢儿地干，客户说了，钱不是问题！"

"靠边，停车！"秦晓卉拉开车门，"早和你说过了，宁可穷死，不跟土鳖合作。"

其实，那个暖蓝色的包，还是被秦晓卉买了回来。那天回到酒店，蒙着被子大哭一场之后，秦晓卉返回到商场，找到那家卖包的店，直接刷了信用卡。

这个包折合人民币两万九千块钱。坐在回北京的飞机上，秦晓卉还在心疼。一边看着无聊的电影，一边安慰自己，大不了这个月不再去咖啡厅写方案，不再买鞋子、香水和内衣，谢绝一切可能自己买单的应酬。

回到家，打开包装袋的那一刹那，张大光的眼睛绿了。

张大光说："这个包颜色真漂亮，而且，感觉很温暖。看到这个颜色，哪怕遇到再倒霉的事情，心情也会立马好起来。"

"那当然了。差一百三千块，两千九百块买的，能不好看吗？"说价格的时候，秦晓卉故意去掉一个零。一番显摆之后，秦晓卉小心翼翼地把包包重新包好，放进柜子里。

"老婆有眼光，"张大光竖起大拇指，"三千块买的东西，绝对有三万块的质感。"

其实，这个包是什么颜色并不重要，不管它是红的黑的还是蓝的紫的。王立春送的那个，被她随手扔在办公室柜子里，并不是因为它是紫色的。那个包，如果是张大光买给自己的，那无论它是什么颜色，秦晓卉都会喜欢。哪怕就是这个紫色的，也没有关系，也会非常喜欢。

那个紫色的包，被打入冷宫。

秦晓卉也觉得，自己太过矫情了。珠宝节不重要，暖蓝色或者紫色不重要，法国品牌或者福建商人的法国品牌也不重要，中西合璧不重要，长城脚下的霓裳也不重要。

游戏无处不在，套路无处不在，一切都无所谓了。

秦晓卉努力说服自己，不再去想这些。

35.欧阳荷花老太太的游戏

该死的螳螂，利欲熏心的害虫，统统见鬼去吧。

秦晓卉愤恨不已。从婚姻关系调查事务所里出来，没有再回公司。

北京最繁华的中央商务区，不过如此。高楼林立之下的空间，所有建筑物都生硬、呆板，了无生机，大街上来来往往的汽车和行人，匆匆忙忙毫无秩序，只是一种机械般的存在。

秦晓卉斜靠在大堂柱子上，突然想抽烟。

旁边有两个金色头发的老外在抽烟，秦晓卉用英语说："能给我一支烟吗？"两个老外愣了一下，从烟盒中抽出一根烟，帮她点着。秦晓卉微笑着向老外致谢之后，又回到刚才的柱子边，吐出一口烟圈，顺势做了个深呼吸。

两个老外向她张望，看她的眼神也有点儿奇怪。秦晓卉心说，不会把自己当成不良职业者了吧。管他呢，这些垃圾老外。随手把烟蒂扔进垃圾桶。

去拜访欧阳荷花老太太，就是那个心理专家，秦晓卉是临时决定的。

"是晓卉吧。"电话刚接通，还没等秦晓卉说话，老太太张嘴就报出她的名字，"下午我没事儿，我在家等你。"

欧阳荷花老太太住在北京西边四季青桥旁边的一个高层公寓里，老太太衣着齐整，头发梳理得一丝不苟，笑眯眯地开门让她进屋。走进客厅，秦晓卉大吃一惊，超过 50 平方米的客厅里，只有一个沙发。沙发对面是一张巨大的屏幕，屏幕旁边挂着一个圆形的石英钟，除此以外屋子里再无一物。墙壁上除了开关和电源插座之外，没有照片、字画之类的任何装饰。白色的真皮沙发，宽大舒适。窗帘也是白色的，整个客厅空空荡荡，好像是宽阔的酒店大堂。

秦晓卉环顾周围，没有任何能坐下的地方。

"抱歉，姑娘，家里就我一个人，平时也没有客人。"正尴尬的时候，欧阳荷花老太太说话了，"就这一个座位，你是客人，你先坐。"

"不不不，您坐，我站着就行。"

"你先坐，给你看一个东西，我回书房处理个文章。"欧阳荷花老太太示意她坐下，按了一下手里的遥控器，然后把遥控器交给她，转身离开客厅。

沙发对面的巨型屏幕上，开始放映一个外国电影。是一部爱情片，故事情节很老套，似曾相识：

两个人在一家比萨店相遇，男主人公不小心把果汁洒在女主人公的裙子上，女孩儿莞尔一笑，说："你得赔我一条裙子。"

两个人开始了爱情追逐。后来发生了战争，男人应征入伍，两个人离别。

女孩儿说："我等你，一定活着回来。"男人随身带着女孩儿的照片，每天想念着女孩儿，战争间隙亲吻照片，女孩儿的话，成为男人活下来的动力。

战争结束，女孩儿收到男人战死的消息，悲愤交加，打车去第一次相遇的比萨店。

一路上，出租车司机给了她很多安慰。女孩儿去比萨店的时候，司机默默等着她，等她出来后又继续送她回家。

后来，女孩儿和出租车司机相爱了。

圣诞节来临，男主人公从战地医院归来，来找女孩儿的时候，恰巧遇到女孩儿和出租车司机正在车上亲热，愤怒之下，一把火烧了出租车，女孩儿和出租车司机葬身火海。

这是一个悲剧。

秦晓卉眼角湿润，欧阳荷花老太太悄无声息地回到客厅，递过一张纸巾。

"好看吗？"

"嗯，就是太残酷了。"秦晓卉起身让座。欧阳荷花老太太按住她的肩膀说："你希望这个故事，应该怎样结束呢？"

"当然是男人回来之后，女孩儿嫁给他！"秦晓卉脱口而出。

"好的，那就按你想法来。"欧阳老太太按了遥控器上面另一个键。

情节返回到战争结束。

男人手捧鲜花来找女孩儿，敲开房门，女孩儿悲喜交加，两个人拥抱热吻。

这个时候，出租车司机推门而入。

目睹此情此景，愤怒的出租车司机摔门而去。

男人问："这个人是谁？"女孩儿不知道该怎么回答。

男人的目光落在一张照片上，那是女孩儿和出租车司机的合影，两个人表情暧昧、动作亲密。男人开始狂躁，抱住女孩儿泪流满面，说他再也不愿意和女孩儿分开，两个人重新开始热恋。

生活里，始终有一双眼睛，即出租车司机阴冷的眼睛，在背后注视着他们。

后来两个人发生了争吵。

男人不断地追问女孩儿和出租车司机在一起的细节。问过之后，他愤怒地咆哮，揪自己头发，撞墙，甚至打女孩儿。

怒火中烧的出租车司机闯进来，抓起烛台狠狠地砸在男人头上。

还是一个悲剧。

"不不不，不是这样的，不要这样！"

情节返回，影片再次播放。

两个人相爱之后，没有战争的情节，他们迅速结婚，很快生了孩子。

男人出去工作，女人在家相夫教子。一家人生活得甜蜜幸福，很快，男人事业有成，成为老板的助手。老板的女儿年轻貌美，爱上了男人，男人也重新找回了激情……

"怎么会这样？"秦晓卉不解地看着欧阳荷花老太太。

"没关系，不满意剧情，还可以修改。"欧阳荷花老太太指点秦晓卉，用遥控器返回上一级菜单。"每个情节都有不同的选择，看电影的人，可以按照自己的想法，改变主人公的命运。"

坐在屏幕前，秦晓卉不断地重复返回，重新选择剧情。返回，再重新选择剧情。反反复复，最终丢下遥控器。

"怎么会这样呢？"秦晓卉双手抱头，喃喃自语，"不看了。"

"生活就是这样，每当你做出一个决定，当时的选择也许是正确的，但是，很快就会发现，这个选择其实也是错误的。"欧阳荷花老太太递给她一瓶水，"因为生活里充满错误。"

"那该怎么办，总不能让生活戛然而止吧？"秦晓卉望着欧阳荷花老太太。

"无论怎样，都得面对。"欧阳荷花老太太表情坚定，"情节不重要，表象不重要。"

"那什么才重要？"秦晓卉盯住老太太的眼睛，两个人目光相接。

"错误修正之后，还会有新的错误，"欧阳荷花老太太目光坚定，"重要的是，不能怕它，不能怕错误。不能因为生活里有错误，我们就惧怕生活。"欧阳荷花老太太拿起遥控器，影片迅速退回到开头的比萨店，男人和女孩儿相遇，两个人相爱了。之后屏幕上是一段光栅，没有任何内容的光栅，没有声音，没有画面。秦晓卉和欧阳荷花老太太两个人谁也不说话，安静地看了足足五分钟，然后快进，在持续的光栅中一直快进。

屏幕上终于出现了画面。

场景是一所医院，女孩儿成了老太太，安静地躺在病床上。床头有一束鲜花，旁边摆放着一本《圣经》。曾经年轻英俊的男人变成了老头儿，坐在病床前双手紧紧握着老太太的手。老太太面色红润，脸上洋溢着少女般的红晕，她轻声和老头儿说了一句话。老头儿从椅子上费劲地站起来，俯身过去，轻轻在老太太脸颊上吻了一下，老太太安详地闭上眼睛。

画面不断闪回。

比萨店，两个人在河边奔跑，手拉手散步，亲吻，婚礼上的牧师，两个人交换戒指，床头的鲜花，老太太幸福的笑脸。

"什么是完美？"欧阳荷花老太太看着秦晓卉，不等秦晓卉说话，继续说，"时间可以改变一切，省略掉所有中间的过程，省略掉所有的庞杂，去掉一切细枝末节，我们只知道开头，只看重结局，这就是完美。"

秦晓卉若有所思。

"懂了吗？"

"懂了。"

秦晓卉并没有告诉欧阳荷花老太太，自己来找她的目的。

"给你看的电影，其实是一个游戏。游戏的内容不重要，这些都来源于你的思维和想象，你看，"欧阳荷花老太太指着墙上的屏幕，"现在，屏幕上什么也没有，你可以理解为，刚才你什么也没有看到。那些故事、情节，不过是你头脑里的幻象。生活也是一样的，其实你看到的，不一定就是真实的。"

欧阳荷花老太太把遥控器递到秦晓卉手里："这是一个控制器，可以控制这个游戏里的所有环节，你可以任意修改任何情节，修改掉故事里面你认为错误的地方，修改任何你不满意或者不喜欢的情节。坐在这里，你可以不停地修改，修改到你满意，你认为完美为止。"

来之前，有很多问题要请教欧阳荷花老太太。现在，欧阳荷花老太太把答案给了她。

答案就是这个控制器。只要把控制器抓在手里，就能修改任何场景任何情节，就可以找到能够接受的最终结局。欧阳荷花老太太微笑着向她告别，关上防盗门。

回到公司，在座位上坐稳，回想刚才的情景。

秦晓卉觉得是自己走了神儿，头脑里出现了幻觉，或者中午瞌睡，做了一个梦。

"从上午到现在，我有没有出去过？"秦晓卉问助理。

"你刚回来，咖啡我还没给你打好呢。"助理小姑娘一脸疑惑。

36.抱抱我，好吗

女人天生敏感。

秦晓卉的第六感向来很准，但是，秦晓卉后悔了。请人调查张大光，完全是鬼迷心窍。那些照片，不过是婚姻关系调查事务所装神弄鬼的道具。一起生活好几年了，两个人彼此熟悉，不应该相互猜疑，秦晓卉特别痛恨自己。都是因为自己过于敏感，心情不好胡乱猜疑，或者是因为连日加班，判断能力出现了偏差。不应该小题大做，更不应该刨根问底，那几张照片说明不了问题。

这件事儿，到此为止。

这个世界上的职业真是千奇百怪，居然还有专门调查婚姻关系的公司。

那家婚姻关系调查事务所的人，那个长得像螳螂一样的主任大言不惭地说："想查一个人其实很简单。你在这个世界上生活，每天走路或者乘坐交通工具，都要经过各种摄像头，这些摄像头记住你的长相，记录了你去哪里；你使用的手机电话能够记录你的通话内容，短信微信更是记下各种信息；各种购物网站知道你的兴趣爱好，连你喜欢吃什么口味的冰激凌都知道；你手机里的导航地图软件，都是和GPS连在一起的，即使你不使用它，它也能清晰地记录你的行踪轨迹。这个世界从来没有隐私，没有任何秘密，每个人都在裸奔。你想知道什么，你想调查哪个人，或者你想了解任何事儿，只要你肯出足够的钱，那么都可以，都没有问题，都有人会帮你去办。就是死人，我都能从坟墓里把他刨出来，让他讲话，说出他的秘密。"

"前不久，你老公的前列腺出了问题。"螳螂眨巴着小眼睛，一本正经地说，"就是因为这次生病，在医院里，认识了一个女护士。"

调查事务所的人咬定，那个女人是一个护士。

莫名其妙。医院。前列腺。女护士。

去医院看病的时候，她一直陪着张大光，不可能被别的女人钻了空子。

不过的确有个女护士。那天站在大肚子医生旁边的护士，穿着一身淡粉色的护士服，眉清目秀，的确有点儿妩媚，她和张大光完全没有机会单独接触。秦晓卉清清楚楚地记得那个护士的长相，记得护士帽下面那双妩媚的眼睛。

识破骗局后，她拉着张大光就走。故事到此束，跟那个护士毫无瓜葛。难道还有套路？

秦晓卉纳闷儿：怎么会是一个女护士呢？简直不可思议。不可能，毫无可能性，绝不可能。

仔仔细细回忆，不放过陪张大光去医院看病那天的每一个细节。护士和张大光，两个人没有说过一句话，整个过程完全暴露在自己眼皮子底下。

本想再去一趟医院，找到那个护士，在她身上寻找突破口，解开这个疙瘩。但欧阳荷花老太太彻底断了秦晓卉的念头——根本没有必要。

这些都不重要，控制器才重要。情节可以返回去修改，情感认知可以去矫正。很多事情，也许过程并不重要，电影里女主人公去世的场景画面唯美震撼。这样的情节和结局，是秦晓卉喜欢的，这才是婚姻和爱情的最高境界，是秦晓卉热烈期盼的最美好的终结。秦晓卉甚至觉得，电影里的女主人公就是她自己。

所以，必须牢牢抓紧婚姻里真实的控制器。

在欧阳荷花老太太家里看了半天电影，那个荒谬老套而且不完整的情节，就像挠痒痒，把秦晓卉吊在了半山腰，情绪上不去也下不来。必须看一场电影，酣畅淋漓地看个爱情片，才能解决问题，否则悬着的心永远不上不下无法安宁。

"一会儿，咱俩直接万达影城见吧。"秦晓卉给张大光打电话。

"你还是早点儿回来，咱俩用电脑看吧。"

"我想去电影院。"

电影院门口，秦晓卉手里拎着大包小包，扔给张大光一件新买的羽绒服："试试看，合适不？"

张大光把羽绒服套在身上。秦晓卉说："挺合适，好看。"

"我有羽绒服，这个又得花好几百。"张大光脱下羽绒服，递给秦晓卉。

"每年都要买新衣服，生活要有新气象。"秦晓卉包起衣服，"快换季了，这个是温暖牌的。"

张大光瞄了一眼衣服上面的价签：RMB 1380 元。

"晓卉，要不先退了吧？"

"怎么，不喜欢这个款式？"

"我还有羽绒服，你看，天气还没那么冷，一时半会儿穿不着，家里也没地方放。"

"等你给我买了大房子，就有地方放了。"秦晓卉挽起张大光的胳膊，买了爆米花和饮料，两个人走进电影院。

秦晓卉边吃爆米花，边看电影，把爆米花桶往张大光这边推了推，示意两个人一起吃。张大光没有反应，还是一动不动地盯着屏幕。

"你今天怎么了？"看完电影回到家里，秦晓卉坐在床上问张大光，"看你一脸不高兴的样子。"

"没有啊。"

"给你爆米花，你也不吃。"

"不爱吃。"

"不爱吃？"

"四十块钱买一桶，在老家，能买一口袋玉米。"秦晓卉吃爆米花的时候，张大光满脑子都是秋天和父亲一起去山坳里收玉米的情景，"下次再回老家，我带你去掰玉米。"

"你是不是嫌我乱花钱了？"

"没，我少吃点儿，想让你多吃点儿。"

"从小养成的习惯，看电影就要吃爆米花。"秦晓卉看着张大光说，"我妈不让我吃爆米花，我爸就偷着给我买。他不吃，看着我吃，还跟我说，回家不要和妈妈说。"

张大光不吭声，秦晓卉也不说话，突然眼圈红了："我想我爸我妈了。"

"那咋办呢，要不回去一趟？"

"我想让你抱抱我。抱抱我，好吗？"秦晓卉抓着张大光的手说，"在北京，我只有你一个亲人。"

第七章

生活是一种混乱

37.张大光的兼职

无法想象,光鲜的城市里,还有这样一个地方,阴暗、丑陋、拥挤、凌乱、混沌不堪。一群人就像是这个城市的垃圾,被抛弃,被暂时倾倒在这里。拥挤逼仄的空间,自我折磨和相互撞击,打掉各自的棱角彼此融合之后,变得相互包容、一团和气。

时间无法用尺子丈量,拘留所里的日子,每一天都被抻长。时间被抻长之后,人的思维方式就会发生变化。如果没有秦晓卉导演的情人节游戏,张大光绝不可能到这里。

前因后果虽然可笑,但必须面对现实。

很多事情,离开当初的场景仔细回味,细节就会不断放大。当初,看起来非常合乎情理的事情,其实根本禁不起推敲。

就像秦晓卉的游戏。

就像大胖跟自己借钱。

还有雪儿的失踪。

生活的逻辑就是这样可笑,深陷其中的时候,我们竟然毫无察觉。

秦晓卉出差不在家,家变成了一个冰冷的方盒子。这种冰冷,不光来自气温的变化,更来自心底,是那种没着没落的空空荡荡。

房子方方正正,租房子的时候,两个人都看上了这套房子的规整。张大光觉得户型规整,利用率高,等于价格便宜。而在秦晓卉眼里,这种规整代表着一种姿态。房子也是有性格有态度的。规整是一种原则，是一种秩序感，是生活中应该有的逻辑。屋子被秦晓卉收拾得井井有条干净利落，无论客厅里还是卧室中，都没有任何与家庭生活无关的物品。房间的布局、沙发的摆设、窗帘的颜色、饮水机的位置、电视屏幕的高度，甚至连拖鞋牙刷应该放在哪里，秦晓卉都有严格的规定。

秦晓卉喜欢这种秩序感。

女人的思维一旦缜密起来，绝对超越男人。在居家过日子这件事上，秦晓卉更是一丝不苟，家庭生活被她过成了标准化文案。

半个多月时间很快过去，大胖再也没有出现过。

没有电话，也没有发过信息，给他打电话，手机也始终是关机。

那天，大胖拿钱之后，嘴里哼着《好一朵茉莉花》，蹦蹦跳跳地上了车，走的时候特意摇下车窗打了个响指。

那个响指，是什么意思呢，代表着胜利吗？

张大光始终想不明白，雪儿怎么就能判定这件事儿不靠谱呢，是女人的直觉，还是雪儿有更清晰的逻辑？

特别想给雪儿打电话，询问一下雪儿的处境。

几次拿起手机，调出通讯录，又放弃了拨号。

等等吧，等等看。

也许一切还能好起来，等大胖出现了，一定约大胖和雪儿一起吃个饭。

尽管雪儿说不要给她打电话，但张大光最后还是忍不住，拨了她的号码。电话里传来冷冰冰的声音：您拨打的号码已关机。

心里像是揣了一只猫，猫的四个爪子始终不闲着，在他心里挠来挠去。上班的时候，没有事情做。下班之后，屋子里空空荡荡，时间像发了霉一样。想说话，没有人和自己说话，想睡觉，睁着眼睛又睡不着。平时和自己说话最多的朋友是大胖，大胖消失得很彻底，消失得无影无踪。

雪儿没有消息，电话打不通。

只有这两个人，和自己说话最多。现在，两个人同时消失了，消失得干干净净。

闷在屋子里，张大光迫切地想找个人说话，这种想说话的感觉越来越强烈，即使是不认识的人，随便聊聊天儿也可以。好多事情憋在心里，就像一个一直在充气的气球，很快就要爆炸。

过了晚饭时间，还没有吃饭。拎起外衣，冲出家门，没有任何食欲，但是想喝酒，张大光冲向路边的一家小餐馆。餐馆门口，有一个人在抽烟，见张大光冲过来，一把薅住他的衣领："你丫咋刚来？"

这个人明显喝了酒，张大光一把甩开酒鬼的手。

"跩什么跩，老子等了你二十分钟，你放老子鸽子。"酒鬼气急败坏，又上来抓他的胳膊，嘴里骂骂咧咧。

"滚！"那人满脸酒气，嘴里呼出来的酒臭气息，让张大光怒不可遏。

"你放我鸽子，还有理了？"酒鬼冲他挥了挥拳头。

"我不认识你！"

"装什么蒜啊，老子等你半天，你丫装什么大爷啊！"酒鬼的拳头打过来，落在张大光肩膀上。

"有病啊！"张大光上去就是一拳，那人跌倒在台阶上。

"打人了，代驾打人了！"酒鬼哭喊着，嘴里还在骂骂咧咧。

不等他爬起来，张大光拉开旁边停着的一辆出租车车门："开车，走。"

司机默不作声开车出发，跑出几公里，张大光下车，结账的时候，多给了司机十块钱。司机告诉他，那醉鬼把他当酒后代驾的司机了，这种人就是欠揍。

五万块钱。张大光脑子里始终想着自己的五万块钱。大胖拿走的钱，看来真的回不来了。心里在滴血，满脑子里都是钱。钱丢了，可以再赚回来。想起雪儿跟自己说的这句话，眼前一亮。

每天晚上有大把的时间，不如也去做个代驾司机。

没心思再去吃饭或者喝酒，喝了酒人容易惹事儿，刚才那个酒鬼，实在让人恶心。

回到家里，搜索到代驾平台，注册了一个酒后代驾的账号。下班兼职做代驾，总比坐在客厅闷得发疯胡思乱想强得多。

男人是一种奇怪的生物，男人的情感方式不同于女人。认识秦晓卉，娶到秦晓卉这样的老婆，这绝对是天上掉馅儿饼的事情。雪儿的事情，变得很虚幻，就像做了一场梦。前些天到底见没见过雪儿，有没有和雪儿一起吃饭，包括那天喝了酒之后的记忆，都像是在画板上涂鸦一番，又被橡皮狠狠擦掉了。

很多年以前，雪儿仿佛是一朵雪花，悄无声息地飘来又飘走，融化在空气中，从此杳无音讯。找遍那个城市几乎所有的角落，也没有找到她丝毫的踪影。偌大的北京，居然又能相遇，面对雪儿，生活里的一切都变得扭曲，变得不再真实，记忆模糊，甚至思维错乱。

雪儿和秦晓卉是两个完全不同的女人。

有时候他又觉得，她俩根本就是一个人，是存在于不同时空的同一个女人，或者是一个女人在生活里的两种表现形式。

代驾很简单，经过简单培训，张大光正式上岗了。

张大光惊奇地发现，做代驾司机是一件很有意思的事情。每天晚上，骑着个折叠小电动自行车，在大马路上闲逛，代驾平台根据方位，发来各种代驾需求信息。接了单子，按照 GPS 找到喝了酒的客户的位置，帮人家把车子开回家，过程简单不需要动脑子。每天晚上能遇见各种各样的客户，各种各样的酒鬼醉鬼，开着各种各样的车子，不光打发了时间，赚到钱，一路上还可以跟别人聊天儿说话。喝醉了酒的人话特别多，不仅喜欢吹牛说大话，还愿意把自己的各种故事各种隐私说给别人听。每一个酒鬼都有一个故事，听他们哭听他们笑，有些故事听起来很荒唐，有些故事很精彩，等于不花钱听段子、看电影。

这些故事听多了，张大光悟出一个道理来：其实很多人活得都不快乐。

生活本身，就是一个不能让所有人都如意、每天都快乐的过程。

还有些喝醉了酒的客户很大方，出手阔绰，下车的时候又扔给他几张钞票。别人给小费，张大光不拒绝，不卑不亢地说声谢谢。

秦晓卉继续她的忙碌，加班或者出差。

每天，张大光都在忙碌中度过。忙碌之后便倒头大睡，忙碌可以使人变得健忘，忘掉一切烦恼和焦虑。但这种遗忘，其实是短暂的麻醉，并不会从根本上解决问题。第二天醒来，继续去建筑设计事务所上班，相比代驾的劳动强度，本职工作更像是休息。

清闲下来，那些烦恼又会重新聚拢。

酒后断片儿的记忆，逐渐清晰起来。双臂环绕，身体柔软，雪儿的气息扑面而来，时间仿佛静止。紫色的瓢虫，趴在雪儿眼角，艰难地爬行，一切变得空洞。

病历本上那两个张牙舞爪的字体，还有雪儿淤青的脸以及惊慌失措的眼神，始终像一团滚在一起的钉子，一根根揳进张大光的身体里，疼痛由内而外，无处不在。

代驾让生活变得忙碌，忙碌是一种麻醉剂。疼痛只是被掩盖，而无法散去。那团钉子并没有消失。钉子扎进肉里，无法拔除，越扎越深，在身体里生根发芽。疼痛的感觉在躯体中四散开来，以至于酒后代驾，都无法填补内心的空洞，无法掩盖嵌入肉体深处的疼痛。

没有任何消息，始终联系不上雪儿。拨打电话，雪儿的号码还是无法接通。会不会病情加重，或者出了什么意外呢？

收工之后，穿着代驾的马甲，跑到雪儿家门口，轻轻敲门。敲了半天，没有动静。把耳朵贴在冰冷的防盗门上，仔细听，屋子里没有任何声音。

患了绝症的雪儿，再一次消失了。

和上次一样，消失得无影无踪。除了记忆之外，没有留下丝毫的痕迹。

雪儿，你在哪里呢？

38.救命啊!

张大光头痛欲裂。大胖也跟着添乱,居然也玩起了失踪。

这么多年,张大光和大胖的关系,可以用没心没肺这个词语来形容。两个人之间没有秘密,谁有事情,对方都是招之即来。冷不丁电话打不通了,发信息也不回,这还是第一次。

骗你的,其实是你自己。也许真的像雪儿说的那样,自己把自己给骗了。

即便大胖真的是骗子,为什么不去骗别人,偏偏选择你张大光?这个世界上,生活着这么多的人,为什么总是你被人欺骗?

给父母翻盖房子的钱,就这样窝里窝囊地没了。省吃俭用,辛辛苦苦积攒下的钱,和大胖一起消失了。

傍晚下班后,张大光胡乱吃一口饭,由写字楼白领迅速变身代驾司机。毫无技术含量,简单机械的重复性劳动,把所有零碎的时间填满。

每天晚上接三四个单子,张大光赶在秦晓卉回家前,收工回到家里。

所以,秦晓卉加班或者应酬完,回到家看到的情景,都是张大光躺在沙发上玩游戏。

如果秦晓卉出差不在家,张大光会干到夜里两三点钟。回家也没啥事情做,太早了又睡不着觉,多干点儿活儿,出卖体力赚钱,用这种方式打发空虚和惩罚自己。

累得筋疲力尽,累成狗之后,不再胡思乱想。

白天上班,吃完午饭趴在工位上睡一觉。这个午觉很重要,能够让他晚上保持充足旺盛的精力。

滴。午睡被手机短信息提示音吵醒。打开手机一看:"北京市小客车指标办公室提醒您，在这一次小客车指标摇号中，您已经中签，获取了增量指标，请您尽快办理。"

张大光愣在那里，一时半会儿脑子有点儿转不过弯儿来。汽车牌照摇号中签了，这样的好事情居然落到自己头上，不会又是一场骗局吧？

手机铃声响起，在空旷的办公区，显得格外亢奋。张大光抓起手机，迅速跑到走廊接听电话。

"您好，是张先生吧？"电话里是一个女生，"我是 4S 店的，恭喜您这个月摇号中签，我们店随时恭候您的光临。"汽车 4S 店的女销售声音甜甜的。

"你怎么知道，我摇号中奖了？"张大光把中签说成了中奖。在北京摇到车牌照，的确相当于买彩票中奖。

"之前您和您太太一起来我们店里试驾过，我留着您的联系方式呢，至于怎么知道您中签了，这个电话里不便多说。但是我想通知您，您上次看的那款车，我们店里做特价，综合优惠差不多七万块。"女孩儿说摇到号中了奖，如果不买车，几个月后这个牌照指标就作废了。

听女孩儿这么说，似乎有点儿印象。秦晓卉一直想买台车，两个人逛过 4S 店，但苦于没有牌照，这件事儿只能搁置。

"要不，您来店里看看，我等着您？"女孩儿态度谦卑，轻声细语。

汽车不值钱，购车指标是花钱也买不来的稀缺资源，好运气千万别浪费了。

到 4S 店的时候，已经中午了，女孩儿说："先在店里简单吃个午餐吧。"女孩儿递给他一张午餐券和一份车型广告彩页。

张大光嘲笑自己，口袋里没钱，穷困潦倒成这个样子，居然还有勇气，迈进这家装修考究的汽车 4S 店。

"哥，咱就直接点儿说吧，年底打折，加上明年北京要执行新的排放标准了，老板说赔钱也得卖了这批车。现在咱这个车优惠差不多七万块，等于打了六五折，就这两天，过了这村就没这店了。"

"打折？"张大光自言自语。

"对，打折，打到骨折了，今年生意不好做。"女孩儿笑着说。

"你还没告诉我，咋知道我中签的呢？"张大光一脸疑惑，刚刚收到中签信息，销售电话就打了过来。

"非得知道？"女孩儿领着张大光来到餐厅，帮他打好饭，"那我就实话实说，我男朋友帮我搞来的。您也知道，我们做销售的不容易，有考核，完不成的话要扣钱，业绩不好直接滚蛋。所以，哥，您还得照顾我生意啊。"女孩儿压低嗓门儿继续说："您的资料，是我男朋友花钱从黑市买来的，我告诉您了，您还得帮我保密。"

张大光吃惊地看着她："这也能买到？"

"卷得厉害啊，有人在的地方，就有利益，就有交易。"女孩儿调皮地吐吐舌头，"多有得罪了，您还得担待着点儿。您先吃饭，我去展厅等您。"

4S店里的饭菜不错，两荤两素。吃完饭，张大光回到展厅，展厅里一台台汽车锃光瓦亮，汽车的前大灯，就像是人的眼睛，骄傲的眼神里带着一丝蔑视。没有想到，汽车也会这样狗眼看人低。

"说吧，你能给的优惠条件，直接到底，都有啥？"张大光走到一台白色的汽车旁边，抚摸着冰冷的车窗，问销售女孩儿。

"哥，只要您今天定下来，我保证给您拿到最好的政策，您看这车，特别适合嫂子开。"

"那是多少？"

"直接说吧，车价优惠七万，送您两次保养，10%的超低首付，汽车厂家提供三年无息贷款。"见张大光不说话，女孩儿咬咬牙，"我的提成不要了，为了业绩，再优惠一千，多送您一次保养，另外我去找领导签字，送一年交强险。等于6折了。哥，做销售真的不容易。"女孩儿一脸诚恳地说。

手里的几张银行卡上，零零散散能有两万多块钱。这两个月的工资没有动，每天做代驾，又攒下一些钱，加在一起付个10%的首付，应该没有问题。

"哥，刚才问了经理，特价车就这一台了。"女孩儿递过一瓶水，看着张大光犹豫不定的样子，女孩儿又说，"要不，您赶紧给嫂子打电话商量一下？颜色也是嫂子喜欢的，如果能定下来，我就给您留着了。"

"定吧。"

几张储蓄卡七凑八凑，又刷了几千块钱信用卡，交了汽车首付。张大光尴尬地告诉女孩儿，现在是自己最穷的时候。

"哥，嫂子真幸福，嫁人就得嫁您这样的。"

在女孩儿的一脸羡慕中，张大光走出 4S 店。

午后的阳光明亮刺眼。张大光心里盘算着，每个月还贷款的日子，该怎样精打细算。

裤兜里的手机震动，吓了他一跳，估计是秦晓卉问他吃过午饭没有。

掏出手机，屏幕上显示的是一个陌生号码，接起来，里面是一个粗鲁的声音："你是张大光吗？"

"嗯，是我。"听筒里就传来噼里啪啦的声音，接下来是凄惨的哭喊声："大光，是我，大光，救命，救命啊，救救我！"

"大胖！"终于分辨出来，电话里是大胖的声音。

"大光，你得救我啊，我只有你一个朋友。"

"别扯淡，你跑哪儿去了？"电话里，张大光没好气地说，"拿了钱，就没影子了，还哪里是朋友？"

"我……"大胖的声音迅速被别人粗暴地打断。

电话里的人告诉他："半小时后，在温榆河边的一个立交桥底下见面，带三万块钱过来，如果你不来，他的手指就会少两根。"然后是大胖的一声惨叫："求你了，大光，救我！"

电话直接挂断，一切都突如其来，猝不及防。

很显然，大胖被人控制了，目前处境很危险。

39. 大胖的生意经

电动自行车差点儿被张大光骑散架了。

温榆河边，立交桥底下，大胖正蹲在地上抽烟，旁边停着一辆面包车，两个肥头大耳的人看着他。见到张大光，其中的一个人对他说："我们也不想怎么样，就是你的兄弟，欠了我们点儿钱。"

"我差不多，都还清了啊。"大胖一脸委屈。

啪！旁边的人随手抽他一个耳光，上去又是一脚，把大胖踹倒在地上。

"借了钱玩失踪，我们找这小子，找了俩月，好不容易才逮住。"

另外一个人说："其实，我们也为难，老板吩咐了，必须把账收回来。"

大胖不光跟张大光借钱，还跟一家小额贷款公司借了高利贷。

这两个人告诉张大光，他们过了还款日期找不到大胖，打电话不接，人也不在原来的公司上班了，恶意逃避还款，做得太不地道。

"这钱，今天要是还不上，就得受点儿苦头了。"

"还差多少钱？"张大光问大胖。

"我记得都还清了。"大胖苦着脸。

那两个人拿出一张纸，告诉张大光这笔钱是利滚利，并不像大胖说的那样还清了，只是还了本金和部分利息。利滚利现在还差三万块钱，今天不还清的话，到了明天算上利息和违约金就是四万了。

"不可能，你们这是强盗。"大胖递了一个眼神给张大光，口气变得强硬起来，"还清了，就是还清了啊。"

"他跟我这儿借了六万块钱，我也是债主。"张大光从包里拿出购车合同，告诉两个人，"刚买了车正等着用钱呢，我找他也找了好久。"

张大光掏出烟，不紧不慢地递给他俩："谢谢两位兄弟，帮我把他逮住了，这下好了，来的路上我报了警。"然后拿出手机，通话记录的第一条就是110。

"刚才警察回电话说，马上到。"张大光看了一眼大胖，又看了看桥下的深沟。大胖领会了张大光的意思，转身滚到沟底。

"你够狠！"两个人对视一下，顾不上去拉大胖，迅速跑回面包车，发动汽车绝尘而去。

"到底咋回事儿？"张大光一脸愤怒，"你这是做的啥事儿啊？"

"兄弟，对不住了。"大胖狠狠地抽烟，"今天，得谢你。"

"到底咋回事儿？"张大光提高了嗓门儿，"我把你当兄弟，你这样对我？"

"你的钱，我一周之内还给你。"大胖把抽了一半儿的烟扔在地上，用脚狠狠踩灭。

"还吹牛，高利贷公司都追到这里了，你拿什么还？"

"我卖肾，行了吧。"大胖拍拍屁股上的土，恢复了笑嘻嘻的神态。

"你躲起来，什么意思？"张大光一把抓住大胖的衣领子。

"放开，告诉你，下周，最晚下周，我就发财了。你这点儿钱，还算钱吗？你这个穷鬼。"大胖甩开张大光的手，脸上的胖肉扭曲变形，"告诉你，骗谁，我也不会骗你这个穷鬼。瞧你那德行，这点儿钱都沉不住气，真是见了鬼。"

"借了这么多钱，你干吗去了？"

"走，哥们儿请你吃个大餐去，告诉你，哥们儿马上就发大财了！"

大胖没有食言。

三天后，他开着一台老掉牙的破捷达，出现在张大光的面前。大胖示意张大光上车，然后往身后努了努嘴，车后座位上有一个双肩包。

"打开。"

按照大胖的吩咐，张大光拉开双肩包的拉链，里面是六沓崭新的钞票。

"我只要五万。"

"你是傻还是缺心眼儿啊，说好六万，就六万。"大胖一脸不高兴，"我们是哥们儿，不能亏了你。"

"有钱你不还高利贷？"

"你不知道，有时候一分钱难倒英雄汉。"

两个人把车停在路边。大胖告诉他，那个奶粉的生意是自己编出来的，其实根本不存在，自己一开始的确骗了他，但并没有骗他钱的想法。

大胖离开建筑事务所之后，就在二手车公司打工，这期间遇见了一个朋友，这个朋友换车的频率很高，每天开的都是豪车，一台车经常开几天就来店里卖掉。有时候来店里，也会买台二手豪车开几天再送回来。大胖不知道他的名字，一直管他叫周哥。周哥说他从事金融方面的工作，经常叫他一起去吃饭，或者去KTV唱歌，给他介绍客户，一来二去就熟悉了。这个周哥出手阔绰，包里长期放着大把的现金。有一天，周哥问他："想不想发财？"大胖说："当然想，做梦都在想。"周哥笑了笑，告诉他："回去准备点儿现金，越多越好。"大胖问他："那我凭什么相信你呢？"周哥从口袋里掏出一把车钥匙递给他，然后说："外边那台奔驰大G先替我保管着。"

大胖筹了三十万块钱，包括张大光那五万，转手交给他。

从此以后，周哥的手机就打不通了。

大胖傻了眼，钱都是借的，没办法只好关了手机，开着周哥的大奔东躲西藏。

"不用跟我编故事。这个钱你能还给我，我感谢你八辈子祖宗，我只要我的五万。"

大胖说，他真的没有编。被追债的那天，他收到了周哥的短信，信息很简单：等着数钱吧。起初大胖也不相信，随手删了信息。但是昨天，银行卡上就收到了钱，有人给他转了五十万现金。昨天下午，周哥来了，开走了他的车。周哥告诉大胖，他做的金融业务，不存在违法行为，但也不是光明正大，属于边缘地带。这一次因为上面的政策飘忽不定，临时出了点儿岔子，差点儿翻了船，所以才关掉手机，不过现在没问题了。周哥临走又塞给他五万现金，说这是给他压压惊的钱。还说，想赚钱，过些天还有机会。

"那他做的啥生意，不会是贩毒吧？"张大光半信半疑。

"他说绝对合法，但是也有风险，好像叫游资啥的，就是炒股。最近行情好，说是经常有人一夜暴富。"

"是不是也有人转眼就跳楼的那种？"

大胖说："不管他，反正钱回来了，我还清了所有的欠款。"

三十万变成了三十五万，不过也没剩下多少钱，没想到高利贷公司的利息那么高。借的钱还清了，麻烦都解决了，就剩下七八万块。大胖说："担惊受怕这么多天，就落下这么点儿钱，确实有点儿不值。这事儿以后再也不干了，我还是踏踏实实卖我的二手车吧。"

"高利贷那边的麻烦，解决了吗？"张大光从六沓钱里抽出一沓，递给大胖。

"放心吧，钱能解决的问题，都不是问题。"大胖把钱推回来，"这些天被追债，我明白了一个道理，钱是王八蛋。"

大胖拉着张大光去吃饭。298元一位的海鲜自助餐，螃蟹、大虾、生蚝、扇贝堆积如山，各种白酒、啤酒、红酒饮料随便喝。两个人坐下来开始喝酒。大胖说，第一次来这里吃饭，是周哥带他来的。大胖说，自己很没出息，第一次来吃这家海鲜自助的时候，吃着吃着差点儿哭了，从小到大，从来没有吃过这么多的好东西，恨不得把整个餐厅都吃光。

大胖说，被高利贷公司抓住的时候，心里没底，欠了那么多债，觉得这下子可能完了。追债的人把他关进一个黑屋子，狠狠地打。这些人下手狠毒，但是技术好，打完基本不会留下痕迹。那天他们把他带到河边，按照手机通讯录里的号码挨个儿打电话。

"只有你来帮我。"大胖说，"从此以后，我们是生死之交的兄弟。"

张大光不说话，闷头吃海鲜。五万块钱失而复得，就像捡到一块狗头金。

"那姑娘怎么样？"大胖啃了一口螃蟹，举起酒杯。

"谁？"张大光喝酒。

"你跟我装糊涂？"大胖继续瞪着他。

"我没联系她。"张大光说，"以为你坑我，这两天，光顾心疼钱了。"

"去你的，我咋会坑你呢？"大胖继续啃他的螃蟹。

两个消失了的人，终于回来了一个，钱也回来了，心情却没能好到哪里去。如果能选择，一边是钱和大胖，一边是雪儿，哪怕是钱打了水漂儿，也宁愿雪儿出现在眼前。

"吃饱了，喝足了，什么感觉？"大胖站起来，伸了个懒腰，用胳膊碰碰张大光的肩膀。

"没想啥，还能想啥呢？"张大光像是自言自语。

"这些天，我一直在想，钱是王八蛋，钱也是个好东西。"大胖抓起酒杯，又喝了一口酒，"再也不想过那种没钱的日子了。"

"所以，你就去招摇撞骗？"

"我骗谁了？"大胖放下手里的螃蟹，"我骗你了吗？"

张大光不再说话。

40.多好的一个姑娘

北方的冬天，天气慢慢转冷，到处都是灰突突的，雾霾呛得人喘不过气来。寒冷和雾霾，还有每天的无所事事，令人内心充满沮丧。

雪儿还是没有消息。

身患绝症，又遭遇家暴准备离婚的雪儿，能去哪里，究竟又去了哪里呢？难道雪儿是故意躲避自己？

雪儿曾经叮嘱，要他和秦晓卉好好过日子。

难道这一切，都是雪儿故意安排的吗？雪儿知道自己将要不久于人世，所以特意找到北京，设计了这场巧遇，用这样的方式来和自己告别？

雪儿，你究竟在哪里？

日子越发枯燥无聊，每天下班后继续跑代驾。

4S店的销售打来电话，抱歉地说，年底贷款手续有点儿慢，可能得拖到元旦前后才能办好，着急用车的话，店里想办法先上临时牌照。

小姑娘说，为了表示歉意，她跟经理申请过，可以送一个车载吸尘器。

张大光笑笑说："晚点儿就晚点儿，不着急。"

买车的时候，想着背上了车贷，每天必须多跑几单代驾。大胖拿走的钱失而复得，心里立马不慌了。再去做代驾，也感觉不到之前的那种新奇和好玩儿了。

生活恢复了常态，大胖约他一起喝酒吃饭，他给大胖讲代驾遇到的各种趣事儿。大胖说："你真是一个少见多怪的土鳖。"

张大光讨了个没趣。

"你也喜欢赚钱了？"大胖问他。

"谁不喜欢钱，尤其是钱被你骗走的时候。"

"切，别总拿这个说事儿，那是特殊情况。骗谁的钱，也不会骗你的钱。"

大胖的话让张大光很感动，看来雪儿的判断彻底错了，生活还没有那样不堪。

"那你想不想赚钱？"

"当然想了。"新买一台车，背上三年贷款，多少有点儿压力。张大光筹划着，还是要多跑跑代驾，不能因为钱回来了或者天气冷就懈怠。银行的债每个月都要还，每天一睁眼就欠着银行钱呢，总不能伸手跟秦晓卉要吧。

"你这个人，哪里都好，就是有一个缺点。"大胖一本正经地说，"男人不应该儿女情长，儿女情长的男人没出息。你这人啊，就是太儿女情长了。男人应该顶天立地，天天想着老娘们儿的事情，实在没出息，男人就应该干出点儿惊天动地的事情，男人得有事业，得有钱，才会赢得女人的尊重。爱情是什么？爱情是扯淡。你看着是鲜花，我觉得是烂菜叶子。男人不把事业干好，不努力赚钱，女人跟着你喝西北风啊？"

"这个我知道。"

"你知道个屁，净弄那些没用的！"

"我咋了？"张大光不明白大胖的话。

"你咋了，你造的孽你不知道？"

"到底咋回事儿？"张大光一头雾水。

"咋回事儿？那天你走了，你知道后边的事儿吗？"大胖一张胖脸上，两只小眼睛瞪圆了。

"还有啥事儿？"

三个人一起吃烧烤那天，张大光去给秦晓卉送钥匙。张大光走了以后，雪儿一直喝酒，喝醉了又哭又喊。

雪儿哭喊着说："想嫁给张大光，想跟他结婚。当年一心一意想嫁给他，但把他给丢了，事情咋就搞成这个样子。你把他给我找回来。十年前我把他给丢了，这回，我不能再把他给丢了，你快去帮我把他找回来。我要嫁给他，我要跟他入洞房，我今天就要跟他入洞房，现在就要跟他入洞房。"

"多好的一个女孩儿，就这么被你给糟蹋了。"大胖满脸通红。

"这……"张大光不知道该说啥。

"多好的一个姑娘啊。"大胖喃喃自语。

那天晚上，大胖跟雪儿喝到了凌晨三点。雪儿不停地跟大胖说话，最后两个人都喝多了。

"那你不早告诉我？"

"告诉你有用吗？"大胖眼睛里充满挑衅，"你家里，有个秦晓卉等着你呢，我能给你打电话，告诉你说，你快回来，我这边有个女人，等着跟你入洞房呢？"

"第二天，你为什么不跟我说？"

"你就惦记着你那点儿钱，你问我了吗？"

两个人，谁也不再说话，默默地喝酒。

"你知道吗，这么好的姑娘，我都想娶回家。"

张大光不说话。过了很久，大胖继续说："都过去了，这事儿以后我也不提了。"两个人干了一杯酒。

"张大光，你也得成熟点儿吧。"大胖一拳打在他胸前，"什么是男人成熟的标志？就是当一个女人，哪怕再心爱的女人，离开你，离你而去的时候，你心里不再当回事儿，爱留就留，爱走就走，这才是成熟的男人。女人就像衣服，随时可以扔掉，别总磨磨唧唧儿女情长，什么哥哥妹妹啊，恩恩爱爱的，那些都是假的。女人是善变的动物，女人善于撒谎，女人喜欢编造各种故事留住男人。天天生活在女人的谎言里，在女人的情感控制下，男人就成了女人的宠物了。"

不得不佩服大胖，经历了那么多事情，眼睛里没有任何恐慌，说："虽说钱是王八蛋，但是，男人万万不能没钱，钱不光能哄女人开心，钱还可以证明男人的价值。"

也许，正如大胖所说的，自己是一个没出息的男人，是一个儿女情长的男人。

"做人要学会没心没肺、没皮没脸，要学会忘记。心里不舒服的事情，干脆忘了它，忘了它，就能一身轻松。"大胖一副没心没肺的样子，但这些话说得很有哲理。难怪找不见他的时候，张大光觉得一肚子话没处说，憋得要爆炸。

"雪儿说，让你彻底忘掉她。"

"啥时候说的？"

"喝酒的时候。"

"你能联系上她？"

大胖摇摇头。

雪儿生病的事情，想和大胖说说，想了想，又咽了回去。

找也找不到，看也看不见，摸又摸不着，那就是不存在，或者当作不存在。也许，那些情节根本就没有发生过，都是自己没事儿闷得慌，头脑里出现了幻觉。

忘掉一切，忘记从前，忘掉雪儿，忘掉所有的儿女情长，从今天起，努力赚钱。

"我想赚钱！"张大光艰难地说。

"想赚钱，为啥？"

"不为啥，就是，想赚钱。"张大光说，"我也缺钱啊。"

"跟我去卖二手车！"大胖的口吻不容置疑，"我不会坑你。"

41.秦晓卉买的新手机

快到元旦了，北京城过节的气氛越来越浓郁。

秦晓卉出差回来,兴冲冲地拖着行李箱进了家门。张大光接过行李箱，秦晓卉把另一只手里拎着的手提袋，丢在茶几上，从手提袋里掏出一个纸盒子，递给他。

"什么呀？"张大光接过纸盒子。

"最新款的水果手机。"

秦晓卉通过关系拿到两台最新款的手机，自己用一台，送给张大光一台。

"买这么贵的手机干吗，我的手机还没坏呢。"张大光知道，这款刚上市的手机价格不便宜。

"喜欢不喜欢吧？"

"喜欢，当然喜欢。"

"但是，不喜欢这个价钱，对不？"秦晓卉调皮地说。

"太贵了啊。"

"又不花你的钱。"

"谁的钱不是钱啊。"这台手机的价钱，差不多能还两个月的车贷。

"这是送给你的新年礼物。"

"能退吗？太贵了，我不要。"

"你真没情调，退不了！"

秦晓卉匆匆洗了个澡，换了一身衣服，说："晚上还有个应酬，不在家吃饭了。晚饭你自己吃吧。"

"刚回来，就又走啊？"

"你先琢磨手机，我很快就回来。"

秦晓卉出门后，张大光打开电脑浏览网页，了解到这部新手机的价格是八千多块钱，而且，刚刚上市正处在供不应求阶段，即使有钱也不一定能买到。三里屯手机专卖店门口，好多年轻人在排队，黄牛趁机加价倒卖。

他迅速在网站上发了个转让的帖子，看看谁要这个手机。

五分钟后，张大光的手机响了："你好，你这个手机是全新的吗？"

"当然，还没开封。"张大光很生气，"这款手机昨天刚发布，哪有二手的啊。"

"你想卖多少钱？"没等张大光说话，电话里的人又说，"我加五百块钱行吗？这个手机我要了。"

已经达到心理预期，但是因为生气，张大光冲着话筒吼："八百！"

"行。"电话里答应得很爽快。买家迅速加微信，转账付了定金。

半小时后，在约定地点，一个打扮时尚新潮的男孩儿，付清全款，欢天喜地地拿走了新手机。

张大光想不明白，不就是一个手机吗，卖这么贵还要排队，还得加钱，还都争着抢着买，人们怎么会疯狂成这个样子。

秦晓卉在外边吃过晚饭，回到家里，张大光告诉她，手机"退了"。

"退了？"

张大光笑嘻嘻地说："还赚了八百块钱。"

这两台手机，是秦晓卉动用了客户资源才抢到手的。没想到一顿饭的工夫，张大光就当了一回黄牛，把手机加价给卖了。

张大光说，自己不喜欢这家美国公司的产品。他觉得它们卖的不是产品，而是工业设计和品牌溢价。三里屯专卖店门口排队买手机的都是傻子，一台手机的价钱，可以买上两台50寸液晶电视机。这么贵不也还是个手机吗？手里那台旧手机，功能完好能打电话能上网能发信息，完全还能再用两年。

张大光把刚刚收到的手机款转给秦晓卉。

卖掉手机，张大光有张大光的道理。他觉得秦晓卉花钱过于大手大脚，这次不接受她的手机，以后她就不会再乱花钱给自己买东西了。

秦晓卉的鼻子都被气歪了。她指着张大光说："你这个人，简直不可理喻。"

张大光说："老婆，真的谢谢你。从现在起，我把手里拿着的旧手机，当成你送我的新手机用。"

大胖借钱的事情，没有告诉秦晓卉。

最近一段时间，秦晓卉忙得不可开交，张大光也不愿意让她分心。生活里各种乱七八糟的事情，憋在心里，有时候真想跟秦晓卉说说，但是这些事情，又怎么能跟她张得开口呢？

生活是一种混乱。或者说，张大光把自己的生活搞得乱七八糟、毫无头绪，理也理不清楚。

雪儿眉毛旁边有一小块紫色的胎记，就像一只紫色的瓢虫，常年趴在雪儿的左眼角旁边。每次想起雪儿，总是先想起这只紫色的瓢虫。

对张大光来说，雪儿已经不是初恋女友那么简单了。雪儿身患绝症。

病历本上那两个字，刺痛了他的眼睛。

张大光不愿意看那两个字，不敢直视雪儿。虽然表面上一副若无其事的样子，但雪儿原先清澈见底的目光里，充满了恐惧。张大光突然觉得，这个世界没有公平，没有正义，毫无秩序。雪儿承受各种苦难，身患绝症，又遭遇家暴，也许此刻正居无定所。所有这些都是因为自己。

生活是一种混乱，无力改变的混乱。

第八章

游戏规则

42.现实很残酷（上）

工作，本质上是为了解决穿衣吃饭的生存问题，能赚到钱就行，没有好坏之分，无所谓高低贵贱。

张大光成了一名二手车销售。

嘟嘟车的老板，曾经是一家著名 IT 企业的高管，在互联网行业叱咤风云很多年，偶然发现了二手车这片具有巨大商业价值的蓝海，决心用互联网思维帮助大家买卖二手车，于是义无反顾地辞职创业。在公司里，老板的励志故事始终激励着所有员工。大胖告诉张大光："公司很快就会启动合伙人计划，也许过不了多久，咱俩就能成为互联网二手车平台的合伙人。"

查阅各种资料，公司 A 轮 B 轮融资的消息，还有创始人激情澎湃的演讲，让张大光动心了。他没有任何内心挣扎，上午还在建筑事务所上班，下午就入职嘟嘟车。

当然，这个效率离不开大胖背后的操作。

"太草率了吧？"秦晓卉差点儿惊掉下巴，"要不要再想想，再考虑一下？"

"已经无法挽回了。"张大光说，"怕自己后悔，没留后路。"

秦晓卉的手机响了，客户有急事儿找她，顾不上再问这件事儿，便急急忙忙地出了门。

培训结束，张大光的第一单生意如约而至。

一台标价明显低于市场价格的本田雅阁被买家看上，通过网络平台约好看车的时间地点。买主是一位五十多岁的中学老师，看车地点在首都机场附近。

黑色的轿车被擦得锃光瓦亮。中学老师说："买了这车，暑假带着老伴儿和孙子，自驾去长白山。大半辈子积蓄砸在儿子的房子上，手头钱不宽裕，只能买二手车。"中学老师不太懂车，打开车门这里敲敲，那里看看。大胖在一边赔着笑脸。

中学老师问："这车不会有问题吧？"

大胖说："哪儿能呢，我们嘟嘟车平台上的汽车，经过二百八十八项严格检测，对消费者负责，有问题还可以十五天退车。"

中学老师又问："这个车，为啥价格这么便宜呢？"

旁边的卖家一语不发。大胖接过话茬儿："我们嘟嘟车平台，不在中间赚差价，所以我们平台出售的二手车都便宜。"看见中学老师面露笑容，大胖又说："我们的二手车平台针对全国客户，看见合适的车，您就要抓紧下单。互联网平台上的车源，成千上万双眼睛盯着看呢。好车不等人，上周有个客户看上一台奥迪，正要交定金，不巧老婆来个电话，接完电话，车子就被外地一个客户从网上直接下单了。"

"就差五分钟，那个客户拍大腿，最后多花两万块钱，才买到一台车况差不多的车子。"大胖说。

中学老师看看张大光说："小伙子，你帮我看看，这车，行吗？"

张大光说："我也不太懂。"

大胖瞪了他一眼，对客户说："这个车是日系的高端车，没有过户记录，公里数少价格便宜，发动机、变速箱、底盘都没有问题，车漆基本是原车漆，前后保险杠没有修复痕迹，说明没有过撞击和事故。放心吧，登录平台的时候，这个车经过我们评估师两百多项初检；签协议前，还要经过我们第三方检测平台专业检测，绝不会出现水泡车、调表车和问题车，您就放心吧。"

中学老师这里摸摸，那里瞅瞅，非常满意，交了定金。

回去的路上，张大光问大胖："你怎么这么懂车？"

"交易环节话术，你还没学习啊，对所有的客户，都这么说就行了！"

"品牌不同，车型不同，都这么说？"

"买车的人心理是一样的，都急着把看上的车子买到手，这个是相同的。我们要充分了解客户心理，满足客户的机遇感、尊崇感，摸透这个，保准你每单生意都成。"大胖拍了拍刚签过的合同。

"就这么简单？"张大光舒了一口气。

"就这么简单！"大胖吐着烟圈。

"这辆车真的不错吧，买车这个人，也挺不容易的。"

"车子好坏不重要，定金到账户才重要，"大胖把合同塞给他，"谁容易，你我容易吗？大老远跑过来，还得各种赔笑。车子好和坏，这些都不重要，交了定金，他就是一块到嘴的肥肉。"

"我觉得这辆车，也挺好的，又经过这么多道检测，应该没问题。"张大光很感激大胖，如果不是大胖出来陪他，这单生意还真搞不定。

"反正剩下的事儿，和咱俩没关系了。等你拿到这单的绩效，别忘了请我吃饭。"大胖不再说话，边吹口哨边开车。帮助客户选到心仪的车子，张大光沉浸在喜悦中，想起老板经常说的一句话："互联网改变生活。"

一切顺利，生意其实很简单。

第三天，中学老师打电话给张大光，气急败坏地吼："你们咋这样骗人啊？"

张大光一下子蒙了。

中学老师声泪俱下地说，他过完户开车直接去了4S店，本想收拾一下车子，4S店告诉他，这台车的保险记录出过三次大事故，行驶里程也不是仪表上显示的4.3万公里，而是17万公里。张大光一下子傻了，急匆匆地拉住大胖问："这是怎么回事儿？"

"什么怎么回事儿啊，车子卖出去了，关你屁事儿啊？"

"可是，那个老师被骗了啊。"

"骗啥了啊，车子他买到手了，价格也便宜。"

"可是，这个车有问题啊。"

"能跑能开，喇叭响，轮胎转，有啥问题？"

"出过大事故，公里数也不对，调表了。"

"这么点儿钱，还指望买台啥样的车？"

"公里数有问题啊。"

"二手车不能介意这么多，介意直接买新车去。"大胖看看张大光，"还有问题吗？"

"可是，这明显是一台问题车，我竟然没有看出来……"

"看出来又能怎么样？"

"你知道这是一台问题车？"

"不知道我跟你去干吗？你没看到，他打开机器盖子和后备箱的时候，我一直在跟他聊天儿吗？"

"什么意思？"

"跟他聊天儿，分散他的注意力啊。"

"这……这不是骗人吗？"张大光很气愤。

"骗谁了，二手车都这样，不是盗抢车，不是水泡车，手续没问题，还能咋？"大胖瞪着凶巴巴的小眼睛告诉他，"公司有个不成文的规定，有重大问题的车子，都派新手去，借此检验新员工处理问题的应变能力和心理素质。"

"怎么能这样？"张大光双手抱头，蹲在地上。

"咋了？"大胖不解。

"怎么能这样！"

"怎么就不能了？"大胖愤愤地踢了他一脚，"瞧你这点儿出息。"

43.现实很残酷（下）

满腔热情被一桶冷水浇灭，互联网改变生活以及一切想象中的美好，根本不存在。

刚刚入职的张大光，没承想第一次卖车就遭遇这样的打击，心里很别扭。

"现实如此，我们无力改变。有啥办法呢，很多事情不能多想，等你经历多了，看得多了就好了，一切就习以为常了。"大胖安慰他，"日子还得照常过。"

那个中学老师每天给张大光打电话。

中学老师说，买下这台车，完全出于对张大光的信任，根本没想到，这是一台问题车，不知道它经历过什么。电话里中学老师滔滔不绝，时而愤怒，时而哭诉，时而骂人，张大光不知道该怎么回应。大胖从他身边经过，一把抢过手机对着电话说："老先生，您别着急，千万别着急，您放心，我们肯定会帮助您解决问题的，嘟嘟车绝对会负责到底。您可以打我们的售后电话，把问题反映给他们，把您收集的资料都给他们，会有专业团队帮您解决问题，甚至可以退车和赔偿的。"

很明显，电话那边的人平静下来，大胖柔声细语地说："嘟嘟车是一家有社会责任心的企业，您放心，一切问题都会圆满解决的。出了这样的事情，作为销售我们很气愤，如果售后不解决您的问题，不给您退车，您就保存证据起诉打官司，毕竟我们是法治社会。我真的很生气，这不是骗人吗，这都是什么事儿啊？如果他们不给您解决，我也辞职不干了，您打官司我给您出庭作证！"

"真的？"挂断电话之后，张大光问大胖。

"你觉得呢？"大胖把手机还给他，"我们只是线下环节的销售，所有问题，公司有专业的售后部门来解决。记住，收了定金，我们的工作就结束了。你吃饱了撑的，管那么多干吗？"

"这台车，最后能退掉吗？"

"这些都不重要，你盼着他退掉？退了的话，你的绩效提成都没有了，业绩还怎么考核？公司的检测费、服务费都泡了汤，各种成本从哪里出？这么一大群人，忙活了好几天，干吗呢？别太天真了，剩下的事情跟你一点儿关系都没有。"

"那个买家，也挺可怜，咋办啊？"

"活该！"

"活该？"

"谁让他赶上了呢？这个世界从来不缺倒霉蛋，这是一个概率问题，那个倒霉蛋可能是你，也可能是我，但这次是他，没办法，赶上了！"

大胖和张大光说了一件让他差点儿惊掉下巴的事情："实话告诉你吧，那天在场的车主根本不是这台车的车主，是咱部门经理找朋友扮演的。这台二手车的原车主是一个黑出租司机，盘踞在机场附近拉黑活儿，没啥文化也上不了台面，怕黑车司机瞎说话，就没让他出场。"

这台车子是经理拉来的，背后还有啥故事，只有经理一个人知道。经理特意安排大胖暗中帮助张大光，无论如何要卖掉这台车。

"不是说，十五天能退掉吗？"

"能啊。"大胖指指墙上的广告说，"这不，都写着呢。"

"十五天之内，能退掉车？"

"能。"大胖肯定地说。

任何游戏的规则，都是由人来制定的。制定游戏规则的人，始终会把自己的利益放到第一位。动物世界的规则是弱肉强食，相对于动物来说，人类社会的规则温婉含蓄得多。但是无论动物世界还是人类社会，这个世界的本质并没有改变，无非是身处的环境由丛林变成了高楼林立的城市。日子还得一天天过。每天还要穿衣吃饭，每个月还要还贷款。无论如何，多想想那些美好的事情。张大光咬了咬牙，安慰自己。

早起的鸟儿有虫吃，大清早急急忙忙赶到公司。嘟嘟车总部门前的小广场上围满了人，还有一辆警车，不知道出了什么事情。张大光加快脚步，跑到警车旁边，两个警察正架着一个人往警车里塞。走到跟前，被警察架在中间的人朝他看了一眼，目光里带着一股寒气，张大光觉得这个一脸憔悴的人有些面熟，又想不出在哪里见过。

"真是想不开，这人真是死脑筋。"大胖冷不丁从身后递给他一支烟，"跟你买车那老头儿，想不开跑过来闹事儿，要把车烧了。"

马路牙子上，停着那台熟悉的车，张大光明白了眼前的一切。

"你不是说能退车吗？"

"是能退啊。"

"那他为什么不退，还要烧了？"

"管他干吗？"

"那也不能看着他被抓走啊。"

"进去吃几天窝头，就清醒了。"

大胖告诉张大光，公司售后其实是一个外包的呼叫中心，打电话给他们，软磨硬泡，拖也拖死你，你打电话，就陪着你聊，直到磨得你没脾气。这老头儿，估计被他们逼疯了。

"真想退车，也不是不可能。"

"那还不给人家退掉？"

"你说得容易，真想给他退，他也不会同意。"

"为啥？"

"公司养的律师、法律顾问是干吗吃的？无论怎样，公司都要保护自己的利益。真的走到那一步，还有要扣除一大笔检验费、折旧费、手续费、保险费，还有佣金。有时间你研究一下业务流程就会明白，我们提供的只是一个居间服务。所有数据是卖家车主提供的，说白了，即使造假也不是我们造出来的。我们只提供交易平台和对这台车的客观描述，这个车子最终怎么样，和公司无关。即使退掉，扣除佣金、折旧费、检测费、服务费等费用，残值剩不下多少。这些保障公司利益的条款，都隐藏在合同里，隐藏得很深。"

张大光瞬间崩溃。这个世界看上去这么美好，其实很多东西早已腐烂，腐烂之后居然还能做到表面光鲜，真是一个奇迹。

早餐没心思吃，大清早，就像吃了一只苍蝇，心里感觉怪怪的。

刚进公司，他俩就被部门经理拉进会议室。

偌大的会议室里，只有人力资源总监、部门经理、大胖和张大光。

气氛有些不对劲，估计和刚才的事情有关。

那个中学老师到处投诉，到处折腾，又惊动了警察，看来这件事情很麻烦。

44.陷阱无处不在

就像看电影，场景给人一种非常不真实的感觉。

经理轻轻咳嗽了一声，开始说话了："你们二位都是公司的优秀员工，嘟嘟车能够发展到今天，感谢大家，感谢所有员工的辛苦和努力。"

黄鼠狼给鸡拜年的感觉。

人力资源总监是一个表情刻板的老女人。"从今天起，嘟嘟车进入创业3.0时代。这是一个重大改革，按照公司创始人的说法，这是一次凤凰涅槃的裂变。我们邀请公司最优秀的员工，作为这次改革的第一梯队，和我们一起冲锋陷阵，一起实现理想和价值。"老女人语气温和、面无表情。张大光摸不着头脑，不知道她葫芦里卖的什么药。

"你们愿不愿意接受挑战？"人力资源总监目光如炬，盯着两个人，盯得张大光后背一阵阵发凉。老女人把两份文件推到张大光和大胖面前，文件标题是《嘟嘟车合伙人加盟合同》。

"恭喜二位优秀的创业者，从今天开始，你们将成为嘟嘟车创业团队的合伙人，成为互联网二手车平台的创业者。这两份合同，需要你们签个字。"经理从会议桌对面缓缓绕过来，帮大胖打开合同，翻到最后一页，页面显示的内容是备忘录。

"麻烦二位，备忘录也要签一下字。"老女人语气变得舒缓，"这是公司改革的一项内容，你们二位是第一梯队，三个月后我们公司全面实行合伙人制。"

文件是一份合伙人制的创业计划，还有两个备忘录和一份合同。大致内容是从下个月开始，自愿放弃员工身份、工资和社保，员工每两人结成一组，每个人交纳一万五千元押金和五千元信息费，经过授权成为嘟嘟车旗下的二手车经销商，共享公司的平台、商标、品牌等知识产权和所有信息资源，工作性质不变，只是身份由员工变成公司平台下的创业者。

"这是什么意思，这是什么意思！"啪的一声，大胖把签字笔摔在地上，气呼呼地站起来，"这是想抛弃我们，卸磨杀驴，赤裸裸地抛弃我们？"

部门经理按了按大胖的肩膀说："坐下，坐下，你激动个啥？"

"今天签合同的话，信息费可以减掉，押金从上个月工资和绩效里面冲抵，不足部分从未来的结算效益中扣除。二位看看还有没有意见，没有意见的话，那边我还有一个会议。"老女人缓缓站起身，看了两个人一眼，径直走出会议室。

大胖气呼呼地喘着粗气道："这叫什么事儿，这叫什么事儿！"

经理回到会议桌对面的座位上道："实不相瞒，二位老弟，不光你俩，唉，这个协议，最后我也得签。"

张大光看明白了，协议的内容就是把他俩扫地出门，而且不给一分钱赔偿。签完字，不仅仅会失去员工身份和社保，公司拖欠的工资、绩效、奖金和各种补贴，都会冠冕堂皇地泡汤了。

"这是大势所趋。二位老弟，咱得看明白形势，公司拖欠两个月工资了吧，实话实说，我的报销都拖欠半年了。如果不是公司遭遇到困难，肯定不会这样。改革是好事情，相信我，留得青山在，不愁没柴烧，即使不签，咱也拿不到钱。不如索性签了，没有钱，还有一堆资源在，大家正在磨合的客户，还是你们的，到时候和公司按比例分成，总比拿那么一点儿可怜的提成好吧。"

张大光斜眼看看大胖，大胖继续喘着粗气不说话。

"其实，咱们是弟兄，咱都是给人家打工的，我完全理解二位的心情。这个计划我也参与过几次讨论，实话实说我觉得还行，公司的长远战略肯定是没问题的，下一轮的风投也马上就要到位了。嘟嘟车是互联网思维，公司是想给大家一个宽松开放式的创业平台，绝不是要抛弃大家。"

一切都来得这么突然，一切都是这样莫名其妙。这个世界到处都是冠冕堂皇的理由，每个人说话都是慷慨激昂、大言不惭。

张大光问大胖："接下来怎么办？"

"干！"大胖狠狠地抓起签字笔，笔触充满愤怒，动作一气呵成，笔尖像一把尖刀，差点儿把合同割成两半儿。张大光头脑里迅速出现一个词语：力透纸背。

"好样儿的！"经理双手鼓掌，"有血性！"

"爱啥是啥。"大胖把手里的签字笔直接丢进垃圾桶。

"破釜沉舟，置之死地而后生。"经理眼睛里瞬间闪过一丝悲哀。

"签字，签吧，舍不得孩子套不住狼，我就不信还能把老子饿死。"大胖站起身，照着经理的肩膀来了一拳，"想算计我，咱走着瞧。"

那份协议，明摆着是签也得签，不签也得签。刚刚入职不久，就遭遇这样的事情，张大光有点儿发蒙。

接下来的场景，让张大光不得不佩服大胖做事情的缜密。签完字，大胖并没有把那份合同交给眼巴巴等着的经理。

"还有什么问题吗？"经理问。

"两个月没发工资，没钱吃饭了。"大胖说，然后看着经理，"能不能给我们先发点儿工资？"

经理叹了一口气道："实话说吧，这个你俩就别想了。"

"我把这兄弟拉进火坑，能不能把他的钱先发了？"

经理摇了摇头。

"真的？"

"没办法啊。"

"你还是再想想吧。"大胖从口袋里掏出一个录音笔，告诉经理，"今天所有谈话内容一字不漏都在这里。"

经理说："有事儿可以商量，我们毕竟是多年的兄弟了。"

大胖说："我刚来九个月。"

经理说："那我们是九个月的兄弟。"

大胖递过合同，经理伸手去接，又被大胖扯回来。

"我开着的那台破捷达车，先不能还给公司。"大胖说。

"为啥，车是公司的，得做交接啊。"经理不解地看着他，"那破车，都不值五千块钱。"

"对啊，公司欠我俩的工资和绩效，对了，现在叫押金，不止两三万块钱吧。这个破车，算我们借用公司的。"大胖斩钉截铁地说。

"那让我怎么跟公司交差啊？"经理一脸苦笑。

"那是你的事情，我们三四万块的血汗钱，押在你这里，你这么个几千块钱的破车，借给我们，放我这里也算公平吧，你说呢？"

45.创业如此简单

屋子里气氛沉闷。

经理张了张嘴巴没说话。

"我可以给你打一张收条。"大胖迅速拿起笔，在备忘录背面写上一行字："暂借公司捷达轿车一部，价值人民币五千元，嘟嘟车公司收取押金五千元（从拖欠工资中冲抵），车牌号京×××××。如遇嘟嘟车其他债务风险，该车辆所有权益（作价不得超过人民币五千元）100%转移至使用人名下，用于偿还拖欠债务。"然后，大胖看着经理说："工资变成押金，把我俩踢出去不赔偿一分钱，还说得冠冕堂皇，见过不要脸的，没见过这么不要脸的。放心，跑路的话也是你们跑路，我俩不会逃跑的。"

"我得和领导商量一下。"

"没问题，那你顺便和他说说这个，"大胖晃了晃手里的录音笔，目光里充满挑衅，"要不，咱就去人力社保局说说这件事儿？另外，被警察抓走的老头儿，买本田雅阁的那个老头儿，你知道吧？"

经理点点头。

"我这个人有个好习惯，就是啥事儿都喜欢留下来点儿痕迹。那老头儿看车的过程，我都录下来了，还有你交代我怎么卖这台车，我也录了音，老头儿和我们的所有通话也都在，你有没有兴趣听听？"

"没有必要吧。"经理像泄了气的皮球。

"这台车究竟咋回事儿，我相信你比我更清楚。"张大光死死盯着经理，"你们看着办吧！"

经理站起身，一句话不说，径直走出会议室。

大胖从口袋里掏出烟盒，抽出一根烟，叼在嘴上，又抽出一根递给张大光。张大光指指墙上的禁烟标志，大胖不理他，直接点着香烟，把打火机丢在他面前。

"你厉害，没想到你都录了音。"张大光朝他竖起了大拇指。

"嘘——"大胖又拿起打火机，给他点上烟，趴在张大光耳边说，"这你也相信？那都是我扯淡呢！"

"这也行？"

"咋个不行？"大胖很淡定。

一个小时过后，经理回到会议室，冲大胖点了点头。

两个人，开着一辆车龄十几年的破捷达，离开了公司。

"这辆车，就是咱俩的办公室了，还好，我们有五个工位。"开着车，大胖居然笑了起来。

"这么个破车，你也高兴得起来？"张大光一脸不屑。

"车子虽然破，但是，这里就是咱俩实现梦想的地方。"

"还梦想呢，饭碗都没了。"

"对不住了，兄弟，把你拉进火坑，我也没有想到啊。"大胖一脸歉意。

"说这些，还有用吗？"

"咱俩现在是一根绳上的蚂蚱，谁也跑不了。我们现在是公司合伙人，未来是咱俩自己公司的联合创始人。现在，我们有公司，还有车。"

"就这么个破车？"张大光看了看大胖，"看你平时没心没肺的，这回还真把经理镇住了。"

"那个死女人一张嘴，我就明白是咋回事儿了，所以我就琢磨着，怎么样才能利益最大化。"大胖得意扬扬道。

"利益最大化？咱俩的工资绩效差不多三万多，就开回来个不值五千块钱的破车，还是个公司户，户头是人家的。"

张大光垂头丧气，本想换个赚钱多的工作，没想到弄成这样。从下个月开始，连续三年每个月都有一笔车贷，等着他去还。

偷鸡不成蚀把米，想起这些，张大光心里像堵了一块石头。

"车不值钱。但是我们有公车了，北京牌照的公车。"大胖继续手舞足蹈。

"他们这样处心积虑算计人，没准儿很快就会找个理由，把车要回去。"张大光没精打采。

"我写了借条，但我也没说啥时候还啊。用他拖欠我们的钱，给他当了押金。而且，我们是债权人，他们想弄幺蛾子，我们就收了这车。"大胖说。

张大光说："没了工资没了社保，手里也没有进项，又到年底了，找工作也难。"

"识时务者为俊杰。"大胖按了一下喇叭，"怕啥，大不了跑网约车去。"

"他们这样赖了账，一脚把咱俩踢出去，这还有规则吗？"

"这世界本来就没有规则。"大胖说，"利益最大化，公司的规则就是最大限度保护公司利益。这叫划小核算单位，丢掉没用的包袱。"

"咱俩成了包袱，还能给他们赚钱啊？"

"咱们还在给公司赚钱。咱俩还干以前的活儿，只是他们不用再发工资，也不用给咱俩上社保了，公司的财务数据会好看。"

"太无耻了吧？"张大光愤愤不平。

"所以我们开走公司的车，人家也没说啥啊，这叫资源合理配置，这辆车也是劳动工具。"

垂头丧气地回到家里。

"签字了吗？"秦晓卉关切地问。

张大光很诧异："你咋知道的？"

"嘟嘟车发布新版战略规划，全面实施合伙人制度，今天上了热搜。"

"说得很好听。"张大光一屁股坐在沙发上，"看上去很美。"

"听起来好像还不错。"

"很多事情只是看上去很美好，表面光鲜，但是光鲜的外表之下，其实非常不堪。"

"能不能看得光明点儿？"秦晓卉说。

"本质就是这个样子。"

"但是，整天发牢骚有啥用呢。活在当下，我们还得努力去改变。"

秦晓卉说的道理没有错，但是张大光还是很懊恼。

跟大胖进入二手车公司，绝对不是一个明智的选择。现在想想，在建筑设计事务所工作的日子，幸福滋润。

这件事儿只能这样了。

张大光和大胖成为创业者。所谓互联网创业，两个人的办公室，就在这么一台破车上。

现实的处境如此，不得不向生活低头。张大光想过，要不就回原来的建筑设计事务所，跟老板认个错，应该还能回去上班。但是，实在拉不下这张脸，好马不吃回头草。

创业需要务实，既要有崇高理想，也要解决吃饭问题。大胖和张大光两个人做了个分工，汽车轮流使用，一边创业一边跑网约车，两个人轮流，一人一天，赚的钱算是俩人的工资。不跑网约车的人就在家里值班，在网络平台上寻找二手车源并联系买家卖家。这台破车很重要，成功地化解了二手车平台创业和吃饭之间的矛盾。

大胖给两个人印了名片，用捷达车的谐音，取名嘟嘟车杰达分部，两个人的名头都是联合创始人。两盒名片，赫然摆在破捷达车的仪表台上。名片成了新媒体，拉客的同时，也努力拓展二手车业务渠道。

和公司的一切业务往来，包括结算，都可以通过手机应用程序实现。

两个人变成了二手车商和网约车司机。

张大光自嘲道："终于成了创业者。这个世界挺有意思，创业原来如此简单。"

这些天的经历，像一块大石头，压在张大光心里。没有时间唉声叹气，必须努力赚钱。跳进自己挖的坑里，只能打掉门牙往肚子吞。

闲下来的时候，张大光更想雪儿了。特别想把这些天发生的事情，跟雪儿说说。

雪儿会怎么看呢？

46.珍贵礼物

这个冬天，张大光和大胖两个人忙得不可开交。忙碌有一个好处，就是可以让人忘掉一切乱七八糟的事情。

"我跟你说一件事儿。"大清早还没起床，就接到大胖的电话，"我就在你楼下。"电话里，大胖语气严肃。

穿好衣服，脸都没顾得洗，在秦晓卉错愕的目光下，张大光匆忙下楼。

那台捷达车停在小区门口，张大光上了车，大胖不说话，发动引擎开车就走。

"有人让我给你捎一句话。"大胖停下车，点着一根烟。

"你这是啥毛病啊，有话说，有屁放，到底咋了？"见大胖一脸严肃，张大光有点儿沉不住气。

"谁？"张大光感觉自己快疯了。

"你说，还能有谁呢？"

"经理？"

"不是经理，和公司没有关系。"大胖摇下车窗看着窗外，吐了一口烟圈儿。

"出啥事儿了？你到底说不说啊，你这是啥意思？"张大光用拳头狠狠敲打车窗的玻璃。

"别敲了，敲碎了还得花钱修。"大胖不紧不慢地说，"是雪儿。"

"雪儿？雪儿在哪里？"

大胖转身看着他说："昨天晚上，我俩一起吃的饭。"

"你俩？"张大光瞪大眼睛，"她为啥找你，为啥不叫上我？"

"雪儿让我给你捎一句话。"大胖一脸严肃，"而且，要一字不漏地说给你，一个字也不能说错。"

"她……说啥了？"张大光迫不及待，抓住大胖的衣领。

"雪儿说，让我跟你说——"

"说啥？"

"雪儿的原话是：'谢谢你，送给我的珍贵礼物！'"

"礼物？"张大光彻底糊涂了，"我没送她礼物啊？"

"她说，你送她的礼物，特别特别珍贵。"大胖甩掉张大光抓着衣领的手。

掏出手机，按下一串数字，雪儿的电话还是关机。

"到底咋回事儿？"张大光像一头疯牛，抓住大胖的肩膀用力摇晃，"到底咋回事儿啊，你倒是给我说清楚啊！"

"咋回事儿，我哪儿知道啊。"大胖甩掉张大光的双手，开门下车，头也不回地走了。

这些天的经历，像是做梦。做梦也没想到，居然和大胖一起创业，甚至没来得及弄清楚合伙人的真实含义，就稀里糊涂地成为公司的合伙人。

人一旦忙碌起来，生活里各种鸡毛蒜皮的事情，都会远离自己。利用二手车平台收车卖车，还有到处乱窜地跑网约车，让张大光的生活彻底改变，既充实又简单。人也变得粗糙起来，越来越接地气，没空刨根问底，没空矫情，不再自寻烦恼。用大胖的话来说，就是越来越像个车贩子，越来越像个司机。

日子一天天过去，两个人的身份在互联网二手车创业者和网约车司机之间不断切换，过一天创业者的日子，再当一天网约车司机。两个职业都算不上高大上，但是都和互联网沾边，一个是所谓的互联网科技公司合伙人，另一个是网络约车平台的司机。一个心怀梦想斗志昂扬，另一个为穿衣吃饭向生活低头妥协。两个人分工明确，配合默契，忙忙碌碌，一个月下来居然卖出三台车。仔细算一下账，每天工作时间比以前多出一倍，买卖二手车赚的钱，跑网约车加班加点换来的辛苦钱，加在一起，收入是之前工资加绩效的 1.5 倍。

算完账，大胖问张大光："假如明天再遇到一台问题车，再遇到一个中学老师那样的小白，你咋办，生意还做不做？"

"这个……缺德的事儿，我觉得，还是不做吧。"

"客户看上了车，非要买呢？"

"这个太下三烂，我们提醒他一下？这样赚钱心里不踏实。"

"公司平台给车辆资源和客户信息，公司客服安排我们对接，之后还有电话跟踪调查。公司有考核指标，找不出明显的缺陷，如果不做就属于我们违约。放走生意，我们就得赔偿公司损失。"

"那怎么办？"

"做人和做公司是两码事，这不属于个人行为。个人道德水准的高低，和公司的经营活动没有关系。利益最大化是商业的本质，不违法的事情，当然要做，你觉得呢？"

"那个老师，车没退成，还被拘留五天，据说校长很同情他，才没丢饭碗。"张大光专门去打听过这件事。

"我们不是鉴别车辆的专家。有问题他可以投诉，也可以起诉。"大胖一本正经地说，"如果因为车子的质量问题，公司被罚或者输了官司，这个就和我们没有关系了。我们只是卖车，拿到我们的利益，这就是我们和公司合作的游戏规则。"大胖吐了口烟圈儿，继续说："咱俩是一个托拉斯，我们两个是这个托拉斯的股东，我们自己公司的利益高于一切。作为合作人，作为合作者，每个人都要对公司负责，对股东负责。这个世界上的很多事情，我们管不了，只能顾眼前了，你说呢？"

张大光不再说话，从大胖手里接过捷达车钥匙。

这辆捷达，是一台十几年的老车了，经过嘟嘟车技术部门的整修收拾，全车钣金平整锃光瓦亮，发动机舱一尘不染，不得不承认二手车行业化腐朽为神奇的巨大能量。大胖说："这台十多年跑了几十万公里的车，就是一个神奇的存在，我们翻新制造的能力，可以气死大众汽车公司的德国工程师。"

大胖给张大光讲过一个关于二手车的经典案例：一位外地客户，听说北京的二手车质量好价格便宜，匆匆忙忙赶来北京。在某臭名昭著的二手车市场的一家门店，看上一台老款宝马 X5，标价二十五万，越看越喜欢。销售对他说，这台车被人预定了。外地客户死磨硬泡，最后，销售拿出这台车的手续，对他说，车卖有缘人，这样吧，你给我三千块钱红包，我就做主了，今天你先交一半儿车款，车可以开走，手续我先拿着，反正跑得了和尚跑不了庙。签完合同，销售说，明天老板来了再给你盖章。

条款里保证这台车不是事故车，金额也没有错。客户给销售三千块钱红包，通过支付宝转账十万块钱首期车款，欢天喜地开车走了。

转天在市场交易大厅，销售领着一个穿红马甲的中介，要走一千块钱代办费，拿走客户所有的证件去办过户。临近中午，红马甲把购车合同、大绿本、行驶证、临时牌照和车辆档案交给客户，告诉他都办好了。客户有点儿蒙，这台车标价二十五万，刚刚付了十万，尾款还没有结清呢。拿到车辆行驶证后，客户彻底蒙了——行驶证上赫然写着：二环汽车。

这台车和宝马毫无关系。

报了警，警察看完合同和行驶证，指着合同上的文字说："没错啊，这上面写的是二环汽车，交易金额也是十万块钱，还有双方的签字。"外地客户急了："我买的是宝马，他们骗了我。"

"你付了多少钱？"警察问。

"给了十万了。"客户说。

"十万买宝马，可能吗？"警察说，"你这个是合同纠纷，我们管不了，你们走法律程序去法院起诉吧。"

大胖说："二手车市场就是这么个杂八地，鱼龙混杂，水深着呢。比起这个，我们算是好人了。你看这个二环都能化妆成宝马，化妆术真的可以了。你想过他们为啥被骗吗？"

"为什么？"张大光问。

"有些人，天生傻，活该受骗。你不骗他，还会有别人去骗他。"

"那也不能骗人家啊。"

"水至清则无鱼。二手车市场如果不是这样，哪儿会有咱的生存空间呢？"

不知道这个故事是不是真实发生过，也许是以讹传讹，或者是大胖特意编出来给自己洗脑的，情节过于离奇，超出张大光的认知。偌大的市场里，有各种各样的监管措施，贴在墙上的口号标语，还有广播里不停的警示，而且旁边就是派出所，隔壁就有市场监督局驻场办公室，在这样的环境中，居然还会发生这种骗局。

张大光心情郁闷，出去跑网约车，干到半夜，也没有挣到多少钱。

夜色下的北京，灯火辉煌，繁华的街道霓虹灯闪烁，世贸天阶的巨型广告屏，打出一对新人的求婚广告。

手机嘀嘀响了一声，随手接了个单子。

干完这单就收工回家。工体附近一家迪厅门口，一个头戴兔耳帽身穿白色羽绒服打扮得清清爽爽的姑娘，拉开副驾驶车门上了车。女孩儿不停地打电话，不停地咯咯笑，约别人明天晚上一起去看电影。

张大光拐上三环主路。

"师傅，去通州。"女孩儿停下电话，"走京通快速路。"

"不是去南礼士路吗？"张大光问。

"临时改变行程了，先去通州，你听我的就行了。"

张大光不再说话，专心致志地开车。女孩儿继续咯咯笑着打电话，一会儿用方言，一会儿是南方口音的普通话。

到了女孩儿说的目的地，女孩儿停止打电话："师傅，和你商量一个事儿。"

"你说。"

"你看，我今天没带现金……"

"也可以刷微信。"

"信用卡这个月刷爆了。"

张大光不说话。

"你看这样行吧，我呢也挺漂亮，反正钱也不多，我让你抱一下，或者你摸一下，咱俩两清，谁也不吃亏。"

"你这人咋这样？"张大光无语。坐霸王车不给钱，这女人脸皮真厚。

"要是觉得吃亏，你跟我上楼也行。你看我这身价，一晚上都是两三千起，咱俩有缘，你给我八百就行。"

"婊子，滚！"

"婊子怎么了，婊子也是自食其力赚钱，真是的！"

"赶紧滚，再不滚我报警了。"张大光愤怒到极点。

"你报呗，拉个网约车，也这么牛。"

"滚滚滚！"这样荒唐的事情，以前听说过，当初还以为不过是段子，没想到被自己遇到了，张大光怒不可遏。

"你这人真没劲，我看你比嫖客还差劲。"

张大光气得双手发抖，没有继续跑车的心情。这一趟活儿，不仅耽搁工夫，浪费高速公路过路费和汽油钱，更让人感觉像是吃了一只苍蝇，胃里开始翻江倒海地恶心。

他把车停在路边，深吸一口气。已经是半夜，街上的汽车来来往往，空气里有浓烈的雾霾味道，还有一股尿臊味儿。

从口袋里掏出手机，拨雪儿的号码，电话还是关机。

"谢谢你，送给我的珍贵礼物！"这句话到底什么意思呢？

雪儿，你在哪里？

第九章

我是谁？

47.好大一场雪（上）

非常抱歉，这个故事，时空稍微复杂。就像我们大脑里存储的记忆碎片，经过一次又一次反反复复的读取之后，总会发现不同的细节，得出不同的结论。

秦晓卉是一个注重细节的人。

我们再一次回到情人节的晚上，月光酒店520房间。不断检索放大局部特征之后，张大光定格在一个画面上：

雪儿眉毛旁边有一小块紫色的胎记，就像一只紫色的瓢虫，常年趴在雪儿的左眼角旁边。

每次想起雪儿，总是先想起这只紫色的瓢虫。张大光曾经开玩笑说："将来有一天你想离开我，就把这只紫瓢虫给我留下来吧。"

张大光把那个重要的道具瓢虫贴纸重新贴在她的眼角的时候，秦晓卉一脸诧异，迟疑了一下，冒出了一句："那我……你告诉我，我是谁？"

"一会儿，你就知道了。"张大光回答。

空气里飘着一股荷尔蒙的气息。

北京最繁华的国贸CBD商务区，昂首挺胸、高高在上的写字楼和商业大厦，玻璃幕墙上开启了各式各样的灯光秀。五颜六色的霓虹灯拼命地渲染着节日的气氛。

马上就要过年了。越是到了年底，秦晓卉的工作愈发忙碌。

周五的中午，飘起了雪花。秦晓卉喜欢下雪，北京的冬天，每一场大雪，都会让她异常兴奋。心理健康大型公益活动接近尾声，需要给参加活动的专家每人送一份资料。

欧阳荷花老太太的那份资料，秦晓卉决定亲自送过去。

"进来吧。"

客厅的门虚掩着，欧阳荷花老太太坐在沙发上闭目养神，面部表情疲惫而且颓唐。沙发对面的地板上扔着一个靠垫儿，换鞋之后，秦晓卉很随意地坐在靠垫儿上。

"这么远跑过来，不会只为给我送资料吧？"欧阳荷花老太太睁开眼睛，一脸慈祥。

"顺便来看看您。"秦晓卉笑着说。

"我这老婆子，有啥好看的。说吧，还有啥事儿？"

"我就是想跟您聊聊天儿，有些话憋在心里，闷得慌，又没法儿和别人说。"秦晓卉调整了一下坐姿。

"我知道。"

秦晓卉开始和欧阳荷花老太太讲自己的故事。包括遇见张大光，结婚前拜见双方父母的尴尬，结婚后两个人的生活细节，还有自己的种种猜测。最后又鼓足勇气，说了婚姻关系调查事务所的事情。

"你知道，我的屋子里，为什么只有一个沙发吗？"欧阳荷花老太太端坐在客厅里唯一的沙发上，盯着靠垫儿上的秦晓卉。

"差不多能猜出来。"

"家里只有一个单人沙发，你觉得正常吗？"

秦晓卉不知道该怎么回答。

欧阳荷花老太太继续说："只有一个沙发的客厅，不像一个家庭。一个完整的家庭，应该有丈夫、妻子和孩子。"

"嗯。"

"这些还不够，"停顿了一会儿，老太太继续说，"最重要的一点，还要有爱情。"

"这个我知道。"

"你们爱过吗？"

"这个……肯定有吧？"秦晓卉捋了捋头发。

"那么我问你，第一次相遇，你有没有怦然心动的感觉？"欧阳荷花老太太紧紧盯着她的眼睛，像是在拷问她。

"这个……还真没有。在一起住了一段时间——我说的住在一起，是室友关系，不是男女关系。住久了，慢慢才有了感情。"

"你们认识多久，才真正在一起了？"

"大概一年多吧。"

"你为什么跟他结婚？"

"后来，觉得他挺好的，人也本分厚道。生活里接触不到更好的男人，就日久生情了。"

"你们两个认识的过程，算是被动地相识，被动地凑到一个屋檐下。所谓的日久生情，其实是一种对生活的妥协。因为工作繁忙，生活的压力和局限性，你们没有时间寻找爱情，没有机会遇见更好的男人和女人。在一个屋子里待久了，产生了一种精神依恋，一起搭伴儿过日子的心思。在人类情感行为中，这是对待婚姻退而求其次的态度。"

欧阳荷花老太太缓慢地从沙发上站起来，接着说："爱情是什么，不仅仅是两性吸引，还是一种特殊的精神层面的交流。性是一方面，爱是一方面，情感是一方面，空间是一方面，生存需求是另外一个方面。所以，我问你，你们爱过吗，有过那种怦然心动，爱得发疯发狂的感觉？"

秦晓卉陷入沉思。从恋爱到结婚，秦晓卉喜欢两个人紧紧拥抱，喜欢每天早晨的 morning kiss，喜欢精致的餐具、漂亮的窗帘和焕然一新的家具，喜欢每个夜晚的厮守，喜欢把客厅打理得井然有序。秦晓卉相信两个人之间有爱情，但是从来没有体验过欧阳老太太说的那种发疯发狂的爱。这种感受不光自己没有，张大光肯定也没有。

"你们的这场婚姻，是现代人对婚姻爱情焦虑绝望之后，出于生存需要产生的依恋情绪，打个不恰当的比方，类似南迁的鸟需要成群结队一样的心理。结婚以后，在你们的婚姻里，有太多的形式主义，过于追求外在形式而忽略了婚姻的真正内涵。这才是你们的婚姻出现问题的关键所在。至于你说的那个护士，出现了别的女人，不过是一种巧合，不管她是谁，只是一个偶然。有别的女人，说明婚姻中出现了问题。当然，现代人的婚姻，有着太多的问题，不光是你们。"

"我该怎么办呢？"欧阳荷花老太太的话过于令人恐惧。

"学会爱。现代人需要爱情，需要懂得爱情，需要学会爱和被爱。"

秦晓卉若有所思。

"这个沙发，我一个人坐了三十年，你知道一个人独自坐在这里的滋味吗？"欧阳荷花老太太拍拍沙发背，没等秦晓卉说话，继续说道，"你当然不知道这种感觉。最好永远也不要体验这样的感受。"

"其实一个人也挺好，我的伤疤隐藏几十年了，你休想揭开它。"欧阳荷花老太太说，然后微笑着把她轰出家门，"任何事情，都可以改变。年轻人，不要像我这样，学会去爱，生活里需要爱情。"

一场盼望已久的大雪终于来了，注定让这个周末充满激情和温馨。

"大光，下雪了，晚上咱俩在家吃火锅吧，你去买点儿菜。"

雪越下越大。迎着漫天飞舞的雪花，秦晓卉不得不撑起雨伞。无数雪花打在脸上，温暖而坚硬。千篇一律的工作，到处奔波的日子，让她感到疲惫，也让生活变得一地鸡毛。这场大雪，燃起秦晓卉对周末生活的热切期盼。

好些天没有在家吃过晚饭了。一天的忙碌之后，秦晓卉盼望着一顿热腾腾的火锅。一场婚姻，何尝不像这个火锅呢，各种蔬菜，各种情绪，各种各样的事情，一股脑儿地丢进锅里。慢慢熬，慢慢煮，煮成一团熬在一起，各种味道交织，各种矛盾，各种妥协。红的黄的绿的，白菜豆腐粉条儿，你中有我，我中有你，就像珍珠翡翠白玉汤，杂乱没有条理，才会更有味道。这也是一种道理。

雪越下越大，好大一场雪。

48.好大一场雪（下）

雪越下越大，路上行人越来越多。

周末晚高峰来临之前的这场降雪，让整个城市陷入梦境。风夹杂着雪越下越大，雪花恣意飞舞，世界一片洁白。一场大雪掩盖掉城市里的污垢和生活中的不堪，眼前的世界变得童话般美好。秦晓卉特别想早点儿回到家里，早点儿回到那个安静的小窝，在这样一个满世界都是洁白的周末，和自己的男人依偎在一起，吃着火锅唱着歌儿。在自己温暖的小巢里，像勤劳的燕子一样絮窝，把日子絮得越来越暖和，就像纷飞的雪花一样快乐。

雪地里，根本打不上车，只能乘坐公交了。

积雪越来越厚，气温下降，地面上迅速结冰。大公交车哼哼唧唧地空转车轮，停在环路坡儿上趴窝了。司机动员大家下来推车，乘客们一起撸胳膊挽袖子呼哧呼哧推车，一阵忙碌之后，公交车终于重新启动，刚开出一百米，又跑不动了。司机一脸无奈告诉大家，没办法了。雪下得太大，路面瞬间结冰，不仅这辆公交车跑不动，其他公交车也是这样，建议大家去坐地铁。

秦晓卉和大家一起下车。路上到处停着公交车和私家车，地铁站门外排满了人。这个周末，交通彻底瘫痪。脚底踩着积雪，发出嘎吱嘎吱的声音，这个声音让秦晓卉从心底里产生出一种兴奋，就像初恋时候那样的兴奋。

只能走路回家了。脚底嘎吱嘎吱的声音，令人兴奋，盼望早点儿到家。

接到秦晓卉的电话，张大光后悔，没有赶在这场大雪之前把新买的汽车交给她。

昨天4S店打电话通知他，所有手续都办好了。今天上午，张大光把新车开回了家，准备给秦晓卉一个惊喜。这么一个寒冷的日子，秦晓卉还在风雪中奔波，张大光心里充满歉意。眼看着雪越下越大，拿着新车钥匙下楼，准备开车去接她。走到汽车旁边，看着车顶厚厚的积雪，临时改变主意，骑电动自行车出门，准备去公交站接她，顺便买菜。出了小区大门，路面积雪太厚，电动自行车根本没法儿骑，张大光把它锁在路边一棵树上。

给秦晓卉打电话，秦晓卉告诉他，正徒步往家里走着呢。

顶着风雪，张大光和秦晓卉在离家两公里处会合。看看眉毛沾满雪花、头顶冒着热气的张大光，秦晓卉笑着说："老公，我走不动了。"

秦晓卉冻坏了，张大光扶着秦晓卉往回走。

菜市场早就关门了，在楼下小超市买了方便面和榨菜，张大光一脸歉意道："火锅吃不成了。"

"我要吃！"洗过热水澡之后的秦晓卉脸上恢复了红润。她拿出电磁炉，又找出一袋粉丝和半棵白菜，还有两个土豆。

"没有羊肉啊。"

"那也是火锅。"秦晓卉说，"想着羊肉的味道，吃蔬菜就行了。"

"生活需要想象的空间，需要憧憬未来，就像我们现在，还没有自己的房子，还没有自己的汽车，但是我们可以想象着，未来我们拥有一切，我们可以住在大房子里，每天开着自己家的汽车上班下班。"

没有使用秦晓卉的精致餐具，电磁炉上胡乱地放着一个平底锅，锅里冒着热气。

张大光吧唧着嘴，吃锅里的清水煮白菜："煮白菜也挺好吃的。"

"这是火锅，火锅！"秦晓卉不满地纠正他。

"咋没想起，用你那漂亮的餐具？"

"又冷又饿，没想起来。对了，有酒吗？"秦晓卉说。

"菜都没有，还要喝酒？"张大光起身，从厨房里找出半瓶黄酒，放在微波炉里加热后，倒在玻璃杯里。

"你看，多有过年的气氛啊。"电磁炉上的平底锅咕嘟咕嘟地冒着热气，秦晓卉捧起酒杯。

窗外，依然雪花飞舞，两个人对着桌子上的平底锅，吃着煮白菜。

"好吃吗？"张大光问秦晓卉。

"好吃。对了，我有一件礼物，要送给你。"秦晓卉拿出一个盒子。

张大光彻底愣住：是一部手机，和上次卖掉那部一模一样的手机。

"我又买了一部，你知道为什么吗？"

"你可真固执。"

"我觉得，你也得改变一下消费习惯。"

"我明白你的意思，对你来说，它是一种时尚的生活方式，但对我来说，它就是一部手机、一个通信工具。"这部手机，比刚上市的时候价格掉下来两千块钱。张大光自嘲道："网约车司机用这么好的手机，糟蹋了它的价值。"

秦晓卉说，最近一段时间出差比较多，每次出差都特别想家，特别想张大光，工作结束闲下来之后，第一件事儿就是想给他打电话。"我想和你，和我最亲近的人，用一样的手机。"秦晓卉看着张大光说，"每天用一样的手机打电话、发信息，这样的话，不管我在哪里都会觉得，你始终就在我身边。"

"这几回出差，你好像也没给我打电话。"张大光调侃道。

"想打，但忙完都是半夜了。"

"用啥手机，只是一个形式。"

"形式不重要吗？"

秦晓卉说："夫妻两个是最好的伙伴，生活不光是两个人一起吃饭睡觉，还要步调一致。就像用这个手机，两个人使用同一品牌、一模一样的手机，代表着价值观的认同。一个家庭里，夫妻两个具有相同的价值观，生活里有共同的兴趣、爱好，对未来有着共同的憧憬，是一件幸福的事情。每天朝着一个目标，我们一同努力，一起奋斗，这就是古人说的比翼双飞。"

张大光不说话。秦晓卉继续说："我也知道，这个贵，都是品牌溢价，不是说贵的东西就好用。这么多的人都在用这个品牌，其实是一种价值认同。身处这个时代，我们每个人不是孤立的存在，每天要面对很多人，面对很复杂的环境，面对各种各样的事情。你和别人沟通的时候，价值观相同，沟通起来就会很容易。这个手机其实是一个符号，拿着它和别人谈事情，就等于告诉别人，我们的爱好审美一致，就像说，我跟你是一伙儿的。这不是虚荣心的问题。"

"晓卉，谢谢你。"张大光端起酒杯，"这些年，你变得越来越优秀了。"

"我明白你的意思。家庭是两个人的事情，谁赚钱多谁赚钱少并不重要，重要的是两个人每天在一起，开心快乐，重要的是两个人心灵相通，彼此相互支撑。大光，我一直觉得你很优秀，真的很优秀。"

两个人喝光酒杯里的酒，吃光锅里的白菜土豆。

"可是，我总觉得，你太优秀了，我感觉有点儿惭愧。"

"我们俩，是一个人。"秦晓卉给酒杯里添上酒，"这个世界，有天和地、阴和阳，也有男人和女人，我们俩走到一起的那天，就成了一个人。"秦晓卉眼睛里充满温情。

"你说得都对，这个道理我懂。"

"大光，你知道当初我为什么要嫁给你吗？"

"为什么？"

"锁眼儿被堵那天，又冷又饿，你递给我一杯红糖水。"

秦晓卉说，那么多的委屈和屈辱，自己从来没有哭过，但是，那杯温暖的红糖水，让她哭了。秦晓卉说，从一杯温暖的红糖水里感受到了张大光的善良和体贴，那个晚上，她甚至想把自己的一切都交给张大光。当时只要他肯要，自己的一切一切，都会心甘情愿地给他。

秦晓卉说，不光那个晚上有了这个想法，未来的岁月，也愿意把自己永远交给他。

"我们重新开始。"秦晓卉说。

"我也有一件礼物。"张大光从口袋里掏出车钥匙，递给秦晓卉。

秦晓卉一声惊呼，看她惊呼的样子，张大光眼睛里闪过一丝陶醉。

一场大雪，彻底覆盖整个北京城，掩盖住城市里所有的晦暗。眼前的场景，就像童话故事中的一个桥段。

秦晓卉接过车钥匙，艰难地说："我们重新开始吧，亲爱的，我想和你再谈一次恋爱。"

49.谁没有委屈呢

城市生活总是忙碌的。

秦晓卉喜欢挑战，各种繁杂的事物以及复杂的人际关系，她处理起来都是游刃有余。

张大光不喜欢北京。在大城市里生活，每天遇到的问题都和金钱有关，每个人都很忙碌，到处折腾，都是为了钱。每个人都很功利，所有人都是利欲熏心。张大光说："不是因为热爱这座城市才来这里，只是觉得北京赚钱容易就稀里糊涂留下来了。"

"自我矛盾。"秦晓卉说，"我知道创业不容易，你是不是压力太大了？如果你需要钱，我这里有。"

张大光说，他很困惑，很不明白，越发看不懂这个城市。

有一天，张大光冷不丁问秦晓卉，什么样的人是好人，怎样做才不是坏人。秦晓卉正准备睡觉，张大光和她讲起那个女孩儿坐霸王车不给钱的事情，仔细讲了事情的经过。

"怕你多心，之前没敢跟你讲，但这事儿憋在心里堵得慌。"

秦晓卉一脸坏笑地问他："摸了没有？"

"没有。"

"那不是亏了，赔了过路费和油钱。"秦晓卉说，"你不是个生意人。"

"摸了更亏，没准儿会赔更多钱呢。"

"多好的机会啊，哈哈。"

"我又不是嫖客。"

"以后你就会适应了。"秦晓卉继续揶揄他。

"对了，她为啥说我比嫖客还差劲？"

"因为你没上套儿潜规则她，耽搁人家一个生意。"

"男盗女娼！"

"什么意思，你想骂谁？"秦晓卉狠狠瞪了张大光一眼，"还男盗女娼，如果能盗，说明你长本事了。"

秦晓卉还没说完，张大光的手机就响了，是大胖打来的。

"出事儿了。"电话里大胖情绪低沉，"我去机场送人，被抓了。"大胖说，因车子非法营运被扣，要交两万块钱罚款。

"你说咋办？"张大光问秦晓卉。

"你们的生意，问我咋办？"

"合理合法注册的网约车，却被他们说成是黑车，非法运营。"

"啥叫合理合法？"秦晓卉反问他。

一阵沉默之后，秦晓卉接着说："我们公司有个客户，十几年前承包医院门诊，专门赚癌症患者的钱，用下三烂的方式赚缺德钱，后来在全国各地开了十多家医院，疯狂砸钱在地方媒体打广告，听信广告来看病的患者，来一个宰一个，很多人弄得倾家荡产也治不好病，还会耽搁时间死人。但是，人家所有手续完备，有医院批文，有医生执业资格，人家说这是合理合法赚钱。钱赚得差不多了，关了医院，开始做电商，找个知名酒厂合作，买断了酒厂的一个商标，酒厂给他商标使用权，然后找人设计出好看的瓶子和包装，收购小酒厂的散酒灌进去，在各个网络平台销售，十块钱成本的酒，成了名酒，卖出几百块钱的价格，合理合法地做生意。"

"这不是卖假酒吗？"

"真酒，有商标授权。"

"酒是假的啊。"

"真牌子的假酒，没毛病，合理合法。"

"这也算合理合法？"

"合理合法卖假酒，卖的是真假酒。"

"真假酒？"

看着一脸气愤的张大光，秦晓卉继续说："有营业执照和各种资质，有厂家的合同、商标授权，当然算合理合法了。假酒卖成真酒，据说比开医院还暴利。"

这个商人不光赚到了钱，还是地方的纳税大户，成为当地商业联合会的会长，每次见面的时候大谈儒家的"仁义礼智信"和商业道德。这人最近又注册了一个法国时装品牌，要用卖假酒的经验，把他的法国时装卖到世界各地去。这个商人是公司的重要客户。王立春开导秦晓卉："你管他土不土鳖缺不缺德，这些都和我们没有关系。这只是一个生意，生意场上无所谓好人和坏人，只有生意场上的规则，商人追求利益最大化无可厚非。"

商人找到王立春，请紫标公司做市场推广，秦晓卉不接这个活儿。王立春说："他去卖衣服，总比卖假药卖假酒祸害人强吧。至于他是不是法国品牌，或者中国制造的法国货，这些都不重要，最多收点儿别人的智商税。很多年前，他做医院骗钱，我们跟他狼狈为奸，他卖假酒，我们也助纣为虐。现在人家做正经生意了，我们反倒不帮他，这说不通啊。"

"这个活儿，你接了？"因为前列腺的事情，张大光对开医院骗钱恨之入骨。

"你刚才说的，到处都是男盗女娼，其实就是这样。"

秦晓卉想辞职，但王立春说："即使你辞掉这个工作，你去别的公司又能怎样，天下乌鸦一般黑。"

"我就是随口一说。"车子被扣让张大光垂头丧气，"我们没有坑谁，也没骗别人，为啥处处和我们为难呢？"

"为啥，你说为啥呢？"

"我不知道，你说呢？"

"因为我们矫情。"秦晓卉说，"我们太过于把自己当回事儿了。我想辞职，结果王立春和我说，这个世界缺了谁，地球都照样转。"

"嗯，有道理。"

"我们总喜欢站在我们的立场和角度看问题，用我们的思维去要求和评判别人，总以为自己是正确的。其实，错的不是别人，错的是我们。"

"你的意思是，我可以弄虚作假，卖问题车骗人？"

秦晓卉沉默了一下，说："谁也做不到超凡脱俗，都得低头和妥协。牢骚、抱怨，解决不了问题。"

"你的意思是，我们得学会既当婊子又立牌坊？"

秦晓卉摸摸张大光的头，说："你是一个好人，彻头彻尾的好人。你应该继续做你的设计师，每天和图纸打交道。"

沉默许久之后，张大光说："我想去看看那个中学老师。"

买二手车被骗的那个老头儿，是张大光心里的一个结。

"那就去吧。"

秦晓卉陪着张大光，开车来到中学老师住的小区。停车的地方，恰巧挨着中学老师买的二手车，车身上落满灰尘。

"我包里带着钱呢。"秦晓卉拉了一下张大光的衣袖。

"不用你的钱。"张大光从口袋里掏出一个信封，递到秦晓卉手里，"这些天开网约车赚到的钱，你帮我送过去吧。"

张大光不愿意去见那个中学老师，秦晓卉理解这种心情。

中学老师住的房子是那种典型的老破小，家里拥挤脏乱。中学老师坐在沙发上，目光呆滞。

秦晓卉告诉他："这是卖车那个小伙子赔偿给你的。"说完，放下信封，转身离去。

身后，那个老教师哇地哭了起来，哭声里充满了委屈。

可是，谁没有委屈呢？

50. 春节之后就是情人节

有些事情，真是奇怪。

之前和大胖的关系，好得就像穿一条裤子。在建筑设计事务所做同事，俩人无话不说，大胖离职后，还经常一起混一起喝酒唱歌。刚来嘟嘟车打工的那段日子，更是亲密无间。被公司扫地出门开始创业之后，反倒变得客客气气，不再彼此嘻嘻哈哈了。

所以说，人真是一种奇怪的动物。或许，股东或者合伙人之间，应该保持矜持。

大胖准备回老家过年，临走前约张大光喝酒。烧烤店里，点了一桌子各种肉串儿、蔬菜加小海鲜，又要了一瓶白酒，俩人一人一半儿，开始喝酒。

气氛有点儿沉闷。张大光闷头喝酒，大胖抓起一根羊骨头，专心吃肉。

"咋了，兄弟？"

"雪儿找你，你为什么不告诉我？"张大光冲大胖举了举酒杯。

"不是跟你说了吗，她不让。"大胖继续啃骨头。

"我一直在找她，你又不是不知道。"酒精的缘故，张大光满脸通红。

"还真不知道，"大胖拿起酒杯，"你也知道，我这人粗枝大叶的。"

"我就问你一句，你是我兄弟不？"

"遇到啥事儿了，直接说吧。"大胖平静了下来。

"也没啥事儿，就是觉得你不地道。"

"我咋就不地道了？"大胖很愤怒，"我不就跟那姑娘吃了个饭吗？我也没有勾引她，她找我吃饭，我又没跟她睡觉瞎搞，你至于吗，还能咋的？"

张大光不说话，独自喝酒。

"话都没说几句，吃完她就走了。"大胖把酒杯重重地蹾在了饭桌上，"就为这点儿破事儿，多少年的哥们儿做不成了？"

"她……现在住哪儿？"

"不知道。"

"她得了癌症！"张大光瞪着眼睛，几乎在吼。

"啥？"放下筷子，大胖傻了，"咋可能，那么水灵，看着好好的。"

"你能帮我找到她吗？"

"是她给我打的电话。"

"治不好了，最多还有三年。"

"那咋办？"

"我就想陪陪她，陪她走最后一程。找不到她啊。"张大光忍不住哭了。

"都是命，咋说你呢，你就是个情种，怪不得那姑娘说，要跟你入洞房。"

"你告诉我，她说的，那个礼物，到底是啥呢？"张大光端起酒杯，再次干了杯里的酒。

"难道是……谁知道呢？"大胖不解地望着张大光，"女人，把什么看得最珍贵？"

"你帮我把她找回来，找回来啊。"

"实话告诉你吧，雪儿说了，让你好好过日子，她再也不会见你了。"大胖拍拍张大光的肩膀，"咱今天不喝了。"

"她只有三年了，其实……我想……我想娶了她。"

大胖捂住张大光的嘴巴道："不喝了，不喝了。"

"你把她给我找回来，找回来啊。"

整个晚上，两个人不知道喝了多少酒。最后，捷达车扔在马路边，俩人谁也没回家，大胖背着张大光，住进烧烤店旁边的一家酒店。

恍惚中，张大光看见酒店霓虹灯上面的名字：月光酒店。

春节前三天，忙完这一年所有的事情。

"该吃饺子了。"秦晓卉说，"我想吃饺子。"

张大光说："咱俩一起包饺子吧。"

"咱还是去成都过年吧。"秦晓卉说。

"我不去，去了的话，你的心情更不好。"张大光说，"要不回我家过年，咱俩开车回去，只待两天就回来？"

秦晓卉说："还是算了吧，你家又冷又有跳蚤，另外，串门儿的人多。"

哪儿也没去，就在北京过年。

春节的时候，北京成了一座空城，除了机场和火车站之外，哪里都是冷冷清清的。张大光去市场采买鸡鸭鱼肉，秦晓卉开始打扫卫生。张大光贴春联炖鱼炖肉，秦晓卉洗窗帘看晚会。两个人的春节忙碌而紧凑，日子过得清净又温馨。

大年初一，秦晓卉提议去逛庙会。

"没意思。"张大光说，"天寒地冻，不如在家睡觉。"

初二的时候，秦晓卉说："咱去看电影吧。"

"没意思。"张大光说，"在家看电视省钱。"

初三晚上，秦晓卉说："要不咱俩开车去长安街看看夜景？"

"天天在电视里看，长安街、天安门，你还没看烦啊？"张大光说，"费油费力气，还是省省吧。"

初四的时候，秦晓卉说："整个春节总不能都在家趴着吧。"

张大光说："这不是挺好吗？正好你能好好休息休息。"

秦晓卉说："不行，今天无论如何得出门，我快憋死了，咱俩出去吃个饭。"拉起张大光，开车出门吃海底捞。

饭店里服务员小哥殷勤地端茶倒水，擦皮鞋送零食。张大光说："吃个饭，可真累。"

秦晓卉忍不住发火："你这人咋啦，是不是跟我过够了？"

正月初五，春节假期结束，秦晓卉忙碌起来，同学聚会，朋友聚会，客户请吃饭，基本回到了放假前的生活状态。

张大光无所事事，每天睡到自然醒，然后从床上挪到沙发上，晒太阳看电视打游戏。秦晓卉出门回来，沙发上的张大光依然保持着早晨她出门时候的姿势。

"你不能出去活动活动啊。"

"懒得出去。"张大光不再说话，继续用手机玩游戏。

"生活态度能不能积极点儿？"

"谁让你哭着喊着，非要嫁给凤凰男呢？"

整个春节过得心不在焉。张大光告诉秦晓卉，正月里没人买卖二手车，捷达被大胖开回老家，也没法儿跑网约车了。

"啥事儿没有，正好休息。"

现在的张大光，和结婚之前，完全不一样。

秦晓卉清楚地记得，那一年的冬天，北京也是特别寒冷。

搬过来之后，张大光始终没有找到合适的房子，一直盘踞在秦晓卉家客厅的沙发上。马上春节了，还在为买不上火车票一脸愁容。

"你家很远吗？"秦晓卉订好机票，给父母买了烤鸭和京八件，一边收拾行李一边问他。

"不算太远，坐一晚上火车，再坐半天汽车，就到了。"

"真够折腾的。"

张大光叹了一口气，告诉秦晓卉，春节六天假期，就算运气好买上火车票，刨去往返路上折腾的时间，在家里最多能住三个晚上。

"那就别回了呗。"

"别回了？"

"在北京过个年，逛逛庙会，看看电影，清静清静不也挺好吗？"

第二天，秦晓卉递给张大光一张 A4 纸：

春节假期日程表

除夕：包饺子

初一：朝阳公园逛庙会

初二：逛街　看电影

初三：长安街　天安门看夜景

初四：八达岭爬长城

初五：暂时没想好

"啥意思？"张大光不解地问。

"假期规划啊。"秦晓卉斜着眼睛看他。

"不过挺合理的。"

"合理吧？"

"合理，谢谢啊。"

"谢我什么啊？"

"谢谢你这么贴心，帮我做规划。"

"想得美！"秦晓卉扯回那张纸，"本姑娘决定不走了，在北京过年。"

那年春节，秦晓卉没有回成都，张大光变成了秦晓卉的保镖和跟班儿。

除夕，两个人一起包饺子。秦晓卉不会包，张大光按照母亲包饺子的方式，告诉她怎么剁饺子馅儿，怎么和面怎么擀饺子皮儿，又手把手教她捏饺子。两个人忙活一下午，饺子包得大大小小、龇牙咧嘴的。

秦晓卉吐了吐舌头。张大光说："能够吃上饺子，已经不错了。"

秦晓卉问他："你说，邻居会不会以为，咱俩是两口子？"

"咱俩？"张大光看看秦晓卉，"怎么可能？"

"可以假装一下。"秦晓卉咯咯笑。

"还能假装？"张大光一脸木讷。

"不行吗？"秦晓卉挑衅地说，"不愿意的话，你可以继续买火车票。"

张大光说："那我试试吧，就当过家家。"

"啥叫过家家？"

"就是小时候做的一种游戏，假装娶媳妇。"

"哦，过家家。"秦晓卉琢磨这三个字的意思。

"有媳妇才是家，所以得假装娶媳妇，这就是过家家。"

"好吧，那就过家家。"

同一个屋檐下，一男一女过日子，居然不算过日子，是过家家。

好吧，那就过家家吧。

接下来的假期，严格按照规划的日程，两个人一起赶庙会，逛街看电影，去了天安门，还去八达岭爬了长城。

那年的春节，过得有声有色。

现在，同样是两个人过春节，无论做啥，张大光都漫不经心。秦晓卉很气愤。

不会是把两个人的日子，当作过家家了吧？

母亲常说："过日子没有马勺不碰锅边的。"意思是两口子过日子没有不吵架的。男女之间激情消退之后，剩下的就该是生活里的鸡毛蒜皮、婆婆妈妈了。

秦晓卉想起欧阳荷花老太太的话，生活里需要爱情，婚姻里需要爱情。不管遇到什么事情，生活还要延续，婚姻需要经营，缺啥补啥，这个功课一定要补上。

情人节马上到了，春节之后就是情人节。

51.我愿化作一朵玫瑰

生活中有着太多的偶然和巧合。

偶然和巧合的背后，或许是一种必然。就像秦晓卉给那家连锁酒店做的品牌推广文案，被客户枪毙之后，成为她和张大光的情人节游戏脚本。

秦晓卉为连锁酒店设计的品牌推广方案，不仅是一个创意策划，更像一个心理学治愈游戏的教程，这个游戏，就像欧阳荷花老太太的那个游戏控制器。

婚姻和家庭，对人类来说至关重要。那个可以反复修改故事情节的控制器，给了秦晓卉巨大的启发。

秦晓卉是一个骄傲的人。

"月光之夜"这个方案，适合所有的夫妻或者情侣，当然也适合自己。

秦晓卉对这个情人节文案，已经如醉如痴，每一个情节都烂熟于胸，如果把这个文案作为自己的情人节游戏，绝对是一个超越现实、无与伦比的情人节礼物。

春节之后的第一个节日，就是情人节。

月光之夜，将是一个完美之夜。秦晓卉决定，把这个礼物送给张大光。

在一个自己亲手策划、亲自导演的游戏里，居然还要自己扮演自己，这件事儿，多少有点儿尴尬，有点儿难堪。但是仔细想想，生活里尴尬难堪的事情又何止这些呢？所以，有些时候，有些事情，即使难堪，也得面对它。

情人节游戏进入倒计时，秦晓卉热烈地盼望着这一天的到来。对两个人的婚姻来说，这场游戏具有划时代意义。这场游戏，将成为婚姻生活的一个分水岭。两个人敞开心扉，从此婚姻中再无秘密。

两个人的化装舞会，你能否敞开心扉？

情人节的夜晚，我愿化作一朵玫瑰，为你美丽绽放。

游戏之后，我们将重新定义两个人的婚姻。

"也许有一天，你会把我也忘了。"

月光酒店里，秦晓卉脱去身上一本正经的职业装，扎起了长发，搂住张大光的肩膀，两个人开始喝酒。

游戏其实已经不重要，自己扮演自己，反倒觉得很难。情人节那天，做这样一场游戏，尽管之前写了脚本，做过充分的准备，但是在酒店里还是显得漏洞百出、逻辑不通，甚至有点儿可笑。

一切的一切，目的只有一个。

秦晓卉说："亲爱的，我们重新开始吧，我想和你再谈一次恋爱。"

……

月光酒店，520 房间。

游戏还在继续——

喝完酒，秦晓卉换上一身护士服，从卫生间走了出来，白色的护士服，被灯光照成了淡紫色，湿漉漉的头发，压在护士帽下面，白皙的面孔更显得性感。秦晓卉笑眯眯地看着张大光："亲爱的，今晚，我是你的，我的身体是你的，我的一切都是你的。"

那个时候，秦晓卉还不知道，雪儿和护士，根本就是一个人。

所以，当张大光把那个重要的道具——紫色瓢虫贴纸，重新贴在她眼角的时候，秦晓卉一脸诧异，迟疑了一下，冒出了一句："那我……现在是谁？"

那一刻，秦晓卉忘了自己是谁。

"你告诉我，我是谁？"

52.这是游戏的结尾吗?

张大光一直以为自己是一块坚硬的钢铁。

月光酒店里,秦晓卉紧紧抱住张大光的那一刻,这块冰冷坚硬的钢铁,如同春天里的冰疙瘩,虽然表面坚如磐石,但遇见秦晓卉的温暖,迅速瓦解融化,融化成了水。两个人久久抱着,抱在一起,不再说话。

很多时候,张大光的烦恼是没法儿和别人诉说的,尤其是不能和秦晓卉诉说。生活里的各种繁杂琐事,让他心烦意乱、疲惫不堪。很多事情似是而非,张大光不知道该走向哪个方向,希望有个人能够站出来,拯救他,给他下达清晰的指令,指明方向或者帮他做个了断。张大光承认自己是一个怯懦的人,从来都是唯唯诺诺,从来都是稀里糊涂。

这些天的疲惫,是一种从里到外的疲惫。

秦晓卉一身护士打扮出现的时候,张大光脸上的肌肉瞬间僵硬。

"亲爱的,今晚,我是你的,我的身体是你的,我的一切都是你的。"秦晓卉的话,就像一颗炸弹,在张大光的胸膛里迅速炸裂,刚刚升腾起的欲望,悬浮在半空中,上不去下不来。

不知道这是游戏里提前设定的环节,还是秦晓卉的临场发挥。

秦晓卉,你这个女人太过聪明。秦晓卉,你究竟想干什么?秦晓卉,能不能别这样残酷,给男人留一点儿最后的尊严?

很多年以前,他带着梦想来到北京,做梦一样认识了秦晓卉,和她结了婚,一切按部就班。秦晓卉就像一棵灿烂的向日葵,散发着青春的气息,又如同阳光一般每天照耀着自己,一切的一切,完美得没有任何瑕疵,甜蜜得齁人。

秦晓卉,我不想有秘密。我心底里的秘密,一点儿也不想留,想都讲给你。

秦晓卉，我想跟你说，我想把心里所有的事情，都说给你。

……

游戏环节，并没有留给张大光太多的空间。

渐入佳境之后，张大光准备在游戏中临场发挥一下，但还没等他张口，这个游戏就被强行结束了。

情人节游戏只能成为一种遗憾。

为此，张大光懊恼不堪。

拘留所的房间里，只有一个小窗户。阳光从窗户钻进来，投射在坑坑洼洼的水泥地面上。

因为窗户上面是一根根钢筋，阳光被分割成面积相等的四方块，时刻提醒着屋子里的人这间屋子的特殊属性。

阳光在屋子里转动九十度，一天的时间，差不多就过去了。

拘留所里的日子异常漫长。那扇窗户，似乎是架在生活对面的一块电影屏幕。

屏幕上，两个女人在奔跑穿梭，一会儿哭一会儿笑，就像是两片云，飘来飘去。电影放映机齿轮转动发出嘎吱嘎吱的声音。画面上两个女人在打架，后来又变成两个一模一样的张大光在打架，其中的一个指着另一个的鼻子说："张大光，你就是一个笑话，你是一个懦夫，躲来躲去，我看你能把自己躲到哪里去。"

生活没有错，错的是自己。

一会儿，画面又变成秦晓卉手捧着一本厚厚的书，秦晓卉在读上面的文字："既然如此，夫妻不再是两个人，乃是一体的了。"

午后的阳光刺眼，张大光努力睁大眼睛，回想着那天的情景。

这一切真的发生过吗？这是游戏的结尾吗？

三天后，屋子里所有的人都彼此熟悉了。九叔喜欢每天追着屋子里的阳光跑，上午的时候坐在屋子的东墙根晒太阳，下午挪到西墙根打瞌睡。

"不对啊？"晒着太阳的九叔忽然睁开眼睛，目不转睛地看着张大光，"你进来那天，是 2 月 15 日，你犯事儿那天，正好情人节啊。"

"九叔还知道情人节？"旁边的黑大个儿插嘴，引来一群人的哄笑。

"咋了，我还不能知道情人节？"九叔一脸不屑。

"情人节"三个字，从九叔嘴里蹦出来，张大光不禁打了个寒战。

"说说呗。"九叔眯起眼睛。

"你不说，那我先说。"见张大光不说话，九叔说。

"别以为情人节都是你们年轻人的事情，九叔也年轻过。比起你们，一点儿也不屁，一点儿也不逊色，只能比你们更张狂。我给你们讲讲，我跟我老婆咋认识的吧。"

原来，九叔是一个有故事的人。

那时候九叔年轻，在一家房地产公司上班，职位是办公室副主任，其实就是给老板开车。售楼处有个姑娘，九叔一直喜欢，九叔在悄悄追那姑娘。

情人节之夜，本来说好要和那姑娘一起吃饭，但老板要九叔一起参加一个饭局。说是饭局，不过是老板和他的几个狐朋狗友去喝酒，每个人还都带着一个相好儿，一桌人喝得七荤八素。

那天晚上，老板喝醉了，九叔也喝了酒。

九叔说，那时候太疯狂。

好好的情人节，被这么一群烂人给耽搁了，九叔很懊恼。

那天晚上，他就想去见那姑娘，特别想。九叔不顾自己喝了酒，偷偷溜出房间，开车去找那姑娘，结果直接撞在电线杆子上。

警察根据通信记录，找到那姑娘。

姑娘风风火火地赶到医院，看见满身是血的九叔，抱着他的头哭着说："你不能死，你如果能挺过去，我就嫁给你。"

医生说："也是奇迹，居然能救活，而且没落下毛病。"

九叔说："他们不知道啊，其实，是我舍不得死。"

"后来，她成了我老婆。"九叔拍拍张大光肩膀，"年轻人，没有过不去的火焰山。"

"完了？"张大光问九叔。

"完了。"九叔说，"从此我落她手里了，天天受她气。你还想哪样？"

"你……后悔过吗？"张大光看着九叔。

"这世界上没有卖后悔药的，无所谓后不后悔吧。"九叔叹了一口气，看着他说，"你们想得太多，想太多了，才会把事情弄得这么复杂。"

九叔说："没劲，别打扰我，我要睡觉了。"

"想多了，才会把事情弄得这么复杂？"

"吃饱了撑的呗。算个啥啊，多简单的小屁事儿，你们还要闹哪出？"

"就是，就是。"旁边的人一起撇嘴附和。

"有时候，爱情纯属扯淡。"九叔眯起眼睛，表情奇怪。

阳光照在头顶，场景很魔幻。拘留所里，一群人热烈地讨论着关于情人节和爱情的话题。

"你小子，肯定是有故事的人。"

九叔说："走出这间屋子，新的故事才能才开始。"

情人节晚上，想说出秘密的那一刻，张大光放弃了再去寻找雪儿的念头。

但是，雪儿说的，那个珍贵的礼物究竟是什么呢？

头脑里，细节被不断放大。

这只是一个游戏！(尾声)

喧嚣之后，一切归于平静。

为什么要做这样一个游戏呢？

秦晓卉问自己。

三天后的下午，咖啡厅里。音乐仿佛从很遥远的地方传过来，空洞而吵闹。

桌上的咖啡凉透了，杯子上面精致的心形裱花图案，变得越来越模糊散乱。秦晓卉坐在咖啡厅角落里，整整一个下午，大脑里始终想着一个问题：怎么会是这样？

经历了那个吵闹的夜晚，生活一下子变得宁静起来，甚至宁静得超过这些年所有宁静的总和。

终于实现了时间自由。坐在咖啡厅角落里无所事事地冥想，听咖啡厅里断断续续的音乐，时间和空间变得虚无缥缈，就像一块柔软的毛巾，被一双粗糙的大手拧来拧去，一会儿变得瘦长，一会儿又扭曲成混乱猥琐的形状。一切的一切，都变得遥远而模糊，像酒后的断片儿，又仿佛悬挂在屋顶的一幅油画，经历漫长岁月涤荡，被偶然经过的飞鸟撞了一下，油彩一片一片剥落，在空中飘浮，混乱无声地飞舞，然后一片一片地砸在自己脚上，甚至有疼痛的感觉，秦晓卉下意识地缩回双脚。

墙壁上挂着一幅油画，那是一个胖胖的中世纪女人的肖像。秦晓卉盯着画像里女人的眼睛，那女人也在目不转睛地看着她，似笑非笑，目光里充满了不屑和挑衅。

为什么非得做这个游戏呢？秦晓卉问自己。

忽然之间，油画里的胖女人努努嘴，微笑着对她说："秦晓卉，你就是一个笑话，你把一切都搞砸了！"

油画上的女人，变成了欧阳荷花老太太。不知道欧阳荷花老太太是什么时候出现的。

欧阳荷花老太太像一只猫一样悄无声息地坐在咖啡桌对面的位子上，笑眯眯却又一脸严肃地看着她。

秦晓卉瞪大眼睛，盯着欧阳荷花老太太。

也许，眼前的情景，只不过是一种幻觉——写文案走火入魔，分不清楚现实和想象活动的时空边际了。生活里欧阳荷花老太太或许从来没有出现过——这个心理学专家，或许仅仅存在于想象中。所谓创意工作，思维活动信马由缰，为了自圆其说找到个理论依据，虚构幻化出这个人物。这就是走火入魔的结果。

咖啡厅里，整整一个下午，两个人默默地坐着。欧阳荷花老太太的目光变得严厉起来。

"游戏就是生活，生活就是游戏。"欧阳荷花老太太喝了一口杯里的柠檬水，接着说，"但是，游戏不是生活，生活也不是游戏。"

欧阳荷花老太太的话，过于深奥，秦晓卉摇摇头，表示没有听懂。

"你把这个事情，弄颠倒了。"

秦晓卉不说话，欧阳荷花老太太继续不紧不慢地说："不是所有的问题，都能靠一个游戏就解决的。"

"那该怎么解决？"秦晓卉一脸疑惑。

"城市里充满各种欲望，有着各种诱惑。每一个家庭，每一段婚姻，都面临着考验。每一段婚姻，每一个家庭，都会遇到麻烦。遇到麻烦不碍事，也不可怕，关键在于我们对待婚姻的态度。"

"嗯。"秦晓卉似懂非懂。

"过日子就是过日子，生活不像电脑程序，不要把过日子过成密室逃脱。"

欧阳荷花老太太停顿了一下，继续说："这些问题，两个人面对面不可以解决吗？为什么面对面的时候，不能敞开心扉，非要弄个破游戏，戴上面具难道才真实？"

"这……"秦晓卉若有所思。

"只能说明一点，生活里，你们始终戴着面具，把日子过成了游戏。夫妻两个，成了游戏里面的角色。"欧阳荷花老太太语重心长地说，"生活的态度不是靠游戏就能解决的。"

"我该怎么办？"秦晓卉喃喃自语。

"姑娘，你是聪明人，我相信你自己能解决，而且，这个事情，必须得你自己解决。"

"那……是我错了？"秦晓卉向欧阳荷花老太太求助。

"生活中没有对和错，只有过去和未来。"欧阳荷花老太太神态安详地看着她。

"只有……过去和未来？"秦晓卉问欧阳荷花老太太，"那……未来我该怎么办？"

咖啡厅里，音乐依然缓慢，桌子对面空无一人。墙壁上的油画里，那个胖胖的女人，一脸嘲讽地看着她。

……

张大光在拘留所里已经三天了。此时此刻，秦晓卉还不知道——相对于后面的灾难，情人节这一天发生的事情，只是冰山一角。

这个游戏，并没有结束。

喧嚣过后，空空荡荡（后记）

我只能说，这是一个好玩儿的故事。

这个故事，缘于女主人公要拯救婚姻而策划的一个游戏。

月光升起，一轮明月点燃这个城市所有的幻想，甚至很多人的欲望。月光为这个城市镶上一个银边儿，掩盖掉生活里所有的瑕疵。

月光酒店，这个名字，充满遐想。

情人节游戏，从月光酒店开始。

情人节之夜，一对青年男女先后来到网红酒店——月光酒店520房间，开始了两个人的情人节游戏：男人的房间塞进小卡片，衣着暴露的女人敲开房门……女人分别扮作男人的前女友雪儿、城市白领秦晓卉，以及男人婚后的出轨对象女护士三个角色，在游戏中通过时空转换，展开故事线索。

游戏，贯穿十年的时空。十年中发生的故事，深藏在情人节之夜月光酒店这场游戏里。

游戏正酣的时候，突然遭遇警察抓嫖。

《情人节之夜》：

"两个人的化装舞会，你能否敞开心扉？

情人节的夜晚，我愿化作一朵玫瑰，为你美丽绽放。"

本来这是秦晓卉为一家时尚连锁酒店策划的情人节推广文案。在家庭和情感遭遇危机的时候，秦晓卉试图用这个游戏拯救婚姻。

警察抓嫖的意外，使情人节游戏戛然而止。

之后，一系列的难堪和糟糕，接踵而至。

家庭是社会的细胞，家庭包含着婚姻和责任。

我们的城市充满各种欲望，我们身处的时代，有着太多的物质和精神层面的诱惑，生活节奏加快，人类幸福感不断缺失，婚姻关系不再稳固，变得脆弱不堪。每一个家庭，每一场婚姻，都面临着考验，在这样一个离婚率高企的年代，婚姻和婚姻观，对于每个人来说都变得尤为重要。《月光酒店》是"情人节游戏"系列的第一部，揭开婚姻的伤疤，让我们一起感受疼痛——主人公的经历以及情感命运，带给我们关于婚姻的种种思考和期盼。

"既然如此，夫妻不再是两个人，而是一体的了。"

我们愿意看到，生活中每一对夫妻，每一场婚姻，都能得到祝福。

亲爱的读者，谢谢你读我的小说。

游戏不是生活，生活也不是游戏。

月光酒店。情人节游戏，被人按下暂停键。

但是，我的故事并没有完结——"情人节游戏"之《瓢虫贴纸》更精彩。

2022 年 2 月 13 日

情人节前夜　北京

月光酒店

出 品 人 | 郭文礼　　　选题策划 | 刘文飞　　　责任编辑 | 左树涛

复　　审 | 刘文飞　　　终　　审 | 郭文礼　　　印装监制 | 郭　勇

项目运营 | 有度文化·刘文飞工作室　　　投稿邮箱 | liuwenfei0223@163.com

微　　博 | http://weibo.com/liuwenfei　　　微信公众号 | YOUDU_CULTURE